# 안나 카레니나 Ⅱ

일러두기

- 이 책은 Leo Tolstoy, 『*Anna Karenina*』(Project Gutenberg, 1998)와 프랑스어판인 traduit par Henri Mongault 『*Anna Karénine*』(Bibliothèque de la Pléiade, Gallimard, Paris, 1951)를 참고했습니다.

*Анна Каренина*

# 안나 카레니나 Ⅱ

톨스토이 지음

안나 카레니나 Ⅱ **차례**

## 제4부



## 제5부

## 제6부



## 제7부

에필로그

# 제 4 부

# 제1장

카레닌 부부는 한집에서 살면서 매일 얼굴을 맞댔지만 서로 간에 냉담하기 그지없었다. 브론스키는 절대로 카레닌의 집에 출입하지 않았지만 안나는 밖에서 그를 만났고, 카레닌도 그 사실을 알고 있었다.

세 사람 모두 고통스럽기 짝이 없는 처지였다. 세 사람 모두 무슨 변화가 있을 것이며 지금의 고통은 일시적일 뿐이라는 기대가 없이는 단 한순간도 견디기 어려운 상황이었다.

알렉세이 카레닌은 모든 것이 시간이 흐름에 따라 지나가듯 이 열정도 지나가리라고, 모두들 이 사실을 잊고 자신의 명예가 고스란히 지켜지리라고 믿고 있었다. 이 모든 상황의 장본인이며 가장 큰 고통을 겪고 있는 안나는 모든 일이 빠른 시간

내에 해결되기를 바라는 정도가 아니라 그렇게 되리라고 굳게 믿음으로써 그 고통을 견디고 있었다. 하지만 이 사태가 어떻게 해결될 것인가에 대해서는 아무런 생각도 할 수 없었다. 그럼에도 불구하고 그녀는 무슨 일인가가 곧 벌어지리라고 굳게 믿고 있었다. 한편 브론스키는 자신의 의지나 희망에 의해서가 아니라 안나의 믿음에 동화되어 자신의 행동과는 상관없는 무슨 일인가가 벌어져 모든 어려움이 해소되리라고 기대하고 있었다.

겨울 어느 날 브론스키는 영 마음에 들지 않는 임무를 수행하기 위해 일주일간 페테르부르크에 머물 수밖에 없었다. 페테르부르크를 찾은 어느 나라 왕자를 수행하며 명승지를 구경시키는 임무였다. 브론스키가 외모도 출중한 데다 행동거지도 품위 있으며 최고위층 인사들과 만나서 대화하는 데 익숙했기에 그 임무를 맡게 된 것이었다. 일주일 동안 왕자에게 온갖 러시아의 유흥거리를 다 보여준 브론스키는 마지막 날 러시아의 기백을 보여준답시고 밤새 곰 사냥을 했다.

임무를 마친 브론스키는 모스크바 행 열차에 왕자를 태워 보낸 뒤 페테르부르크로 돌아왔다. 돌아와보니 안나가 보낸 쪽지가 그를 기다리고 있었다.

나는 지금 몹시 아프고 불행해요. 외출할 수도 없지만 당신을 보지 않고는 견딜 수가 없어요. 오늘 저녁 내 집으로 와요. 남편은 7시에 의회에 가서 10시가 돼야 돌아올 거예요.

이번 겨울에 대령으로 승진한 브론스키는 부대를 옮겼고, 홀로 지내고 있었다. 그는 아침을 들고 여독을 풀 겸 소파에 누웠다가 깜빡 잠이 들었다. 그러다가 그는 갑자기 공포에 사로잡혀 잠에서 깨어났다. 이미 밤이 되어 사방이 어두웠다. 그는 황급히 촛불을 켰다.

"대체 뭐지? 꿈속에서 본 그 무시무시한 게 도대체 뭐야? 그래, 맞아. 곰 사냥에서 몰이꾼을 하던 농부 같아. 산발을 한 키 작고 더러운 농부가 몸을 굽히고 뭔가를 하다가 갑자기 프랑스어로 알아듣지 못할 이상한 말을 한 것 같아. 그런데 그게 왜 그렇게 끔찍했던 거지?"

그는 꿈속에서 들은 프랑스어를 다시 떠올렸고 그러자 등줄기가 서늘해졌다.

'무슨 바보 같은 생각을 하고 있는 거야!' 브론스키는 자신을 책망하며 시계를 보았다. 벌써 8시 반이었다. 그는 하인을 불러 황급히 옷을 챙겨 입은 후 밖으로 나섰다.

9시 10분 전에 카레닌의 집 앞에 도착한 그는 마차에서 내려 현관을 향해 계단을 올라갔다. 순간 문이 열리며 누군가가 집에서 나왔고 브론스키는 하마터면 그와 부딪힐 뻔했다. 카레닌의 흐릿하면서 미동도 없는 눈길이 브론스키에게 꽂혔다. 브론스키는 몸을 숙여 인사했고 카레닌은 입술을 약간 깨무는 듯하더니 모자에 손을 가볍게 대고는 그대로 스쳐지나갔다. 브론스키는 그가 마차에 오르는 것을 보고는 현관으로 들어서며 생각했다.

'저게 무슨 꼴이람! 그가 싸우자고 했다면, 그래서 명예를 지키고자 했다면 나는 행동을 취했을 것이다. 내 감정을 표현했을 것이다. 그런데 저렇게 비겁하고 나약하다니……. 나를 그저 배반자나 기만자의 역할을 하게 만들자는 거지? 내가 제일 싫어하는 그 역할을!'

안으로 들어서자 안나가 기다리고 있다가 그를 맞았다.

"그 사람과 마주쳤지요? 늦게 온 데 대한 벌이에요."

"의회에 있을 거라고 하지 않았나요?"

"갔다가 일찍 돌아왔어요. 그리고 어디론가 또 간 거지요. 그래, 어디서 마주쳤어요? 현관에서요? 당신에게 인사하던가요?" 그녀가 부자연스러우면서도 뭔가 삐걱거리는 어조로 물었다.

브론스키가 자신이 느낀 것을 말했다.

"나는 그 사람을 도통 이해할 수 없어요. 당신이 그런 고백을 한 뒤에 당신과 헤어지거나 내게 결투를 신청했다면 모를까, 이건 도무지 이해가 안 돼요. 어떻게 이런 상황을 참아낼 수 있는 거지요? 분명 뭔가 감정이 있을 텐데……."

"아니에요. 그 사람은 아무 감정도 없는 사람이에요. 내가 그 사람을 모를까봐요? 그가 얼마나 기만 속에 빠져 사는지 모를까봐요? 아니, 정말 감정이 있는 사람이라면 나랑 이렇게 살 수 있겠어요? 죄를 지은 자기 아내랑 한집에서 지낼 수 있겠어요? 그 여자와 이야기를 할 수 있겠어요? 그 여자를 당신이라고 부를 수 있겠어요?"

그녀는 "여보! 당신! 안나!" 하며 남편 흉내를 냈다. 사뭇 장난스러운 표정이었다. 그녀가 다시 말을 이었다.

"그는 남자도 아니고 사람도 아니에요. 그는 인형이에요. 내가 만일 그 사람 입장이었다면 나 같은 아내는 죽여버렸을 거예요. 그래요, 그는 관료 일을 하는 기계예요. 그는 내가 당신의 아내라는 것, 그는 내게 아웃사이더일 뿐이며 아무 쓸모없는 사람이라는 것도 이해하지 못해요……. 아, 그 사람 이야기는 이제 그만해요."

"그래요, 그 사람 이야기는 이제 그만하지요. 그보다는 당신이 뭘 했는지 말해봐요. 무슨 일이지요? 어디가 안 좋은 건가요? 의사는 뭐라고 하던가요?"

그녀의 얼굴에 그가 모르고 있는 그 무언가를 의식하고 있는 것 같은, 조용하지만 서글픈 미소가 떠올랐다. 그제야 브론스키가 눈치를 채고 말했다.

"그래요. 당신은 병에 걸린 게 아니군요. 언제라던가요?"

"곧이에요. 당신 우리들 처지가 고통스럽다고, 어떻게든 끝내야한다고 말했었지요? 곧 그렇게 될 거예요. 하지만 우리가 기대하던 대로는 아니에요."

안나는 오열을 터뜨리며 더 이상 말을 잇지 못했다. 그녀는 반지 낀 하얀 손을 그의 어깨에 얹었다.

"우리가 생각하던 대로는 되지 않을 거예요. 이 얘기를 하고 싶지 않았는데 당신이 하게 만들었어요. 곧, 모든 것이 해결될 것이고, 모두 평온을 찾을 거예요."

"당신이 무슨 말을 하는지 모르겠어요." 브론스키는 그녀가 무슨 말을 하는지 알면서도 그렇게 말했다.

"언제냐고 물었죠? 곧이에요. 그리고 나는 죽을 거예요."

그가 그녀의 말을 막으려 하자 그녀가 서둘러 계속했다.

"내 말을 막지 말아요. 난 내가 죽으리라는 걸 알아요. 그래서 기뻐요. 나 자신과 당신을 놓아줄 수 있으니까!"

안나의 눈에서 눈물이 흘러내렸다. 브론스키는 마음의 동요를 감추기 위해 그녀의 손에 입을 맞추었다. 안나가 계속 말했다.

"그렇게 되는 편이 나아요. 우리에게 남은 건 오직 하나 그 길뿐이에요."

브론스키가 겨우 정신을 차리고 고개를 들며 말했다.

"무슨 말도 안 되는 소리를!"

"사실이에요. 내가 꿈속에서 봤어요. 내가 뭔가 가지러 침대로 갔는데 침실 구석에 누군가가 서 있었어요."

안나의 말을 듣고 섬뜩해진 브론스키에게도 꿈속에서 보았던 사내의 모습이 떠올랐다. 그는 안나의 입을 막고 싶었다.

"말도 안 돼요! 무슨 그런 걸 믿어요!"

하지만 안나는 계속했다.

"그가 돌아섰어요. 작은 키에 산발을 한 무섭게 생긴 농부였어요. 내가 도망가려는 순간 그 사람이 자루 위로 몸을 굽히고 손으로 안을 더듬었어요."

그녀의 얼굴에 공포가 서려 있었다. 브론스키도 자신의 꿈을 생각하고 공포에 사로잡혔다. 안나가 계속했다.

"그가 프랑스어로 하는 말을 나는 똑바로 들었어요. 그는 이렇게 말했어요. '쇠를 두들겨야 해. 그걸 찧고 잘게 부숴야 해.' 난 겁에 질린 채 꿈에서 깨어났어요. 그게 무슨 꿈인지 알아요? 유모가 말해주었어요. 아이를 낳다가 죽는 꿈이래요."

"말도 안 돼요! 말도 안 돼!" 브론스키가 큰 소리로 외쳤지만 확신이 없다는 것을 스스로도 알 수 있었다.

"자, 그 이야기는 이제 그만해요. 차나 한잔해요. 종을 울려서 차를 가져오라고……."

순간 그녀의 표정이 바뀌었다. 공포와 흔들림은 사라지고 부드럽고 진지한 표정이 나타난 것이다. 브론스키는 안나의 표정이 왜 바뀌었는지 영문을 알 수 없었다. 그녀의 몸 안에서 새 생명의 움직임을 그녀가 느낀 것이었다.

# 제2장

자기 집 현관에서 브론스키와 예기치 않게 마주친 카레닌은 원래 예정대로 오페라를 보러 갔다. 그는 그곳에서 만나야 할 사람들을 모두 만난 뒤 2막이 끝나자 집으로 돌아왔다.

집으로 돌아와 옷걸이에 군인 외투가 걸려 있지 않은 것을 확인하고 그는 자신의 방으로 들어갔다. 하지만 그는 평소와 달리 새벽 3시까지 잠을 이루지 못하고 방 안을 서성였다. 정부(情夫)를 집에 들이지 말라는 그의 단 하나뿐인 요구를 아내가 지키지 않았다는 사실에 그는 화가 치솟았다. 그녀가 자신의 요구를 들어주지 않았으니 이혼하고 아들을 빼앗겠다는 자신의 협박을 실천해야만 했다. 그는 이혼이 간단하지 않다는 것을 알고 있었지만 요즘 들어 절차가 많이 개선되었으니 난관을 극복할 수 있으리라 생각했다.

밤새 한숨도 잠을 이루지 못한 그는 아내가 일어났다는 전갈을 받자마자 그녀의 방으로 들어갔다. 그의 분노는 극에 달해 있었다.

자기 방으로 들어온 카레닌의 안색을 보고 안나는 놀랐다. 그녀가 한 번도 본 적이 없는 표정이었다. 그의 눈은 그녀의 눈길을 피하며 음울하게 앞을 바라보고 있었고 입은 경멸의 기색을 띤 채 굳게 닫혀 있었다. 걸음걸이와 동작, 목소리에도 이전까지 볼 수 없었던 결단과 단호함이 넘치고 있었다.

카레닌은 아내와 인사도 나누지 않고 곧장 책상으로 가더니 열쇠를 집어 들고 서랍을 열었다.

"뭘 찾는 거예요?" 그녀가 소리쳤다.

"당신 정부가 보낸 편지."

그는 아내가 중요 서류를 넣어두는 가방을 움켜쥔 뒤 가방을 빼앗으려 달려드는 안나를 밀어내며 말했다.

"나는 당신 정부를 집에 들이지 말라고 했소. 나는 딱 한 가지 예의만 지켜달라는 조건으로 당신에게 자유를 준 것이오. 당신의 명예를 지키기 위해서였소. 그런데 당신이 예의를 지키지 않았으니 나는 이 사태를 끝내기 위한 조치를 취하겠소."

"곧 끝날 거예요. 정말이에요. 곧!"

그녀는 죽음이 가까워졌다는 생각에, 그리고 자신이 그 죽음을 바라고 있다는 생각에 눈물이 솟구쳤다.

"그래, 당신과 당신 정부가 계획했던 것보다 빨리 끝날 것이오. 당신들의 그 동물적 욕망을 채우고 싶다면……."

"오, 알렉세이 알렉산드로비치, 쓰러져 있는 사람을 때리다니!"

"그렇겠지. 당신은 여전히 당신 생각만 하고 있어! 당신 남편이었던 사람의 고통에 대해서는 아무 관심이 없겠지! 남편 인생이 송두리째 망가진 것에는, 남편이 얼마나 게…… 게…… 게로아 하는지 신경도 쓰지 않지."

카레닌은 말을 너무 빨리 하는 바람에 '괴로워'라는 말을 제대로 발음하지 못하고 더듬거렸다. 그녀는 웃음이 나올 뻔했다. 하지만 이런 상황에서도 그 뭔가를 재미있게 여기는 자신의 모습이 부끄러웠다. 그리고 남편이 불쌍하게 여겨져 처음으로 그의 입장에서 생각을 해보았다. 그녀는 머리를 숙인 채 말이 없었다.

이윽고 그가 말했다. 냉정한 말투였지만 적개심은 어느 정도 사라진 말투였다.

"난 이 말을 하러 왔소. 난 내일 모스크바로 떠나서 다시는 이 집으로 돌아오지 않을 것이오. 당신은 변호사로부터 이혼에 관한 서류를 받게 될 거요. 아들은 내 누이에게 가 있을 것이오."

"내게 고통을 주려고 세료자를 빼앗으려는 거지요?" 그녀가 그를 올려다보며 말했다. "당신은 그 애를 사랑하지 않아요……. 세료자를 내게 남겨줘요."

"맞소. 당신에 대한 혐오감 때문에 나는 아들에 대한 애정도 잃어버렸소. 하지만 난 그 애를 데려가겠소. 그럼 이만!"

그녀가 그의 팔을 잡으며 절규하듯 외쳤다.

"오, 세료자를 내게 줘요! 다른 건 필요 없어요! 그 애만……. 난 곧 애를 낳아요. 그때까지 만이라도……."

카레닌은 화를 내며 그녀의 손을 뿌리치고는 아무 말 없이 방에서 나갔다.

# 제3장

모스크바에 도착하자마자 카레닌은 유명한 변호사 사무실을 찾았다. 이혼에 대해 상의를 하고 의뢰하기 위해서였다. 변호사를 만나 이야기를 나눈 결과, 부부 중 한 쪽이 간통을 저질렀을 경우 결백한 쪽만 이혼을 제기할 수 있다는 것, 그 경우에도 간통 현장을 적발하거나 간통을 저지른 쪽이 죄를 고백해야만 소송이 가능하다는 사실을 알게 되었다. 그가 들고 온 편지만으로는 충분하지 못하다는 것이었다.

하지만 변호사는 카레닌이 결심하기만 한다면 어떻게 해서든 방법을 찾아보겠다고 말했다. 카레닌은 어떻게 할 것인지 일주일 내로 결정한 뒤 통보하겠다고 말했다. 그러고는 변호사 사무실을 나섰다.

이튿날 그가 총독을 방문하기 위해 마차를 타고 교차로를 건너고 있을 때였다. 누군가 자신의 이름을 부르는 소리가 들렸다. 하도 크고 명랑한 목소리여서 그는 뒤돌아볼 수밖에 없었다. 스테판 오블론스키였다. 그는 길모퉁이에 마차를 세운 채 마차 창문 밖으로 손을 흔들며 매제를 부르고 있었다. 마차 안에는 여자 한 명과 아이들 두 명이 함께 타고 있었다. 돌리와 두 아이들이었다.

카레닌은 모스크바에서 아무도 만나고 싶지 않았으며 안나의 오라버니라면 더욱더 피하고 싶었다. 그는 모자를 들어 올려 인사를 하는 둥 마는 둥 그대로 지나치려 했다. 하지만 오블론스키가 마차에서 내리더니 그를 향해 달려왔다.

"아니, 이곳에 왔으면 연락을 해야지, 너무 하는 거 아니야?"

카레닌은 오블론스키보다 열다섯 살 이상 나이가 많았지만 매제였기에 둘은 말을 트고 지내는 사이였다.

"시간이 없어서…… 너무 바빴어."

"자, 집사람에게 가지. 매제를 너무 보고 싶어 해."

카레닌은 마차에서 내려 눈을 헤치며 돌리에게 걸어갔다.

"아주버니, 어떻게 된 거예요? 왜 우리를 외면하는 거예요? 안나 아가씨는 잘 지내나요?"

카레닌은 뭔가 알아들을 수 없는 말을 우물우물하더니 그대로 가버리려 했다. 그러자 오블론스키가 그를 붙잡으며 아내에게 말했다.

"돌리, 매제를 내일 저녁에 초대하지. 매제가 모스크바 명사들과 안면을 틀 수 있도록 코즈니셰프와 페스초프도 부르고."

"그래요, 내일 우리 집에 와주세요. 5시나 6쯤. 그건 그렇고 안나는 어떻게 지내요?"

"잘 지냅니다. 암튼 만나서 반갑습니다."

카레닌은 얼굴을 찌푸리며 중얼거리고는 자기 마차로 향했다.

"오실 거지요?"라고 돌리가 외쳤다.

카레닌이 뭔가 대답했지만 마차 소리에 들리지 않았다.

오블론스키가 그에게 외쳤다.

"내가 내일 들르겠네!"

다음 날은 일요일이었다. 오블론스키는 정오 무렵 듀소에 있는 한 호텔에 들렀다. 저녁 만찬에 초대할 세 사람을 만나기 위해서였다.

다행히 그 세 사람은 한 호텔에 묵고 있었다. 그중 한 명은 얼마 전에 외국에서 돌아와 이 호텔에 묵고 있는 레빈이었고,

또 한 사람은 막 고위직으로 승진해서 모스크바를 시찰 중인 그의 근무 부서 국장이었다. 그리고 마지막 한 사람은 바로 카레닌이었다.

오블론스키는 남들이 베푸는 만찬에 가는 것도 좋아했지만 남들에게 만찬을 베푸는 것을 더 좋아했다. 비록 규모는 크지 않더라도 엄선된 손님에 음식과 음료까지 세심하게 신경을 쓴 세련된 만찬을 베푼다는 것은 그에게 큰 즐거움이었다. 그는 그가 직접 고안한 오늘 만찬 프로그램이 더없이 마음에 들었다. 싱싱한 농어에 아스파라거스가 나올 것이며 주메뉴로는 멋진 로스트비프가 준비되어 있었고 그에 걸맞은 와인들이 나올 것이었다.

손님들의 면면도 썩 그의 마음에 들었다. 키티와 레빈이 있었고, 둘이 너무 눈에 튀지 않게 하려고 사촌 여동생과 젊은 사촌 처남도 불렀다. 사촌 처남 니콜라이 셰르바츠키는 레빈과도 잘 알고 지내는 사이였다. 그리고 장인도 초대했다. 하지만 오늘 손님들 중 '주요 메뉴'는 레빈의 형이면서 철학자이며 작가인 코즈니셰프와 실용주의자인 카레닌이었다. 그는 그 '주요 메뉴'에 자유주의자에 수다쟁이이며 음악가이자 역사학자인 페스초프라는 괴짜를 덧붙였다. 말하자면 그는 '주요 메뉴'의

소스나 양념 역할을 맡은 인물이었다.

호텔에 들어선 오블론스키는 제일 먼저 레빈을 만났다. 그는 레빈과 한 시간 정도 레빈의 외국 여행에 대한 이야기를 나누었다. 레빈은 그 사이 프로이센, 프랑스, 영국 등지를 돌아다니며 주로 공장들을 둘러보았다고 말했다. 그러자 오블론스키가 말했다.

"아, 자네가 노동 문제에 관심이 있다는 걸 잘 알지."

"아니야, 전혀 그렇지 않아. 러시아에는 노동 문제가 있을 수 없어. 러시아에서는 농부들과 땅과의 관계가 문제일 뿐이야. 외국에서의 노동 문제는 망가진 걸 고치는 데 있지만 우리는……."

레빈의 말에 열심히 귀를 기울이던 오블론스키는 그의 말을 자르며 말했다.

"그래, 자네 말이 맞아. 어쨌든 자네가 활기를 찾은 모습을 보니 반갑네. 자네와 이야기를 더 길게 나누고 싶네만 가볼 데가 있다네. 대신 오늘 우리 집 만찬에 자네를 초대하지. 자네 형도 올 것이고, 내 매제인 카레닌도 올 거야. 올 거지?"

"물론이지."

"그러면 5시까지 오게나."

레빈과 작별한 오블론스키는 국장을 만났다. 사교적인 국장은 흔쾌히 만찬에 참석하겠다고 말했다. 오블론스키는 국장과 점심 식사를 한 후 오후 3시가 넘어서야 카레닌의 방으로 찾아갔다.

오블론스키가 카레닌의 방으로 들어갔을 때 카레닌은 막 변호사에게 보낼 편지를 봉투에 넣고 있던 중이었다. 그는 그 봉투에 브론스키가 안나에게 보낸 세 통의 편지도 함께 넣었다. 오블론스키가 용건을 말하자 카레닌은 손님에게 앉으라는 말도 않은 채 차갑게 말했다.

"갈 수 없어."

카레닌은 아내와 이혼하려는 마당에 처남과 자신의 사이는 냉랭해져야 한다고 생각했던 것이다. 카레닌의 입에서 전혀 예상치 못했던 말이 나오자 오블론스키는 눈이 휘둥그레졌다.

그가 프랑스어로 카레닌에게 반문했다.

"못 온다고? 아니, 도대체 무슨 소리를 하는 거야? 이미 온다고 약속하지 않았나?"

"자네 집에서 함께 식사를 할 수 없다는 말이야. 우리들 사이에 존재했던 친척 관계를 끝내야 하기 때문이야."

"뭐야? 그게 무슨 소리야?" 오블론스키가 어색한 미소를 지으며 말했다.

"자네의 누이, 그러니까 내 아내와 이혼 소송을 준비 중이니까…… 어쩔 수 없었네."

그러자 오블론스키가 의자에 털썩 주저앉더니 한숨을 내쉬며 말했다.

"믿을 수 없어. 이보게, 내가 한마디만 하지. 나는 자네가 공명정대한 사람이라는 것을 잘 알고 있어. 그리고 안나가 훌륭한 여성이라는 것도 믿고 있어. 뭔가 오해가 있는 게 분명해."

"오, 이 모든 게 단지 오해일 수 있다면……!"

"그래, 자네를 이해해." 오블론스키가 도중에 카레닌의 말을 끊으며 말했다. "하지만…… 하지만…… 제발 서두르지는 말아주게나."

"난 절대로 서두르지 않았어."

"오, 이렇게 끔찍할 수가!" 오블론스키가 무거운 한숨을 내쉬며 말했다. "이보게, 내 딱 한 가지만 부탁하겠어. 아직 소송이 시작된 건 아니지? 그렇다면 우선 우리 집사람을 한 번 만나서 상의해보게. 우리 집사람은 안나를 친자매처럼 사랑하고, 자네도 사랑하고 있다네. 게다가 그녀는 정말 뛰어난 여자야. 제발, 그녀 이야기를 좀 들어보게. 그리고 우리 사이 우정도 있잖은가? 자네가 원한다면 내 무릎이라도 꿇겠네. 제발 오늘 우리 집에 와주게."

"정 그렇게 원한다면 가지." 카레닌이 한숨을 내쉬며 말했다.

"5시야. 잊지 말고 와주게." 오블론스키가 카레닌의 방을 나서며 다시 다짐을 받았다.

## 제4장

오블론스키가 집에 도착했을 때는 이미 5시가 넘어 있었다. 그는 현관에서 세르게이 코즈니셰프, 페스초프와 마주쳤고, 셋이 함께 집안으로 들어섰다.

그들이 응접실로 들어섰을 때는 이미 오블론스키의 장인인 알렉산드르 공작과 젊은 니콜라이 셰르바츠키, 사촌 누이, 그리고 키티와 카레닌이 앉아서 그를 기다리고 있었다. 레빈만 아직 도착하지 않은 셈이었다.

뭔가 분위기가 어색했다. 오블론스키는 분위기를 얼어붙게 만든 장본인이 바로 카레닌임을 즉각 알아챌 수 있었다. 오블론스키는 집으로 오는 도중 어떤 공작을 만나 잠시 이야기를 나누는 바람에 늦었다고 사과했다. 그런 뒤 그는 사람들을 소개시키고 분위기에 맞게 자리를 바꿔 앉히며 순식간에 분위기를 끌어올렸다. 이어서 그는 식당으로 가서 만찬 준비 상황을 점검했다.

오블론스키는 식당에서 콘스탄틴 레빈과 마주쳤다.

"내가 늦은 건 아닌가?" 레빈이 말했다.

"정말이지, 자네는 늦지 않고는 못 배기는 체질이로군!" 오블론스키가 레빈의 팔짱을 끼며 말했다.

"많이들 와 있나?" 레빈이 장갑으로 모자에 쌓인 눈을 털어내며 말했다.

"다 아는 사람들이야. 키티도 있네. 자, 어서 가세. 자네에게 카레닌도 소개하지."

오블론스키의 입에서 키티의 이름이 나오자 레빈은 숨이 막힐 것 같았다. 그는 겨우 "아, 그래? 카레닌을 좀 소개해주게"라고 더듬거렸을 뿐이었다.

응접실로 들어가며 레빈은 키티를 바라보았다. 아니, 아예 그녀만이 눈에 들어왔다고 하는 편이 옳았다. 키티는 이전에 그가 익숙하던 모습과도 달랐고, 마차를 타고 가다 우연히 보았을 때와도 달랐다. 그녀는 겁에 질린 듯했고 수줍어하는 모습이었으며 그 때문에 더 매력적이었다. 키티는 레빈을 보자 얼굴이 빨개지며 마치 얼어붙은 듯 겨우 입술만 달싹였을 뿐이었다. 레빈은 그녀에게 다가가 말없이 손을 내밀었다.

"정말 오랜만이에요."

키티는 안간힘을 다해 결심한 듯, 차가운 손으로 그의 손을 잡았다. 레빈이 행복에 겨운 미소를 띠며 말했다.

"당신은 저를 못 보았지만 저는 당신을 보았습니다. 당신이 기차역으로부터 예르구쇼보로 가는 도중이었지요."

오블론스키는 레빈의 팔을 잡더니 카레닌이 앉아 있는 쪽으로 그를 데리고 가서 둘을 소개해준 뒤 사람들에게 이제 그만 식당으로 가자고 말했다.

식당으로 가자 남자들은 전채가 놓인 테이블 쪽으로 갔다. 전채로는 여섯 종류의 보드카, 치즈, 캐비아, 청어, 온갖 종류의 잼들, 얇게 썬 프랑스빵들이 갖춰져 있었다. 남자들이 전채를 접시에 담은 뒤 자리에 앉아 한담을 나누는 사이 여자들이 전채 테이블로 왔다. 오블론스키는 키티를 레빈의 옆자리에 앉혔다. 자리를 잡고 앉자 키티가 레빈에게 부끄러운 듯 말했다.

"곰을 잡으셨다고 들었어요. 정말 당신 영지에 곰이 살고 있나요?"

그녀의 말속에 특별한 뜻은 전혀 담겨 있지 않았다. 하지만 레빈에게는 그녀의 말 한 마디마다, 그녀의 입술과 눈과 손의 움직임 하나하나마다 이루 말로 표현하기 어려운 의미가 담겨 있는 것만 같았다. 그 모든 것에는 용서를 빈다는 뜻이, 그에 대한 신뢰가, 부드러우면서 동시에 부끄러운 애정이, 그를 향한 바람과 사랑이 깃들어 있었다. 그는 믿을 수가 없었고, 밀려오는 행복감에 숨이 막힐 것 같았다.

만찬은 더없이 훌륭했고, 분위기도 좋았다. 어찌나 분위기가 활기에 차 있던지 카레닌마저 기분이 완전히 풀릴 정도였다.

만찬 내내 즐거운 분위기에서 대화가 이어졌다. 대화는 주로 코즈니셰프가 주도했으며 페스초프는 오블론스키의 기대대로 재치를 한껏 발휘해 분위기를 돋우었다. 사람들은 교육 문제, 여성 문제에 대해 토론을 하다가, 여성의 교육 문제에 대해 자신의 견해를 마음껏 표명했으며 카레닌도 기꺼이 자신의 의견을 내놓았다.

사람들의 화제가 민족과 민족 간의 영향력에 관한 문제에 이르렀을 때 레빈은 얼핏 자기도 할 말이 있다고 느꼈다. 하지만 이전에는 그토록 중요하게 여겨지던 자신의 생각들이 마치 꿈속에서 아른거리는 것 같았고 아무런 관심도 가지 않았다. 심지어 그렇게 아무 소용도 없는 이야기에 사람들이 왜 그렇게 열을 내는지 의아하기조차 했다. 키티도 마찬가지였다. 여성의 독립과 교육 문제에 대해 이전에 얼마나 관심이 많았던가! 독신으로 살아가겠다고 언니에게 우기며 그 문제로 얼마나 많이 말다툼을 했던가! 그런데 지금 그녀는 그 문제에 대해 아무런 흥미도 느낄 수 없었다.

키티와 레빈은 그들만의 대화를 하고 있었다. 하지만 그것은 엄밀한 의미에서 대화가 아니었다. 그것은 일종의 신비스러운 소통이었다. 그 소통을 통해 그들은 매순간 가까워졌으며 그들이 이제 들어서게 될 미지의 세계 앞에서 둘 다 '기쁜 두려움'을 느꼈다.

키티는 레빈에게 지난여름 마차를 타고 가는 자신의 모습을 어떻게 보게 되었느냐고 물었다. 레빈은 풀베기가 끝난 뒤 큰길을 건던 중 우연히 보게 되었다고 말한 뒤 얼굴에 환한 웃음을 띤 채 말을 이었다.

"아주 이른 아침이었어요. 아마 당신은 막 잠에서 깨어난 것 같았어요. 당신 어머니는 아직 마차 구석에서 잠들어 계셨지요. 정말 근사한 아침이었습니다. 저는 '대체 저 마차에는 누가 타고 있을까?'라고 생각하며 걷고 있었어요. 그런데 당신이 양손으로 모자 끈을 잡은 채 뭔가 생각에 골똘해 있는 모습을 본 겁니다. 당신이 무슨 생각을 하고 있는지 얼마나 궁금했던지! 중요한 거였나요?"

순간 키티는 자신이 추레한 모습은 아니었는지 걱정이 되었다. 그녀는 명랑하게 웃으며 대답했다.

"정말 기억이 안 나요."

둘은 이어서 사소한 일상사에 대해 가벼운 대화를 나누었다. 그러나 그 가벼운 대화에 담긴 의미는 결코 가볍지 않았다.

만찬이 끝난 뒤에도 남자들은 여전히 식탁에 앉아 열띤 논쟁을 이어갔다. 그사이 오블론스키는 적당히 눈치를 보다가 응접실 옆 대기실에서 돌리와 카레닌 단둘이 대화할 수 있는 자리를 교묘하게 마련해주었다. 아내 돌리가 카레닌의 마음을 돌릴 수 있기를 바라는 뜻에서였다.

돌리가 먼저 카레닌을 향해 입을 열었다.

"이렇게 와주셔서 정말 감사해요. 드릴 말씀이 있어요. 자, 여기 앉으세요."

카레닌은 눈썹을 치켜올린 채 무덤덤한 표정으로 억지 미소를 지으며 돌리와 마주 앉았다.

"제발 양해를 좀 구해야겠습니다. 많은 시간을 내드릴 수는 없습니다. 내일 떠나야 해서요."

안나의 결백을 철석같이 믿고 있는 돌리는 카레닌의 냉정한 태도에 화가 치솟았다. 그녀에게 카레닌은 결백한 자신의 친구를 파멸시키려는 괴물로 보였다. 그녀는 안간힘을 다해 그의 얼굴을 똑바로 쳐다보며 말했다.

"알렉세이 알렉산드로비치, 제가 안나가 어떠냐고 물었더니 대답을 안 하셨지요? 다시 묻겠어요. 안나는 어떤가요?"

"제 생각에는 아주 잘 지내고 있습니다, 다리야 알렉산드로브나." 카레닌은 돌리를 외면한 채 말했다. 차가운 목소리였다.

"알렉세이 알렉산드로비치, 제발 말해주세요. 안나와 당신 사이에 무슨 일이 있었던 거지요? 왜 안나에 대해 그렇게 화가 나 있으신 거지요?"

"당신 남편이 이미 말해주었을 텐데요."

"저는 믿지 않아요. 잠깐, 여기 있다가는 사람들 방해를 받겠어요. 어서 따라 오세요."

돌리는 흥분해서 자리에서 일어났고 카레닌도 덩달아 그녀의 흥분에 감염되어 그녀의 뒤를 따랐다. 돌리는 카레닌을 아이들 공부방으로 데리고 갔다.

자리를 잡고 앉자마자 돌리가 재차 말했다.

"나는 믿지 않아요. 정말로 믿을 수 없어요."

"부인, 믿으셔야 합니다. '사실'을 믿으셔야 합니다."

그는 '사실'이라는 단어에 유난히 힘을 주어 말했다.

"그래, 안나가 뭘 했는데요? 뭘 어떡했다는 말씀이세요?"

"자신의 의무를 저버리고 남편을 속였습니다. 이게 바로 그녀가 한 일입니다."

"그럴 리가 없어요! 믿을 수 없어요! 당신이 착각한 거예요!" 돌리가 눈을 감으며 말했다. 돌리가 열심히 안나를 변명하는 통에 카레닌은 더욱 흥분했다. 그는 냉소를 지으며 말했다.

"아내 스스로 그 사실을 고백할 때는 착각하기가 힘든 법이지요. 남편에게, 8년간의 결혼 생활이, 둘 사이에 나온 자식이 아무것도 아니라고 선언할 때는…… 그리고 다른 사람과 새로운 생활을 하겠다고 선언할 때는…… 저는 정말 불행한 사람입니다!"

그가 자신이 불행하다고 강조할 필요도 없었다. 돌리는 카레닌이 자신의 얼굴을 쳐다보는 순간 모든 것을 깨달을 수 있었다. 그녀는 그가 불쌍해졌다. 그래도 그녀는 안간힘을 다해 말했다.

"아, 무서운 일이에요. 하지만 당신이 이혼을 결심했다는 건 사실이 아니지요?"

"저는 마지막 수단을 강구하기로 한 겁니다. 더 이상 할 수 있는 게 아무것도 없습니다. 셋이 함께 살 수는 없습니다. 사태를 이 지경까지 몰고 온 건 바로 그녀입니다. 저는 그녀에게 뉘우칠 기회를 주었고, 그녀를 구원하기 위해 노력했습니다. 그런데 그녀는 예의만은 지켜달라는 최소한의 손쉬운 부탁조차 들어주지 않았습니다."

카레닌은 할 말이 끝났다는 듯 자리에서 일어나려 했다. 그러자 돌리가 그를 말리며 거의 애원조로 말했다.

"잠깐만요. 저는 당신을 이해해요. 충분히 이해할 수 있어요. 하지만 이혼만은 안 돼요! 그녀를 파멸시키면 안 돼요! 좋아요. 당신에게 제 이야기를 해드리겠어요. 제 남편도 저를 속이고 바람을 피웠어요. 저는 화가 나고 질투가 나서 모든 것을 버리려고 했어요. 저 자신까지도…….

하지만 저는 정신을 차렸어요. 누구 덕분인지 아세요? 안나가 저를 구해준 거예요. 그래서 이렇게 살아갈 수 있게 된 거예요. 아이들은 무사히 자라고 있고 남편은 가정으로 돌아와 잘못을 뉘우치고 전보다 착하게 살고 있어요. 저는…… 저는……

용서를 했어요. 당신도 용서해줘야 해요."

카레닌은 그녀의 말을 듣고 있었지만 아무런 효과도 없었다. 오히려 이혼을 결심하던 날 품었던 원한이 새롭게 고개를 들었을 뿐이었다. 그는 온몸을 부르르 떨더니 큰 소리로 외쳤다.

"안 됩니다! 그럴 수 없어요! 저는 악한 자가 아니라서 이제까지 누구를 증오해본 적이 없습니다. 하지만 지금은 그녀를 증오합니다! 내 온 영혼을 다해 그녀를 증오합니다! 절대로 그녀를 용서할 수 없습니다!"

하도 격정에 사로잡힌 나머지 그는 거의 울먹이다시피 하고 있었다. 돌리가 고개를 숙이고 아무 말이 없자 그는 침착하게 작별 인사를 한 뒤에 아예 집 밖으로 나가버렸다.

만찬이 끝나고 여자들이 응접실로 나갔을 때 레빈은 키티의 뒤를 따라가고 싶었다. 하지만 너무 노골적으로 따라다니는 티를 내면 그녀가 불쾌해할까봐 그 자리에 남아 남사들의 대화에 끼어들었다. 그는 키티를 눈으로 볼 수 없었지만 그녀의 움직임, 그녀의 시선을 마음으로 느끼고 있었다.

잠시 후 레빈은 슬그머니 응접실로 나가 이리저리 거닐다가 문 앞에 멈춰 섰다. 그는 고개를 돌리지 않고도 자신을 바라보는 눈길, 그리고 미소를 느낄 수 있었다. 그는 돌아보지 않을 수 없었다. 그녀가 문가에서 그를 바라보고 있었다.

잠시 후 둘은 카드가 놓여 있는 탁자 앞에 마주 앉았다. 레빈은 키티를 바라보며 '그녀 없이 내가 어떻게 살 수 있을까?'라고 생각했다.

잠시 둘 사이에 어색한 침묵이 흘렀다. 그 침묵을 먼저 깬 것은 레빈이었다. 그가 그녀에게 말했다. 비록 겁에 질린 눈초리이긴 했지만 그는 그녀를 똑바로 바라보고 있었다.

"제가 오래전부터 당신께 물어보고 싶은 게 있었습니다."

"말씀하세요."

레빈은 책상 위에 놓인 분필을 들어 책상 위에 글자를 나열해 썼다.

*당, 제, 그, 없, 대, 때, 그, 그, 것, 아, 영, 그, 것*

그 머리글자들은 '당신이 제게 그럴 수 없어요, 라고 대답했을 때 그건 그때만 그렇다는 것이었나요, 아니면 영원히 그렇다는 것이었나요'라는 뜻이었다. 그녀가 그 글자들의 뜻을 이해하리라는 보장은 없었다. 그는 그녀가 그 글자들을 이해하느냐, 아니냐에 자기의 일생이 달려 있다는 듯 그녀를 쳐다보았다. 키티는 레빈을 심각하게 바라보더니 찌푸린 이마에 손을 댄 채 머리글자들을 곰곰이 들여다보았다. 그녀는 이따금 고개를 들어 자기 생각이 맞는지 레빈에게 묻는 눈길을 보내곤 했다.

잠시 뒤 그녀가 얼굴이 빨개지며 "이해했어요"라고 말했다. 레빈은 확인하려는 듯 '영'이라는 글자를 가리켰다. 그녀가 낮은 목소리로 "영원히"라고 말했다. 그러고는 "그건 사실이 아니에요"라고 재빨리 덧붙였다. 그리고 이번에는 그녀가 분필을 들어 글자들을 나열했다.

*그, 그, 대, 수, 없*

'그때는 그렇게 대답할 수밖에 없었어요'라는 뜻이었다.

그가 "그렇다면 오늘은?"이라고 물었고 그녀는 수줍은 듯 미소를 지으며 또 글자를 나열했다.

*그, 일, 잊, 저, 용, 있*

'그때 일을 잊고 저를 용서해주실 수 있어요?'라는 뜻이었다.

황홀감에 젖은 레빈은 같은 식으로 잊고 용서할 것도 없다,

자신은 그녀를 계속 사랑해 왔다고 썼다.

둘이 둘만의 방식으로 이야기를 한참 나누고 있을 때 돌리의 아버지인 알렉산드로 셰르바츠키 공작이 탁자 옆으로 오며 말했다.

"무슨 서기(書記) 놀이라도 하고 있는 거냐? 얘야, 극장에 늦지 않으려면 지금 일어나야겠다."

레빈은 자리에서 일어나 키티를 문 앞까지 바래다주었다. 그들은 그들 식의 대화를 통해 이미 많은 것을 주고받았다. 키티는 레빈을 사랑한다고, 그 사실을 부모님께 말씀드리겠다고 말했으며 레빈은 내일 아침 그녀의 집을 방문하겠다고 말했다.

## 제5장

키티가 오블론스키의 집을 나가자 레빈은 그녀 없이 홀로 남겨져 있는 상황이 더없이 불안했다. 어서 내일 아침이 되어 그녀를 다시 보고 싶은 마음, 그녀와 영원히 함께 하리라는 약속이 맺어지기를 바라는 마음이 너무 간절해서 홀로 지내야 하는 열네 시간이 너무 끔찍하게 여겨졌다. 혼자 남지 않기 위해, 또 시간을 때우기 위해 그에게는 누군가가 필요했다.

사람들이 모두 집 밖으로 나설 때 그는 형 코즈니세프에게 따라 붙었다. 함께 마차를 타고 가면서 형이 미소를 짓더니 "아니, 웬일이냐?"라고 시치미를 떼듯 말했다. 그날 만찬에 참석한 사람들 모두, 둘 사이에 벌어진 일을 알고 있었던 것이다.

레빈은 "행복해서 그래요"라고 말했다.

"나도 기쁘다. 그 처녀, 참 괜찮은 아가씨……."

"형, 아무 말도 하지 말아요." 형이 미처 말을 맺기도 전에 레빈이 그의 입을 막았다. '괜찮은 아가씨'라는 너무 평범하고 흔한 말이 그녀를 모욕하는 것 같았고 자신의 감정에는 어울리지 않았던 것이다.

그는 형과 함께 심야 공직자 회의에 참석했다가 새벽 1시가 되어서야 호텔로 돌아왔다. 호텔로 돌아와서도 그는 잠을 이루지 못했다. 방 안은 서늘했지만 그는 너무 덥다고 느끼며 창문을 열었다. 눈 덮인 지붕 너머로 교회 십자가가 보였고 그 위에 찬란한 별자리들이 빛나고 있었다. 그는 한동안 십자가를 바라보고 별들을 바라보다가 창문을 닫고 안으로 들어와 상념에 잠겼다. 그러다가 그는 다시 창문을 열었고 같은 동작을 몇 번이고 되풀이했다.

어느새 청소부들이 웅성거리는 소리, 예배를 알리는 종소리가 들렸다. 벌써 아침 7시였다. 레빈은 창문을 닫고 세수를 한 뒤 옷을 입고 거리로 나섰다.

거리에는 아직 인적이 없었지만 그는 셰르바츠키 저택으로 갔다. 문은 잠겨 있었고 모두들 잠들어 있었다. 그는 다시 호텔로 돌아와 커피를 마신 뒤 다시 셰르바츠키 저택으로 갔다. 9시를 넘긴 시각이었다. 사람들이 막 일어난 뒤였고, 요리사는 장을 보러 나가고 없을 때였다. 적어도 두 시간은 더 기다려야 했다.

다시 호텔로 돌아가는 길에 거리에서 본 모든 것들이 레빈에게는 아름다웠다. 등교하는 아이들, 보도 위에 내려앉은 비둘기들, 그들이 쪼아 먹는 빵 등 이 모든 것들은 지상의 것들이 아니었다. 그는 그 모든 것들을 바라보며 기쁨의 눈물을 흘렸다.

그는 다시 호텔로 돌아가 시계를 앞에 두고 12시가 되기를 기다렸다. 이윽고 12시가 되자 그는 셰르바츠키 저택으로 다시 갔다.

그를 본 수위는 마치 그가 찾아올 것을 알고 있었다는 듯 그에게 물었다.

"어느 분께 오셨다는 통보를 드릴까요?"

"공작 부인께…… 공작님께…… 따님께도……."

그가 안으로 들어가자 그의 행복, 그의 삶, 그가 오랫동안 찾아 헤맸던 존재, 자신보다 훨씬 훌륭한 존재가 빠르게, 빠르게 그의 앞으로 다가왔다. 그녀의 힘으로 걸어오는 것이 아니라 그 어떤 보이지 않는 힘에 의해 인도되는 것 같았다.

레빈은 그녀의 맑고 순수한 눈을 바라보았다. 그녀 역시 밤새 한숨도 잠을 이루지 못했지만 온몸에서 광채를 발하고 있었다. 그녀의 부모는 기꺼이 동의했고, 딸의 행복을 축하하며 기뻐했다.

그날 레빈은 온 세상이 자신을 축복해주는 듯 느꼈고, 온 세상을 다 가진 것만 같았다.

# 제6장

카레닌이 적막한 호텔 방으로 돌아와 차를 마시고 있는데 하인이 전보 두 통을 가져왔다. 첫 번째 전보는 카레닌이 원하던 자리에 스트레모프라는 자가 임명되었다는 소식을 알리고 있었다. 그는 그 전보를 읽어보고 얼굴이 벌게졌다. 자신이 원하던 자리에 가지 못했기에 화가 난 것이 아니었다. 말만 번지르르한 빈껍데기인 스트레모프 같은 인간이 그 자리에 적합하지 않다는 것을 사람들이 모르고 있다는 사실 때문에 그는 너무 실망했다.

두 번째 전보는 아내에게서 온 것이었다. 내용은 간단했다.

전 죽어가고 있어요. 제발 돌아와주세요. 당신이 용서해주신다면 좀 더 편하게 눈을 감을 수 있을 거예요.

'흥, 또 무슨 간계를! 순 거짓말쟁이 같으니!'

전보를 처음 읽었을 때 그가 받은 느낌은 그런 것이었다. 하지만 다시 전보를 읽어보고는 '죽어간다'는 표현에 충격을 받았다. 그는 생각했다.

'만일 이게 사실이라면? 죽음을 앞두고 그녀가 진정으로 참회하고 있다면? 그런데도 내가 이것을 거짓말이라고 여기고 돌아가지 않는다면? 그렇다면 모두들 내가 잔인한 사람이라고 비난할 것이다. 게다가 나 스스로가 보기에도 어리석은 짓이다.'

카레닌은 페테르부르크로 가서 안나를 봐야겠다고 결심했다. 만일 그녀의 병이 거짓이라면 아무 말도 없이 떠나버릴 것이고 그녀가 정말 죽을 정도로 아프며, 죽기 전에 자신을 보기를 원한 것이라면 용서하리라고 마음먹었다. 그리고 만일 자신이 너무 늦게 도착한 것이라면 마지막 도리를 다 하리라고 생각했다.

그는 밤 열차를 타고 지친 몸으로 페테르부르크에 도착했다. 그는 안개를 뚫고 텅 빈 거리를 걸어가면서 자꾸만 떠오르는 생각을 떨쳐버리려고 애를 썼다. 그녀의 죽음이 이 모든 어려움을 일거에 해결해줄 수 있으리라는 생각이 자꾸 들었고 그런 자신이 부끄러웠던 것이다.

집 앞에는 두 대의 마차가 서 있었다. 그가 벨을 누르기도 전에 문지기가 문을 열었다.

"마님은 어떤가?"

"어제 무사히 해산하셨습니다."

순간 카레닌은 얼굴이 창백해졌다. 자신이 안나의 죽음을 얼마나 원했던지 다시 깨달은 것이다.

"마님 몸 상태는?"

"아주 안 좋으십니다. 의사가 어제 왕진을 왔다 가셨고, 오늘은 죽 여기 계십니다."

"안에 누가 있나?"

"의사 선생님과 산파, 그리고 브론스키 백작님이 계십니다."

카레닌은 안으로 들어갔다. 그의 발소리에 라일락 빛깔의 리본이 달린 모자를 쓴 산파가 나타났다. 산파는 죽음이 임박했음을 보여주는 친근한 손길로 그의 팔을 잡고 침실로 이끌었다.

"고맙게도 나리께서 와주셨군요. 그저 나리 말씀만 하고 계십니다요."

"빨리 얼음을!" 침실에서 의사의 다급한 목소리가 들렸다.

카레닌은 규방으로 들어갔다. 책상 옆 낮은 의자에 브론스키가 두 손으로 얼굴을 가린 채 흐느끼며 앉아 있었다. 그는 의사의 목소리에 두 손을 얼굴에서 치우고 벌떡 일어나다가 카레닌을 보았다. 안나의 남편을 보자 그는 다시 무너지듯 의자에 주저앉아 고개를 숙였다. 마치 어디론가 숨어버리고 싶어하는 것 같았다. 이윽고 그는 자신의 감정을 억제하며 몸을 일으키더니 말했다.

"그녀가 죽어가고 있습니다. 의사들 말로는 가망이 없다고 합니다. 저는 당신이 하라는 대로 하겠습니다. 다만, 여기 있게만 해주신다면……."

브론스키의 눈물을 보자 카레닌은 심적 동요를 느꼈다. 그는 얼른 그를 외면하고 안으로 들어갔다. 침실에서 안나의 목소리가 들려왔다. 예상과는 달리 그녀의 목소리는 밝았으며 생기가 넘쳤고 말도 또렷했다. 그는 침대 곁으로 갔다. 안나는 카레닌 쪽으로 얼굴을 돌린 채 누워 있었다. 뺨은 발갛게 물들어 있었고 눈은 반짝반짝 빛나고 있었다. 마치 건강하고 기분도 좋은 것 같았다. 그녀는 카레닌은 보지 못한 채, 하던 말을 멈추지 않고 계속했다.

"왜냐하면 알렉세이는…… 알렉세이 알렉산드로비치를 말하는 거예요. 둘 다 이름이 알렉세이라니 정말 이상한 일이지요? 알렉세이 알렉산드로비치 카레닌은 날 거부하지 않을 거니까요. 그이는 날 용서해줄 거예요. 아, 그이는 왜 오지 않는 거지요?"

"여기 오셨어요. 여기 계세요." 산파가 그녀에게 말했다.

"그런 소리 하지도 말아요!" 안나가 카레닌을 보지 않은 채 말했다. "어서 내 딸을 줘요! 내 딸을 달라니까요! 그이는 아직 안 왔어요! 그이가 나를 용서하지 않을 거라고요? 그이를 몰라서 하는 소리예요! 아무도 그이를 몰라요. 나만 알아요. 그래서 내가 힘든 거예요. 오, 세료자에게 밥은 챙겨줬나요?"

순간 그녀의 얼굴이 공포에 질렸다. 카레닌의 얼굴을 본 것이다.

"아니야! 내가 무서워하는 건 남편이 아니야. 내가 무서워하는 건 죽음이야. 알렉세이, 가까이 와요. 서둘러야 해요. 시간이 없어요……. 이제 살아 있을 시간이 얼마 없어요."

카레닌의 얼굴이 일그러졌다. 그는 그녀의 손을 잡았지만 아무 말도 할 수 없었다. 그는 그녀의 눈빛에서 이전에는 전혀 볼 수 없었던 부드러움을 느꼈다.

“잠깐만요. 그래요, 아주 잠깐만요.”

그녀는 생각을 모으려는 듯 잠시 말을 멈췄다. 그녀가 다시 입을 열었다.

“제가 하고 싶은 말은…… 내게 놀라지 말아요. 난 그대로예요……. 하지만 내 안에는 다른 여자가 있어요. 나는 그 여자가 무서워요……. 그 여자가 그 사람을 사랑한 거고, 당신을 증오하려고 애쓰게 만든 거예요……. 하지만 나는 이전의 나를 잊을 수 없어요. 나는 그 여자가 아니에요. 지금의 내가 진짜 나예요. 이제 나는 죽어요……. 그걸 나는 온몸으로 느껴요……. 이제 내게 필요한 건 딱 하나예요. 당신, 나를 용서해줘요. 진심으로 용서해줘요. 아, 당신은 너무 좋은 사람이에요!”

카레닌이 마음의 동요가 점점 커지더니 이윽고 더 이상 그와 씨름할 수 없는 상태가 되었다. 그때 그는 문득 깨달았다. 자신이 이제껏 심적 동요라고 생각했던 것이 실은 새로운 행복을 느끼는 황홀한 경지였음을. 그는 이제까지 그런 황홀함을 맛본 적이 없었다. 그는 평생 기독교의 가르침을 따르면서 살아왔다고 생각했지만 그 가르침의 참뜻이 적을 용서하고 사랑하는 것이라고는 생각하지 않았다. 그런데 그 순간 바로 그런 용서와 사랑의 감정이 그에게 넘쳐흐르고 있었다.

그는 침대 옆에 무릎을 꿇고 앉아 마치 어린아이처럼 엉엉 울었다. 그녀가 다시 말했다.

"정말, 내가 바라는 건 단 하나예요. 용서! 아, 그런데 그 사람은 왜 오지 않는 거지요?"

브론스키가 침대 가장자리로 와서 그녀를 보더니 다시 두 손으로 얼굴을 가렸다.

"얼굴을 가리지 말아요……! 이 사람을 보세요. 이분은 성자예요!" 그녀는 극도로 흥분해서 말했다. "오, 여보! 이 사람 얼굴에서 손을 떼어내주세요! 얼굴을 보고 싶어요!"

카레닌이 브론스키의 손을 잡고 얼굴에서 떼어냈다. 브론스키의 얼굴은 슬픔과 부끄러움으로 일그러져 있었다.

"자, 그에게 손을 내밀고 용서해주세요!"

카레닌은 흐르는 눈물을 주체하지 못하고 브론스키에게 손을 내밀었다.

"오, 하느님 감사합니다!" 안나는 그 말과 함께 "의사 선생님! 제발 모르핀을! 모르핀을 좀 주세요!"라고 외치며 침대에서 몸부림치기 시작했다.

안나는 그날 하루 종일 열과 환각에 시달렸다. 자정 무렵에는 의식을 잃었으며 맥박도 거의 뛰지 않았다. 의사들은 가망이 없으며 임종이 가까웠다고 말했다.

아침녘에 안나는 다시 한번 발작을 일으켰다. 발작 후 안나는 생기를 되찾았지만 다시 의식을 잃었다. 사흘째 되는 날도 같은 일이 반복되었고, 의사들은 희망이 있다고 말했다.

바로 그날 카레닌은 서재 문을 닫은 채 브론스키와 단둘이 마주 앉아 있었다. 카레닌이 브론스키에게 말했다.

"자, 내 이야기를 잘 들어주시오. 아주 중요한 이야기요. 이제까지 나를 이끌어왔던 내 감정을 내가 당신에게 설명해주겠소. 당신도 알다시피 나는 이혼을 결심했고 그 절차까지 밟았소. 당신과 아내에게 복수하겠다는 심정이 나를 지배하고 있었소. 그리고 아내의 전보를 받고 이곳에 오면서 아내가 죽기를 바랐다는 것도 솔직히 고백하겠소. 하지만……."

그는 잠시 입을 다물었다. 자신의 속내를 어디까지 보여줘야 할지 잠시 망설이는 것 같았다.

잠시 후 그가 이야기를 계속했다.

"하지만 나는 아내를 용서했소. 그리고 단 한 가지만 하느님께 빌고 있소. 이 용서의 행복을 내게서 앗아가지 말아달라고."

카레닌의 눈에 눈물이 어렸다. 브론스키는 그의 밝고 온화

한 눈빛에 놀랐다. 카레닌은 눈빛처럼 온화한 말투로 말을 이어갔다.

“당신은 나를 진흙탕에 처넣고 밟을 수도 있소. 나를 세상 조롱거리로 만들 수도 있소. 하지만 나는 아내를 버리지 않겠소. 당신을 비난하지도 않겠소. 나는 내가 아내 곁에 머무는 것이 내 의무임을 알고 있고 그 의무를 지킬 거요. 아내가 당신을 보고 싶어한다면 당신에게 알려주겠소. 하지만 지금 당장은 멀리 떨어져 있는 게 좋겠소.”

카레닌은 자리에서 일어났다. 그는 눈물을 줄줄 흘리고 있었다.

브론스키도 일어나서 구부정한 자세로 카레닌을 올려다보았다. 그는 카레닌의 감정을 이해할 수 없었다. 하지만 그것이 그 무언가 숭고한 것이며 자신의 인생관으로서는 접근이 불가능한 것이라는 것을 분명히 느끼고 있었다.

# 제7장

카레닌의 저택을 나서면서 브론스키는 참담한 기분에 젖어 있었다. 그는 창피하고 수치스러웠다. 하지만 그 수치를 씻을 길이 없었다.

이제까지 아내에게 배신당한 남편 카레닌은 그에게 처량한 존재였고 그의 행복에 끼어든 우스꽝스러운 방해물에 불과했다. 그런 그가 갑자기 경외심을 갖고 우러러보아야 하는 산봉우리로 격상되었다. 그리고 그 정상에서 남편은 자신이 심술궂고, 위선적이고, 우스꽝스러운 존재가 아니라 상냥하고 솔직하며 너그러운 사람임을 스스로 보여주었다. 갑자기 위치가 바뀐 것이다. 브론스키는 이제껏 단단히 지켜왔던 자신의 규범이 짓뭉개지는 것을 느꼈다. 그가 고결해진 반면 자신이 비굴해졌으며, 그가 정직한 사람이 된 반면 자신은 거짓된 사람이 되었다.

하지만 그 때문에만 그가 참담함을 느낀 것은 아니었다. 그 수치심은 그가 느낀 참담함에서 극히 일부분을 차지하고 있을 뿐이었다. 그는 최근 식어가고 있다고 느끼고 있던 안나를 향한 열정이, 이제 그녀를 영원히 잃게 되었음을 알게 되자 그 어느 때보다 강하게 끓어오르고 있음을 느끼고 더없이 불행해졌다. 이제 진정으로 그녀를 사랑할 수 있게 되자, 그녀 앞에서 더없이 초라한 모습만 보인 채 영영 그녀를 잃게 된 것이다. 무엇보다 끔찍했던 것은 카레닌이 그의 얼굴에서 손을 떼어냈을 때 보여준 자신의 우스꽝스럽고 초라한 모습이었다.

집으로 돌아간 그는 옷을 벗지도 않은 채 소파에 누웠다. 하지만 벌써 사흘째 잠을 자지 못했음에도 불구하고 그는 잠을 이루지 못했다. "당신은 나를 진흙탕에 처넣고 밟을 수도 있소"라는 카레닌의 목소리가 계속 들려왔고, 자신과 카레닌을 번갈아 쳐다보는 안나의 눈길이 떠올랐으며, 카레닌이 자신의 얼굴에서 손을 떼어냈을 때의 자신의 우스꽝스러운 모습이 떠올랐다.

그 목소리와 이미지를 지우려면 잠을 자야 했다. 하지만 그는 결코 잠을 이룰 수 없었다. 그는 자신이 미쳐가고 있는 것이

나 아닌지 자문했다. 그리고 안나를 향한 사랑 외에 자신에게 지금 남아 있는 것이 도대체 무엇인지 자문해보았다.

'명예욕? 세르푸홉스코이? 사교계? 궁정?'

모두 아니었다. 예전에는 의미가 있었는지 몰라도 이제는 더 이상 의미가 없었다. 그는 방 안을 오가며 중얼거렸다.

'그래, 사람들이 이래서 미쳐가는 거로구나. 이래서 자살을 하는 거로구나. 수치에서 벗어나기 위해서…….'

브론스키는 문을 잠갔다. 그리고는 책상으로 다가가 권총을 꺼내 안전장치를 풀었다. 그런 뒤 그는 권총을 손에 든 채 약 2분간 미동도 없이 생각에 잠겨 있었다.

"그래, 당연한 거야." 그는 마치 논리적인 추론의 결과 확실한 결론이 내려진 듯 중얼거렸다. 하지만 그것은 논리적인 추론의 결과가 아니었다. 잃어버린 행복에 대한 아련한 회한의 결과였다.

그는 "당연한 거야"라고 다시 한번 중얼거리며 권총을 왼쪽 가슴에 대고 방아쇠를 잡아 당겼다. 그는 가슴에 강한 충격을 느끼고 휘청거리다가 놀란 눈으로 주위를 둘러보며 바닥에 주저앉았다. 그는 자신이 지금 어디에 있는지, 무슨 짓을 했는지도 알아차리지 못했다. 그는 팔에 흐르는 피를 보고서야 자신이 총을 쏘았음을 알아차렸다.

“이런, 바보 같으니! 빗맞혔구나!” 그는 권총을 집으려고 손을 뻗으며 중얼거렸다.

총소리에 놀라 뛰어온 하인이 그를 발견하고는 겁에 질려 밖으로 뛰쳐나갔다. 도움을 청하기 위해서였다. 한 시간 후 그의 형수 바랴가 의사 세 명과 함께 도착했다.

## 제8장

카레닌이 저지른 큰 실수가 있었다. 그는 안나가 죽지 않을 수도 있으리라는 점은 전혀 고려하지 않은 채 그녀를 용서한 것이다. 그가 모스크바에서 돌아온 지 두 달이 지났을 때 그가 무슨 실수를 한 것인지 그 실상이 훤하게 드러났다. 게다가 죽어가는 아내를 만나는 그 순간까지 그가 자신의 마음을 알지 못했다는 것이 또한 큰 실수였다.

그는 죽어가는 아내 앞에서 연민을 느꼈다. 그리고 아내를 용서해주면서 정신적 환희를 느꼈다. 이전에는 그가 모두 창피하게 여기던 감정이었다. 게다가 그는 브론스키도 용서했다. 특히 소문을 통해 그가 절망에 빠져 저지른 행동에 대해 알게 된 이후로는 그를 불쌍하게 여기기까지 했다. 그는 아들에 대해 전혀 신경을 쓰지 않았던 자신을 꾸짖었다. 그리고 새로 태어난 여자아이, 자기 자식도 아닌 아이에게 따스한 정을 느끼고 돌보았다.

카레닌이 두 달 동안 자연스럽다고 느끼던 그 감정, 그 행동들은 카레닌 스스로도 알지 못했던 자신의 또 다른 모습이었고, 또 다른 감정이었다. 그러나 시간이 흐르면 흐를수록 카레닌은, 이런 자신의 모습이 아무리 자신에게 자연스럽게 보일지라도, 그 상황이 그대로 지속될 수 없다는 것을 분명히 자각하게 되었다. 그는 지금 자신을 인도하고 있는 고귀한 영적인 힘 외에 그의 인생을 지금까지 인도해온 또 하나의 힘이 있음을 감지했다. 그 힘은 영적인 힘보다 더 큰 힘이었으며, 지금 자신이 누리는 소박한 평안을 그 힘이 방해하리라는 것을 그는 뚜렷이 알 수 있었다.

우선 사람들의 시선이 있었다. 사람들은 모두 그에게 뭔가 묻는 듯, 놀란 눈으로 그를 바라보았다. 그는 그들이 자신을 이해할 수 없음을, 그 무언가 다른 모습을 기대하고 있음을 느꼈다. 그리고 무엇보다 아내와의 관계가 부자연스럽기 짝이 없었다.

자신이 곧 죽으리라는 생각에 마음이 약해졌던 순간이 지나자 안나는 남편을 두려워했고 뭔가 불편한 듯 그를 똑바로 쳐다보지도 못했으며 카레닌은 그 사실을 눈치챘다. 그녀는 그 무언가를 원하면서 차마 말을 꺼내지 못하는 것 같았다. 마치, 지금의 둘 간의 관계가 이대로 지속될 수 없다는 것을 예견하고 그에게 뭔가를 기대하고 있는 것 같았다.

2월 말이었다. 일을 마친 카레닌이 오후 3시 경 집으로 돌아왔을 때 벳시 트베르스카야 공작 부인이 안나의 침실에서 안나와 이야기를 나누고 있었다. 카레닌이 안나의 규방 문 쪽으로 다가갔을 때 그는 원치 않던 대화를 엿듣게 되었다.

"당신 남편 걱정은 안 해도 될 거예요. 그는 받아들일 거예요." 벳시의 목소리였다.

"남편 때문에 그러는 게 아니에요. 나를 위해서 원치 않는 거예요. 더 이상 그 이야기는 하지 말아요." 안나가 흥분해서 대답했다.

"당신을 위해서 자살까지 하려던 사람의 작별 인사도 받지 않겠다는 건가요?"

"바로 그 때문에 그 사람을 보지 않겠다는 거예요."

카레닌은 더 이상 엿듣고 있을 수 없어 큰 기침을 하며 안으로 들어섰다. 안나는 회색 잠옷을 입고 소파에 앉아 있었다. 안나 옆에 앉아 있던 벳시가 미소로 카레닌을 맞았다. 카레닌은 그녀에게 허리 굽혀 인사한 뒤에 안나의 손에 입을 맞추며 몸은 좀 어떠냐고 물었다.

"좋아진 것 같아요." 안나가 그의 시선을 피하며 대답했다.

"그런데 당신, 열이 좀 있어 보이는데?"

그러자 벳시가 말했다.

"제가 아픈 사람 앞에서 너무 수다를 떨었나봐요. 이제 가봐야겠어요."

그러자 안나가 벳시의 손을 잡으며 말했다.

"잠깐, 잠깐만요. 할 말이 있어요…… 아니, 당신에게 해야겠어요." 그녀는 카레닌 쪽으로 몸을 돌리며 말했다. "당신에게 아무것도 감추고 싶지 않으니까요."

그녀의 목과 이마를 붉은 반점이 덮고 있었다.

카레닌은 손마디를 꺾으며 고개를 숙였다. 안나가 계속 말했다.

"벳시 말이, 브론스키 백작이 우리 집을 방문하고 싶다는 거예요. 타슈켄트로 떠나기 전에 작별 인사를 하겠다고요. 난 그럴 수 없다고 대답했어요."

"아니, 남편이 결정하기 나름이라고 하지 않았나요?" 벳시가 안나의 말에 반박했다.

"아니에요. 절대 그럴 수 없어요……. 난 원치 않아요."

벳시가 밖으로 나갔고 카레닌이 그녀를 배웅했다. 작별 인사를 나누며 벳시가 카레닌에게 브론스키는 명예를 존중하는 사람이라며 그를 받아들이라고 다시 한번 말했다. 그러자 카레닌이 대답했다.

"부인의 조언, 고맙게 생각합니다. 하지만 아내가 누구를 집에 들이느냐 아니냐는 아내가 직접 결정할 문제입니다."

카레닌이 다시 안나의 방으로 들어가자 안나는 겁에 질린 표정으로 남편을 바라보았다. 카레닌이 그녀에게 친근한 목소리로 말했다.

"당신이 나를 믿어줘서 고맙소. 잘 결정한 거요. 나도 브론스키 백작이 멀리 떠나기로 했다면 굳이 이곳에 올 필요가 없다고 생각하오. 하지만 만일……."

"이미 끝난 이야기를 또 왜 꺼내는 거예요?" 안나가 더 이상 참지 못하겠다는 듯 화를 벌컥 내며 말했다. 그리고 순간적으로 생각했다.

'아니, 필요가 없다고! 사랑 때문에 모든 것을 버린 남자가

사랑하는 여자에게, 그 남자 없이는 살 수 없는 여자에게 작별 인사를 하러 오겠다는데, 필요가 없다고!'

안나는 느닷없이 울음을 터뜨리며 그에게 어서 방에서 나가라고 손짓을 했다. 안나의 방을 나서면서 카레닌은 "이런 식으로 계속될 수는 없어"라고 중얼거렸다. 아내의 얼굴에서 이전 그 어느 때보다 큰, 자신을 향한 극도의 증오심을 그는 읽을 수 있었던 것이다. 그는 두 달 동안 이어져오던 마음의 평안이 깨졌음을 절실히 느꼈다.

# 제9장

탄환이 심장을 빗나가기는 했지만 브론스키의 상처는 위중했다. 그는 며칠 간 생사의 갈림길을 헤매었다. 그가 겨우 말할 기력을 회복했을 때 그의 곁에는 형수 바랴가 있었다.

"형수님, 사고로 총이 발사된 거예요. 제발 부탁인데 다시는 이 이야기를 입에 담지 말아주세요. 혹 누가 물으면 그냥 사고였다고 말해주세요."

"도련님, 잘 알았어요. 아무도 그 이야기는 하지 않아요. 다만 그런 사고가 다시는 없기만 바라요."

"물론 없을 겁니다. 하지만 차라리……."

그는 우울한 미소를 지었다.

염증이 사라지면서 브론스키는 자신을 고통스럽게 만들던

한 부분이 사라진 것을 느꼈다. 전에 느꼈던 수치심과 굴욕감을 더 이상 느끼지 않게 된 것이다. 자살은 그에게서 수치심을 없애주었다. 그는 카레닌의 관대함에 대해 생각하면서도 더 이상 자신이 왜소해진다는 느낌이 들지 않았다. 그는 자연스럽게 옛날 방식으로 살아갈 수 있게 된 것이다.

단 한 가지 그가 절대로 몰아낼 수 없는 감정이 있었다. 그녀를 영원히 잃게 되었다는 회한이 그것이었다. 이제 자신이 저지른 죄를 남편이 사면해주었다, 자신은 그녀를 포기해야 하며 다시는 참회한 그녀와 그녀의 남편 사이에 끼어들면 안 된다고 그는 확고히 결심했다. 하지만 그는 그녀의 사랑을 잃었다는 회한에 가슴이 찢어지는 것 같았으며, 당시에는 그 진가를 제대로 알 수 없었던 행복했던 지난 순간들의 기억을 지워버릴 수가 없었다.

세르푸홉스코이가 브론스키를 위해 타슈켄트에 자리를 하나 마련했으며 브론스키는 조금도 망설이지 않고 그의 제안을 받아들였다. 하지만 떠날 날이 가까워질수록 의무 때문에 치른 희생이 점점 더 쓰리게 느껴지는 것을 어쩔 수 없었다.

상처가 완쾌되자 그는 출발 준비를 했다.

그는 '한 번만 그녀를 볼 수 있다면…… 그러면 그냥 묻혀 살다가 죽을 수 있으련만'이라고 생각하고 벳시에게 속마음을 털어놓았다. 벳시는 브론스키의 부탁을 듣고 안나를 찾아갔던 것이었다. 벳시는 안나에게 다녀온 후 브론스키에게 안나가 거절하더라는 뜻을 전했다.

그는 '그게 나을 거야. 내가 공연히 마음이 약해져서 결심을 꺾은 거야'라고 생각하며 자신을 달랬다.

그런데 바로 그다음 날 벳시가 브론스키를 찾아왔다. 오블론스키가 나서서, 카레닌에게 안나와 이혼하겠다는 언질을 받아냈으니 안나를 찾아가보아도 된다는 것이었다. 벳시의 말을 듣자마자 브론스키는 자신이 했던 결심을 깡그리 잊은 채, 남편이 지금 집에 있는지 없는지 묻지도 않고 한걸음에 안나의 집으로 달려갔다.

그녀의 집에 도착한 그는 집에 카레닌이 없는 것을 확인하고는 잰걸음으로 그녀의 방으로 뛰어들었다. 그리고 다짜고짜 안나를 끌어안고 얼굴, 손, 목에 키스를 퍼부었다.

안나는 그의 감정에 그대로 감염되어 잠시 아무 말도 할 수 없었다. 이윽고 약간 진정이 된 그녀가 그의 두 손을 가슴에 꼭 끌어안으며 말했다.

"그래요, 당신은 나를 정복했어요. 난 당신 거예요."

"그래야만 했던 일입니다. 우리가 살아 있는 한 그래야만 합니다. 이제 그걸 확실히 알겠어요."

"맞아요." 그녀가 그의 머리를 끌어안은 채 낯빛이 점점 더 창백해지며 말했다. "하지만 난 지금 너무 허약해 있어요."

"그렇다면 이탈리아로 갑시다. 거기서 당신은 건강을 회복할 수 있을 겁니다."

"정말로 우리가 남편과 아내로서 가정을 이루어 살 수 있을까요?"

"이제껏 그러지 않았다는 게 오히려 이상해 보입니다."

"저는 이제 이혼해주고 안 해주고는 상관없어요. 하지만 그 사람이 세료자를 어떻게 할까요?"

어떻게 이런 순간에 이혼이니, 아들이니 생각을 할 수 있다는 건지 브론스키는 이해할 수가 없었다.

"이제 그런 이야기는 하지 말아요. 그런 생각도 하지 말고." 브론스키는 그녀의 관심을 자신에게로 돌리려는 듯 그녀의 손을 이리저리 뒤집으며 말했다. 하지만 그녀는 여전히 그를 바라보지 않았다.

"아, 왜 그때 죽지 않았던 걸까? 그게 훨씬 나았을 텐데!"

눈물이 그녀의 뺨을 적셨다. 하지만 그녀는 억지로 미소를 지었다.

평소였다면 브론스키는 그 매력적인 타슈켄트의 새로운 자리를 절대로 거절하지 않았을 것이다. 하지만 그는 조금도 망설임 없이 그 자리를 거절했다. 그리고 상부에서 자신의 거절에 대해 괘씸하게 생각하는 것을 알아차리고는 곧바로 퇴역해 버렸다.

한 달 후 카레닌은 페테르부르크의 집에 아들과 단둘이 남게 되었다. 안나는 이혼하지 않은 채 브론스키와 함께 외국으로 떠났다.

# 제5부

## 제1장

레빈과 키티의 결혼식은 금식 기간이 시작되기 전에 치르기로 결정되었다. 결혼을 나흘 앞두고 레빈은 고해성사를 했다. 고해성사를 해야만 혼인이 가능한 때문이었다. 레빈은 신자가 아니었기에 고해성사를 한다는 것이 마치 거짓말을 하는 것 같아 심기가 불편했다. 하지만 고해성사 증명서가 없으면 결혼이 불가능했기에 어찔 수 없었다.

레빈은 고해성사를 무사히 마쳤다. 게다가 그가 염려했던 것처럼 거짓말을 할 필요도 없었다. 레빈이 고해성사를 받은 사제에게 자신은 의심이 많아 신의 존재마저 의심한다고 말하자 사제는 빙그레 웃으며 선량한 눈길로 "의심은 인간 고유의 약점이지요"라고 말한 뒤 다음과 같이 덧붙였다.

"이 아름다운 신의 창조물들을 보면서 어떻게 신의 존재를 의심할 수 있나요? 당신이 결혼을 하면 하느님께서 자손을 선물하실 것입니다. 순진무구한 아이가 당신에게 '아빠! 땅, 물, 태양, 꽃, 풀 들을 누가 만들었어요? 이 아름다운 것들을'이라고 물으면 뭐라 답하겠습니까? 모른다고 답하실 겁니까? 당신은 아이가 단지 부와 명예만을 바라지 않고 진리의 빛으로 깨우치기를, 아이의 영혼이 구원받기를 바랄 겁니다. 그런데 모른다고만 대답할 겁니까? 그건 옳지 않아요. 당신은 지금 당신 스스로 갈 길을 택하고 그 길을 지켜야 할 기로에 놓여 있습니다. 자애로운 하느님께 도와달라고, 당신을 긍휼히 여겨달라고 기도하십시오."

이어서 사제가 "주여, 자비와 은총을 베푸시어, 이 어린 양을 용서해주소서"라고 기도하는 것으로 고해성사는 끝났다.

집으로 돌아온 레빈은 거짓말을 하지 않게 된 것이 기쁘면서도 신부의 말씀이 자신이 전에 생각했듯 어리석기만 한 것이 아니라는 것, 그 안에는 분명하지는 않지만 뭔가 중요한 것이 들어 있다고 느꼈다. 레빈은 그것이 무엇인지 나중에 꼭 밝혀야겠다고 생각했다.

결혼식 날이 되었다. 레빈은 러시아의 관습에 따라 그날 신부를 보지 않고 그의 호텔 방에서 세 명의 총각과 식사를 했다. 그들은 레빈의 형 코즈니셰프, 대학 동창으로서 레빈이 우연히 길에서 만나 데리고 온 자연과학 교수 카타바소프, 레빈의 결혼 들러리이자 곰 사냥 친구인 모스크바 민사재판관 치리코프였다.

유쾌한 식사를 하는 도중 친구들은 농담을 하며 레빈을 놀렸다. 카타바소프가 말했다.

"레빈, 자네는 농사짓는 것과 사냥을 좋아하지. 하지만 이제 두고 보게나. 실컷 사냥을 할 수 없을걸."

"나는 놔두고 자네들이나 사냥을 하게."

그러자 코즈니셰프가 말했다.

"아무리 행복해도 자유를 잃는 건 안타까운 일이야."

그러자 레빈이 웃으며 대답했다.

"난 아무래도 자유를 잃게 되어 안타깝다는 생각은 들지 않는데요."

"아, 지금이야 들떠 있으니 그렇겠지. 하지만 조금만 지나보게. 곧 정신이 들 거야." 카타바소프의 말이었다.

"글쎄, 자유를 잃는 게 좀 애석할 만도 한데 마냥 행복하기만 하니 어쩌지? 자유를 잃게 된 처지가 오히려 기쁘니 어쩌지?"

"맙소사! 도저히 못 말리겠군!" 치리코프가 혀를 끌끌 차며 말했다. "자, 레빈이 제정신이 들기를 기원하며 건배! 혹은 그의 꿈이 100분의 1이라도 이루어지기를 기원하며 건배! 이 세상에 결코 존재한 적이 없던 그런 행복이 그에게는 찾아오기를 기원하며 건배!"

세 사람은 식사를 마친 뒤 결혼식에 입고 갈 예복을 입으려고 서둘러 나갔다.

그들이 밖으로 나간 뒤 혼자 남게 되자 레빈은 그들의 농담을 떠올리며 미소를 지었다.

'자유라고? 자유가 왜 필요해? 그녀가 바라는 대로 하고 그녀가 생각하는 대로 똑같이 생각하는 게 바로 행복인데.'

순간 그에게 갑자기 이상한 생각이 들었다.

'그런데 내가 그녀의 생각을, 그녀의 소망을, 그녀의 감정을 알고는 있는 걸까?'

그러자 미소가 사라지고 그는 생각에 잠겼다. 매사에 의심이 많은 버릇이 도진 것이다.

'만일 그녀가 나를 사랑하지 않는다면? 단지 결혼하기 위해서 결혼을 하는 거라면? 결혼하자마자 나를 사랑하지 않는다

는 것을, 나를 사랑할 수 없다는 것을 그녀가 깨닫게 된다면?'

그러자 마치 일 년 전처럼 브론스키에게 질투심을 느꼈다. 그리고 그녀가 자신에게 모든 것을 다 털어놓지 않았다는 의심이 들었다. 한 번 의심이 들기 시작하자 그는 거의 제정신이 아니게 되었고 곧장 키티에게 달려갔다.

키티는 트렁크 위에 앉아서 방바닥에 널린 옷가지들을 하녀와 함께 정리하고 있었다. 그녀는 레빈을 보자 반색하며 "어머, 웬일이세요? 필요한 사람들에게 주려고 옷들을 정리하고 있었어요"라고 말했다.

레빈은 하녀를 내보낸 뒤 심각한 표정으로 말했다.

"키티, 나는 괴롭소. 나는 당신에게 이 말을 해주려고 왔소. '아직 늦지 않았으니 모든 것을 되돌릴 수 있소.'"

"아니, 무슨 말씀이세요? 무슨 말인지 못 알아듣겠어요."

그는 키티를 외면한 채 계속 말했다.

"나 같은 놈은 당신에게 어울리지 않소. 당신이 어떻게 내게 시집오겠다는 생각을 했는지…… 당신이 어떻게 나 같은 놈을 사랑할 수 있다는 건지……."

"아니, 결혼을 하지 말자는 거예요?"

"그렇소. 만일 당신이 나를 사랑하지 않는다면……."

"당신, 정신이 나갔군요." 화가 나서 얼굴이 새빨개진 키티가 소리쳤다. "아니, 지금 무슨 생각을 하고 있는 거예요? 다 말해 봐요!"

"내 생각에 당신은 나를 사랑할 수 없소. 어떻게 당신이 나를 사랑할 수 있다는 거요?"

"어머! 나보고 어쩌라고!"

키티는 울음을 터뜨렸다. 그러자 레빈은 "아니, 내가 무슨 짓을 한 거지!"라고 외치고는 키티 앞에 무릎 꿇고 앉아 그녀의 손에 입을 맞추기 시작했다.

5분 뒤 공작 부인이 딸의 방에 들어섰을 때 두 사람은 이미 화해한 뒤였다. 키티는 자신이 그를 사랑한다고 분명히 확인해 주었다. 그녀는 자신이 그를 완벽하게 이해하고 있기에 그를 사랑한다고, 그가 무엇을 좋아할지 알고 있기 때문에 그를 사랑한다고, 그가 좋아하는 것은 모두 좋은 것이기 때문에 그를 사랑한다고 말했다. 레빈에게 그녀의 말은 완벽할 정도로 명료했다.

레빈은 죄책감과 부끄러움을 느끼며 호텔로 돌아갔다. 호텔에서는 그의 형과 돌리, 그리고 오블론스키가 성상을 들고 그를 기다리고 있었다. 성상 앞에서 그를 축복하기 위해서였다.

잠시 후 그들은 함께 성당으로 갔고 성대하게 결혼식을 올렸다. 결혼식이 끝나고 피로연에 참석했던 신혼부부는 그날 밤 시골을 향해 떠났다. 레빈은 키티가 원하면 그 어디로든 신혼여행을 갈 의향이 충분했다. 오블론스키는 외국으로 여행을 가라고 권했고 레빈은 키티만 찬성하면 따를 작정이었다. 하지만 키티가 장차 살게 될 시골로 가겠다고 단호하게 말했다. 그녀는 레빈과 함께 하는 삶 외에는 아무것도 생각할 수도, 소망할 수도 없는 상태였으며 바로 그녀 앞에 그 새로운 삶이 놓여 있었다. 그녀는 그 새로운 삶을 한시라도 빨리 맛보고 싶었다.

## 제2장

브론스키와 안나는 이미 석 달째 유럽을 여행하고 있었다. 그들은 베네치아와 로마, 나폴리를 돌아보고 이탈리아의 어느 작은 도시에 막 도착한 참이었다. 브론스키는 그곳에 당분간 머물 작정을 하고 호텔 매니저에게 그들이 묵을 저택을 하나 구해보라고 지시해놓았다.

호텔 최고급 방에 여장을 푼 지 나흘째 되는 날 아침 브론스키가 산책을 하고 돌아왔을 때였다. 누군가가 호텔 입구에서 매니저와 이야기를 나누고 있었다. 브론스키가 그냥 무심코 지나치려는데 매니저가 그에게 말했다.

"이분은 러시아인인데 백작님에 대해 묻는군요."

브론스키는 한 발 물러서서 러시아 신사를 바라보고는 탄성을 내질렀다.

"아니, 골레니셰프 아닌가!"

"오, 브론스키!"

골레니셰프는 브론스키의 사관학교 동료였다. 그는 자유주의자였으며 사관학교를 졸업한 후에도 임관하지 않았고 정부기관에서 일을 하지도 않았다. 사관학교 졸업 후 둘은 각기 다른 길을 걸었고 딱 한 번 만났을 뿐이었다.

졸업 후 그를 처음 만났을 때 브론스키는 그가 이른바 고상하고 지적인 자유주의자의 길을 걸으면서 브론스키의 직업과 관심사 등을 경멸한다는 것을 알았다. 브론스키도 그를 차갑게 대했고 두 사람은 멀어졌다. 그런데 지금 두 사람은 서로를 알아보고 기쁨의 탄성을 지르고 있었다.

브론스키는 자신이 골레니셰프를 보고 이렇게 기뻐할 줄은 전혀 예상하지 못했다. 자신이 요즘 얼마나 따분해하고 있는지 자각하지 못하고 있어서였을 것이다. 그는 이전에 마지막으로 그를 만났을 때의 불쾌했던 기분은 싹 잊고 반갑게 손을 내밀며 말했다.

"아니, 여기서 자네를 만나다니, 정말 반갑네."

"브론스키라는 사람이 이곳에 왔다는 이야기를 듣고는 자네인지 아닌지 긴가민가했지. 나도 정말 반가워."

"자, 들어가세. 그런데 자네 여기서 뭘 하고 있나?"

"2년 전부터 이곳에서 일을 하고 있어. '두 개의 기원'이라는 책을 쓰고 있지."

골레니셰프는 안나를 본 적이 없었다. 브론스키는 그를 안나와 소개시켜주어도 괜찮으리라고 생각했다. 브론스키는 그가 안나와 자신의 관계에 대해서 쓸데없는 질문을 해서 자신을 불쾌하게 할 사람이 아니라는 것, 미주알고주알 설명을 해주지 않아도 척보고 알아서 할 사람이라고 생각했다.

안나를 본 골레니셰프는 그녀가 아름다운 데 우선 놀랐다. 하지만 무엇보다도 그녀가 스스럼없이 자연스럽게 자신의 처지를 받아들이고 있는 것에 더욱 놀랐다. 그녀는 솔직하고 꾸밈이 없었다. 정부와 함께 도피 행각을 벌이고 있는 여자의 모습을 찾아볼 수 없었던 것이다.

브론스키와 안나가 세 들어 살 집에 내해 안나가 이야기를 꺼내자 골레니셰프가 말했다.

"아, 관광 안내서에서 그 저택을 봤어. 자네 틴토레토라고 알지? 바로크풍의 화가 말이야. 그곳에 그의 뛰어난 말년 작품이 있다고 하더군."

그러자 브론스키가 안나에게 말했다.

"날씨도 좋겠다, 지금 당장 가서 한번 보면 어떻겠소?"

안나가 동의를 하자 셋은 곧장 그곳으로 가서 집을 둘러보았다. 걸어서 갈 수 있을 만큼 가까운 거리였다.

집을 둘러보고 오는 길에 안나가 골레니셰프에게 말했다.

"정말 잘됐어요. 알렉세이가 아틀리에를 가질 수 있게 되었으니 말이에요."

그러자 골레니셰프가 브론스키 쪽으로 고개를 돌리며 말했다.

"자네, 그림을 그리나?"

"응. 오래전에 좀 그렸었지. 요즘 좀 다시 시작해보려고."

그러자 안나가 환한 미소를 지으며 말했다.

"이이는 재능이 뛰어나답니다. 저는 평론가가 아니지만 뛰어난 감식가들이 그렇게 말했어요."

# 제3장

남편에게서 해방되어 빠르게 건강이 회복되어 가던 그 시기에 안나는 행복의 절정에 달해 있었다. 그녀가 병에 걸린 이후에 벌어졌던 모든 일들이 그녀에게는 꿈처럼 여겨졌다. 그리고 그녀가 그 꿈에서 깨어났을 때 자신은 브론스키와 함께 외국에 있었다. 남편의 불행에 대해 이따금 생각이 났지만 그녀의 행복에는 조금도 금이 가지 않았다.

그녀는 남편에게 일어난 불행을 생각하면 일종의 혐오감을 느꼈다. 마치 함께 물에 빠졌다가 자신에게 달려드는 사람을 떨쳐버린 것 같은 기분이었다. 그 사람은 익사했다. 물론 옳지 못한 행동이었다. 하지만 그것만이 유일한 탈출 방법이었다. 그리고 그런 두려운 사실에 대해서는 더 이상 신경 쓰지 않는 편이 나왔다.

그녀는 가끔 자신도 명예와 자식을 잃었으니 남편만 불행에 빠진 것은 아니라고, 자신만 전적으로 잘못을 저지른 것은 아니라고 자기변명을 하기도 했다. 그리고 '난, 행복을 원하지 않아. 이혼하지도 않을 거야. 멸시를 참고 견디고 아들과의 이별의 아픔도 견딜 거야'라고 생각했다. 하지만 그녀가 아무리 고통 받기를 원했다 할지라도 그녀는 조금도 고통스럽지 않았으며 멸시를 당하지도 않았다. 여행 중 만난 사람들은 마치 그들의 처지를 십분 이해하고 있는 것 같았다. 또한 브론스키와 그녀 사이에서 나온 딸이 너무나 귀여워서 아들 생각을 잊게 해주었다.

그녀는 스스로에게도 용서가 안 될 정도로 너무 행복했으며, 브론스키에 대해 알아가면 알아갈수록 그의 성격을 더욱 사랑하게 되었다. 군복을 벗어던진 그의 모습은 전보다 더 매력적이었으며 그의 말과 생각, 행동은 언제나 고결했다. 그에게서 도무지 나쁜 점을 찾으려야 찾을 수 없어서 안나는 겁이 날 정도였다. 그녀에게 브론스키는 나라를 위해 뭔가 큰일을 할 수 있는 사람이었다. 그런데 자신을 위해 모든 것을 버리고도 조금도 내색하지 않는 사람, 단 한 번도 자신에게 맞서지 않고 늘 자신을 배려하는 사람이 바로 브론스키였다.

하지만 브론스키는 그의 간절한 소망이 완벽히 실현되었음에도 불구하고 완벽하게 행복하지 않았다. 그는 그 소망이 실현됨으로써 얻은 것이라고는 행복이라는 거대한 산 가운데 겨우 모래 한 알에 불과하다는 것을 금세 깨달았다. 그는 사람들이 흔히 믿고 있는 것, 즉 욕망의 실현이 곧 행복이라는 믿음이 잘못된 것임을 알게 된 것이다.

평민복을 입고 그녀와 가까이 지내면서 그는 이전에 맛보지 못하던 자유를 맛보았고, 사랑의 자유를 맛보았다. 그리고 그는 만족해했다. 하지만 그 만족은 오래 가지 않았다. 그는 얼마 가지 않아 자신의 마음속에 욕망을 향한 욕망, 즉 권태가 고개를 들고 있음을 느꼈다.

페테르부르크에서처럼 꽉 짜인 생활 조건에서 벗어나 완벽히 자유롭게 해외에서 지내다보니 하루 열여섯 시간을 그 무엇으론가 채워야만 했다. 게다가 전에 브론스키가 해외 여행할 때 만끽했던 독신자로서의 즐거움을 누릴 수도 없었다. 안나가 불편해했기에 지인들과 저녁에 어울리는 것도 불가능했다. 영국 사람이라면 대단한 의미를 부여했을 만한 일, 즉 흥미 있는 명승지를 둘러보는 것도 브론스키 같은 이른바 러시아 지성(知

性)에게는 아무 의미가 없었다.

그는 굶주린 짐승이 먹이를 찾듯 뭔가 몰두할 일을 찾았고, 그 결과 그림을 그리겠다는 생각을 하게 된 것이다.

어릴 때부터 그는 그림에 재주가 있었다. 그리고 무엇보다 남들의 그림을 모방하는 데 소질이 있었으며 그는 그것을 예술적 재능이라고 착각했다. 그는 역사화, 종교화, 풍경화 등, 장르를 가리지 않고 그림을 그렸다. 그는 자기 삶이나 자연에서 직접 영감을 받은 것이 아니라 손쉽게 남들의 그림을 모방한 것이다.

그는 최근에 프랑스 화풍으로 이탈리아 복장을 한 안나의 초상화를 그리고 있었다. 그 자신을 비롯해 그 그림을 본 모든 사람들이 그 그림이 꽤나 훌륭하다고 여겼다.

그들이 당분간 머물기로 작정하고 옮겨간 저택은 브론스키의 마음에 쏙 들었다. 그는 저택의 온갖 외양들에 넋을 잃고 자신이 러시아 지주, 퇴직한 군 장교로부터 뛰어난 예술 애호가로 변신한 것 같았다. 한 여인에 대한 사랑을 위해 사회와 야망을 모두 포기하고 겸손하게 그림에 몰두해 있는 화가!

새로운 거처로 옮긴 뒤 브론스키가 택한 생활은 매우 성공적이었다. 그는 골레니셰프가 소개해준 몇몇 이탈리아 사람들과 친교를 맺었고, 이탈리아 회화 교수의 지도로 자연을 스케치했으며 중세 이탈리아의 삶을 공부하면서 만족스런 생활을 했다.

그러던 어느 날이었다. 아침 일찍 찾아온 골레니셰프에게 브론스키가 신문을 건네며 물었다.

"자네, 미하일로프의 그림을 본 적이 있나? 여기 기사가 나 있군."

신문 기사에, 미하일로프는 뛰어난 화가로서, 지금 그리고 있는 그림이 완성도 되기 전에 이미 팔렸다고 쓰여 있었다. 그렇지만 그가 그 어떤 지원도 받지 못해 어려운 생활을 하고 있다고 정부와 아카데미를 비판하고 있었다.

"응, 본 적이 있어. 재주는 있지. 그런데 그림의 방향을 완전히 잘못 잡고 있더군. 그리스도 그림 등 종교화들을 그리고 있어. 지금 빌라도 앞에 선 그리스도 그림을 그리고 있다지. 그리스도를 뛰어나게 표현한 위대한 예술가들이 좀 많은가? 차라리 역사 속에서 현자들을 찾아 그리는 게 낫지."

"그런데 그가 어려운 생활을 하고 있다는 게 사실인가?" 예술 애호가로서 그의 그림이 좋건 나쁘건 그를 도와주어야겠다는 생각에 브론스키가 물었다.

"그럴 리가. 아주 뛰어난 초상화 화가거든. 하지만 지금은 초상화를 그리지 않는다고 하던데."

"안나의 초상화를 그려달라고 부탁하면 안 될까?"

그러자 안나가 아냐(그녀는 딸을 그렇게 불렀다)를 안고 정원으로 나오고 있는 젊은 이탈리아 유모를 가리키며 말했다.

"왜 내 초상화예요? 내 초상화는 자기 걸로 족한데. 아냐를 그려달라고 하지요."

브론스키는 안나를 힐끗 쳐다본 후 골레니셰프에게 물었다.

"자네 그 사람을 알고 있나?"

"만난 적이 있어. 괴짜인 데다 영 교양이 없어. 요즘 자주 볼 수 있는 무례한 신세대 중 하나지."

한 시간 뒤, 세 사람을 태운 마차는 어느 새로 지은 흉한 집 앞에 도착했다. 미하일로프가 가족과 세 들어 살고 있는 집 앞이있다. 그의 작업실은 집 바로 옆에 붙이 있었다. 그들을 맞으러 온 건물 관리인 아내에게 브론스키와 골레니셰프는 명함을 주며 그림을 보러 왔다고 전했다.

# 제4장

브론스키와 골레니셰프의 명함을 받았을 때 미하일로프는 대작(大作) 앞에서 작업을 하고 있었다. 그는 명함을 받아들자 화실 밖으로 나왔다. 화실 입구에서 안나는 뭔가 열심히 설명을 하고 있는 골레니셰프에게 귀를 기울이고 있다가 화가가 나오자 그에게로 시선을 돌렸다. 화가는 부드럽게 빛나는 안나의 모습에 충격을 받았으며 그의 마음속에 자신도 모르게 그녀의 인상이 들어박혔나. 늘 그렇듯이 그 인상은 그의 마음속 어딘가에 감춰져 있다가 언젠가는 마치 영감(靈感)처럼 겉으로 떠올라 하나의 이미지로 되살아날 것이었다.

골레니셰프의 이야기를 듣고 그렇지 않아도 미하일로프에 대해 선입관을 갖고 있던 방문객들은 그의 외모를 보고 더욱 실망했다. 그는 중간 정도 키에 통통한 체격이었으며 종종걸음이었다. 그는 밤색 모자에 이미 유행이 지난 꽉 끼는 바지를 입고 있었다. 게다가 그저 평범한 넓적한 얼굴에 수줍어하면서도 뭔가 위엄을 갖추려는 듯한 표정을 짓자 방문객들은 불쾌감을 느낄 정도였다.

손님들과 함께 화실에 들어서며 미하일로프는 방문객들의 정체를 금세 알 수 있었다. 척 보기에도 브론스키와 안나는 지체 높고 부유한 러시아 귀족이었으며, 그런 계층의 러시아 사람들이 다 그렇듯 예술에 대해서는 아무것도 모르면서 예술 애호가이며 감식가인 양 허세를 부리는 사람들이었다.

그는 예술 애호가들이 어떤 사람들인지 잘 알고 있었다. 그들이 현대 화가들의 화실을 둘러보는 이유는 단 한 가지였다. 그들은, 예술은 이미 과거의 산물이 되었다고, 현대의 화가들을 둘러보면 둘러볼수록 과거 거장들의 작품을 모방한다는 것이 불가능하다는 것을 확인하게 된다고 젠체하며 말하기 위해 다니는 것이었다. 그런 사람들은 똑똑하면 똑똑할수록 더 골치가 아팠다.

그럼에도 불구하고, 화실을 거닐며 자신의 습작을 훑어보는 그들을 따라다니다가 이윽고 덮개가 덮여 있는 문제의 그림을 공개하면서 미하일로프는 흥분이 되는 것을 어쩔 수가 없었다. 러시아 귀족들이란 모두 속물에 짐승이며 바보라고 확신하고 있으면서도 왠지 브론스키가, 특히 안나가 마음에 들었기 때문이었다.

"자, 여기 있습니다."

그는 종종걸음으로 한 쪽으로 물러나며 그림을 가리켰다.

"빌라도가 예수 그리스도를 심문하는 그림입니다. 마태복음 27장입니다."

방문객들이 몇 초간 그림을 바라보는 동안 그는 마치 방관자인 양 무심한 표정으로 자신의 그림을 바라보았다. 하지만 그 몇 초 동안 그는, 바로 조금 전까지만 해도 경멸해 마지않았던 바로 그 방문자들의 입을 통해 가장 공정한 최상의 평가가 내려지기를 초조하게 기다리고 있었다. 그 순간 그는 지난 3년 동안 이 그림을 그리면서 이 그림에 대해 자신이 품었던 모든 생각을 다 잊고 있었으며, 스스로 자부하고 있던 그림의 장점도 다 잊어버렸다.

그는 자신도 모르는 사이, 방문자들의 눈으로 자신의 그림을 무심코 바라보고 있었다. 그림 앞 쪽에는 괴로워하는 빌라도의 얼굴과 평온한 그리스도의 얼굴이, 뒤쪽으로는 빌라도의 부하들, 그리고 무슨 일이 일어날지 초조하게 바라보는 요한의 얼굴이 있었다. 수많은 시행착오를 거쳐 각자 고유한 성격을 지니게 된 얼굴 하나하나를, 그에게 큰 고통과 환희를 안겨주었던 얼굴 하나하나를, 전체와 조화를 이루기 위해 어렵게 성취해낸 뉘앙스, 색, 음영 들을 그렇게 그들의 눈으로 바라보니 그 모든 것이 이미 많은 화가들이 써먹었던 진부한 표현으로 여겨졌다. 그림 한가운데 있는 얼굴, 마침내 그 모습을 드러냈을 때 그에게 그토록 큰 환희를 안겨주었던 그리스도의 얼굴도 그들의 눈으로 바라보자 그 모든 빛을 다 잃고 말았다.

화가는 겨우 1분밖에 되지 않는 방문객들의 침묵이 너무 지루했고 견딜 수 없을 정도로 힘들었다.

제일 먼저 입을 연 것은 골레니셰프였다.

"지난번 봤을 때보다는 훨씬 좋아졌어요. 특히 빌라도의 얼굴이 마음에 듭니다. 그림을 보니 선량하고 훌륭한 사람이며, 뼛속까지 철저한 관료일 뿐 자기가 무슨 일을 하고 있는지도 모르고 있는 사람인 걸 알겠어요."

미하일로프는 그의 말을 듣고 기뻤다. 예술에 대한 골레니셰프의 안목이 제아무리 형편이 없다 하더라도, 또한 중요한 것들은 제쳐놓고 아주 사소한 지적을 한 것임에 불과하더라도 빌라도의 얼굴에 대해 자신도 똑같은 생각을 하고 있던 때문이었다.

그때 안나가 말했다.

"그리스도의 표정이 정말 기막혀요! 마치 빌라도를 불쌍하게 여기는 것 같아요."

그녀는 그리스도의 표정이 제일 마음에 들었고, 그 얼굴이 그림의 중심에 있는 것 같아 화가를 기쁘게 하려고 칭찬한 것이다. 그러자 이번에는 브론스키가 한마디했다.

"정말이지 대단한 솜씨요. 뒤에 그려진 인물들을 한번 봐요. 기교가 보통이 아니에요."

골레니셰프와 안나의 칭찬에 고조되어 있던 미하일로프의 기분이 '기교'라는 말 한 마디에 일순 가라앉아버렸다. 그는 기교가 무엇인지 잘 몰랐다. 하지만 그에게는 기교가 좋다는 말이 꼭 좋지 않은 내용을 멋지게 그려낼 수 있다는 말처럼 들렸다. 그는 예술 창조에는 하등 기교가 필요 없음을 잘 알고 있었다. 그의 작품에서 기교가 좋다고 칭찬하는 것은 그림에서 아무 느낌도 받지 못했다고 말하는 것과 같았다. 미하일로프에게 자기 작품의 기교가 좋다는 말은 자기 작품에 단점이 많다는 말로 들릴 수밖에 없었다.

그런데 이번에는 골레니셰프가 입을 열었다.

"괜찮다면 한 가지 지적을 해도 될까요?"

"물론이지요. 말씀해보세요." 미하일로프가 어색한 미소를 지으며 말했다.

"내가 보기에 당신은 인신(人神)을 그린 것 같아요. 인간이 된 신으로서의 신인(神人)을 그린 것이 아니라……."

"내 마음속에 없는 그리스도를 그릴 수는 없지요."

"그래요……. 당신 그림은 아주 좋습니다. 하지만 그리스도를 역사적 인물로 끌어내릴 우려가 있지 않을까 해서……."

그들이 논쟁 아닌 논쟁을 하고 있는 사이 브론스키와 안나는 다른 그림 앞에서 탄성을 발하고 있었다.

"야, 정말 멋져요! 정말 좋아요!"

둘은 이구동성으로 그림을 칭찬했다. 두 소년이 버드나무 아래에서 낚시를 하는 그림이었다.

미하일로프는 그 그림을 잊고 있었다. 그는 한 번 끝낸 그림은 싹 잊는 게 버릇이었다. 하지만 자기 그림 앞에서 누군가 감탄한다는 것은 언제나 기분 좋은 일이었다. 그가 오래전에 그린 그림이라고 하자 브론스키가 그 그림을 살 수 없느냐고 물었다.

그림에 대한 칭찬으로 기분이 고조되어 있던 미하일로프는 돈 이야기가 나오자 불쾌해졌다. 하지만 그는 그림을 팔기로 했다. 그리고 안나의 초상화를 그려달라는 브론스키의 부탁도 받아들였다.

미하일로프는 약속한 날 찾아와서 초상화 그리기 작업에 착수했다. 그가 다섯 번째 찾아와서 그림이 어느 정도 완성이 되자 모두들 놀랐으며 특히 브론스키가 놀랐다. 초상화가 실물과 닮아서 놀란 것이 아니었다. 초상화가 너무 아름다웠던 것이다. 그림을 보면서 브론스키는 생각했다.

'그녀의 영혼 속 아름다움을 찾아내 표현하려면 내가 그녀를 사랑하듯 그녀를 사랑하고 알아야만 하는 것 아닌가?'

하지만 사실을 말하자면 브론스키는 안나의 영혼의 아름다움을 이 초상화를 보고서야 알게 되었다고 하는 편이 옳았다. 그리고 그 표현이 너무 진실해서 모두들 그 아름다움을 오래전부터 알아왔다고 느낄 정도였다.

미하일로프가 그린 초상화를 두고 브론스키는 생각했다.

'나는 오랫동안 끙끙거렸어도 아무 소득이 없었건만 저 친

구는 한 번 쓱 보고는 단번에 그려내는군. 저게 바로 기교라는 거지.'

비록 미하일로프의 그 '기교'에는 감탄했지만 가까이서 알게 되면 알게 될수록 그의 태도는 영 마음에 들지 않았다. 브론스키의 그림을 보여줘도 아무 말이 없었고 평소에도 늘 불쾌한 표정이었으며 심지어 그들에게 적대적인 것처럼까지 보였던 것이다. 브론스키만 그렇게 느낀 것이 아니라 모두가 그러했다. 따라서 미하일로프가 그림을 끝내고 아름다운 초상화만 남긴 채 발길을 끊자 모두들 기뻐했다.

미하일로프가 발길을 끊자 골레니셰프가 하고 싶던 이야기를 했다.

"그 친구가 저러는 건 자네가 부러워서야. 그 친구도 재능이 있으니 부럽지 않을 수도 있겠지. 하지만 배는 아플 거거든. 자네처럼 지체 높고 부유한 사람이 자기가 평생 해야 할 노력도 않은 채 자기보다 더 잘하니 배가 아플 수밖에."

브론스키는 그의 말을 믿었다. 하지만 아무리 그래도 자신이 그린 안나의 초상화와 그의 초상화 사이에는 차이가 있었고, 그 자신도 그것을 인정할 수밖에 없었다. 그는 안나의 초상화를 중단하고 중세의 풍속화를 그렸다.

하지만 브론스키의 그림 그리기 취미는 그다지 오래 가지 않았다. 왠지 그림을 그리면 그릴수록 자신이 재능 없다는 사실이 더 분명히 드러날 것만 같았다. 그는 결단력이 있었기에, 그런 생각이 들자마자 붓을 놓아버렸다.

이제 그에게 남은 것은 권태뿐이었다. 게다가 그림에서 손을 떼자마자 그들이 기거하고 있는 저택이 너무 낡아보였고, 지저분해 보였다. 언제나 똑같이 골레니셰프와 이탈리아 교수, 독일 여행객을 만나는 일도 따분하기 그지없었다. 그는 러시아로 돌아가 브론스키의 널찍한 시골 영지에서 지내기로 작정했고 안나도 동의했다. 브론스키는 형과 만나 재산을 나누고 자신의 영지를 직접 돌볼 계획이었고 안나는 무슨 수를 써서라도 아들을 만나볼 작정이었다.

# 제5장

레빈이 결혼한 지도 어언 3개월이 되었다. 그는 행복했지만 그가 기대했던 것과는 영 다른 방향으로였다. 결혼을 하고 가정생활을 하게 되면서 내딛는 발걸음 하나하나가 그가 상상하던 것과는 전혀 달랐던 것이다. 마치 먼 데서 볼 때 유유히 강물 위를 흘러가는 것처럼 보이던 배 위에 직접 올라타서 배를 움직이는 것과 같았다. 발아래 바로 물이 있었으며 쉬지 않고 노를 저어야만 했다. 게다가 노 젓기에 익숙하지 않으니 팔이 아플 수밖에 없었다.

그가 총각이었을 때 그는 별것 아닌 일로 난리가 난 듯 싸우고 질투하는 부부를 보며 속으로 비웃곤 했다. 자기는 절대로 그런 결혼생활은 하지 않을 것 같았다. 그런데 막상 결혼을 하고보니 자신도 남들과 별로 다를 게 없었다. 그들의 결혼생활에도 무수한 사소한 일들이 그득했으며, 그 사소한 일들이 더없이 중요한 일이 되었다. 게다가 그런 사소한 것들을 모두 건사한다는 게 보통 힘든 것이 아님을 레빈은 알게 되었다.

그중에서도 레빈을 실망시킴과 동시에 행복하게 만드는 것은 역시 부부싸움이었다. 첫 싸움은 레빈이 어떤 농부의 집에 갔다 오던 날 벌어졌다. 레빈은 지름길을 통해 오려다 길을 잃고 헤매는 바람에 약속보다 30분 늦게 집에 돌아왔다. 집으로 오는 동안 그는 내내 아내 생각만 했으며 그녀의 사랑과 자신의 행복에 푹 젖어 있었다. 그리고 집이 가까워지면 가까워질수록 아내를 향한 애정은 커져만 갔다. 그는 셰르바츠키 저택에 청혼하러 갔을 때보다도 설레는 마음으로 집 안으로 뛰어들어갔다.

그런데 그가 마주친 것은 이전에 한 번도 본 적이 없던 우울한 아내의 얼굴이었다. 그가 아내에게 입을 맞추려 하자 그녀가 그를 밀어냈다.

"왜 그래?"

"혼자 즐기다 오는군요!" 그녀는 차분한 표정을 지으려 애쓰며 차갑게 쏘아붙였다.

이어서 30분 동안 꼼짝도 않고 앉아 그를 기다리는 동안 그녀를 괴롭혔던 온갖 비난의 말, 아무 근거 없는 질투의 말들이 그녀의 입에서 쏟아져 나왔다. 순간 레빈은 결혼식이 끝나고 아내를 교회에서 데리고 나왔을 때 깨닫지 못했던 것을 분명히 깨달았다. 그녀와 자기는 분명히 맺어지긴 했지만 동시에 자기가 어디서 끝나고 그녀가 어디서 시작되는지 알 수 없다는 사실이었다. 그는 아내와의 거리감을 뼈저리게 느끼면서 그 사실을 깨달았다. 그는 처음에는 기분이 상했다. 하지만 그는 곧 그럴 일이 아니라고 느꼈다. 그녀는 그와 한 몸이었던 것이다. 마치 등에 강한 일격을 받고 화가 나서 뒤를 돌아보니 바로 자신이 자기를 때렸다는 것을 알았을 때의 심정 같은 것이었다. 그러니 화를 낼 상대도 없었으며 스스로 아픔을 이겨내는 수밖에 없었다.

아내와 다툼이 있을 때마다 레빈은 늘 자신을 열심히 변호하며 아내의 잘못을 고쳐주려 했다. 하지만 그럴수록 아내의 화를 돋울 뿐이었으며 불화의 골은 더욱 깊어졌다. 그때마다 그의 감정이, 모든 허물을 아내에게 전가하라고 은밀하게 속삭였다. 하지만 더 강하게 그를 부추기는 감정이 있었다. 더 이상 불화를 키우지 말고 어서 봉합하라는 속삭임이었다. 얼토당토않은 비난을 감수한다는 게 괴로웠지만 그렇다고 자신을 변호해서 아내를 더 괴롭게 만드는 것은 못할 짓이었다. 마치 잠을 자다가 어딘가 고통을 느끼고 그 환부를 도려내려다가, 정신을 차려보니 그 환부가 바로 자기 자신임을 알아차리는 것과 같았다. 할 수 있는 일이라야 그 환부가 아픔을 견뎌내도록 열심히 도우려 애쓰는 것밖에 없었고, 그는 노력했다.

그들은 화해한 뒤 전보다 더 큰 행복을 맛보았다. 하지만 화해는 일시적이었고, 다시 싸움과 화해가 반복되었으며 그 기간은 꽤 오래 갔다. 마치 둘 사이를 연결해주고 있는 끈을 서로 양쪽에서 팽팽하게 당기고 있는 것만 같았다. 레빈이 많은 것을 기대했던 신혼의 밀월 기간은 그들 신혼부부에게 달콤하기도 했지만 그들 일생에서 가장 쓰리고 수치스러운 추억이 많이 남아 있는 기간이기도 했다. 거의 모든 신혼부부가 겪는 일을 그들도 겪은 것이었다.

그들이 보다 정상적이고 평온한 삶을 누리게 된 것은 결혼한 지 세 달이 되었을 때, 모스크바에서 한 달을 지내고 돌아온 뒤였다.

어느 날 레빈은 니콜라이 형의 애인이었던 마리야 니콜라예브나로부터 편지를 한 통 받았다. 그녀가 형을 찾아가 모스크바에서 함께 살게 되었다는 것, 형이 어느 현청에 일자리를 얻어 일을 하던 중 상사와 심하게 말다툼을 하고 일을 그만둔 뒤 다시 모스크바를 향해 떠났다는 것, 가는 길에 형이 병이 나 눕게 되었는데 좀처럼 일어날 것 같지 않다는 내용이었다.

레빈이 편지를 읽는 동안 곁에 있던 키티가 남편의 안색이 변한 것을 보고 물었다.

"왜 그러세요? 무슨 일이에요?"

"형이 위독하다는 편지야. 가봐야겠어."

"언제 가려고요?"

"내일."

"나도 함께 가요. 괜찮지요?"

"여보, 무슨 말을 하는 거요? 내가 가려는 건 형이 죽어가고 있기 때문이란 말이요! 그런데 당신이 왜?"

순간 레빈은 키티가 무척 섭섭했다. 이런 중요한 일을 앞두고도 자기 혼자 있으면 적적할 것 같다는 생각만 하는 키티가 야속하기도 했다.

하지만 키티는 결코 물러서지 않았다.

"당신이 있는 곳에 내가 가겠다는데 왜 안 된다는 거지요?

시아주버님이 돌아가실 것 같아서 남편과 같이 가려는 게 왜 잘못이지요? 상심한 남편 곁에 있어주겠다는 게 뭐가 이상한 거지요?"

레빈은 할 수 없이 그녀와 동행하기로 했다. 하지만 가는 내내 기분이 편치 않았다. 키티가 자기를 잠시도 내버려두지 않는 것이 불만이었던 것이다. 결혼 전만 해도 과연 자기 같은 남자가 감히 그녀로부터 사랑받기를 원해도 될지 의심하던 그였는데, 이제는 자신을 너무 사랑하기 때문에 불만이었으니!

# 제6장

니콜라이가 묵고 있는 호텔은 꾀죄죄하고 더럽기 짝이 없었다. 게다가 세 개밖에 없는 특실은 이미 다른 사람들이 묵고 있었고 더러운 방 하나만 비어 있을 뿐이었다. 그는 여장을 푼 다음 미안한 마음으로 아내를 방에 놔둔 채 혼자 형이 묵고 있는 방으로 갔다.

그는 형의 모습을 막연히 전보다 훨씬 더 마르고 악헤진 상태 정도로 예상하고 있었다. 그리고 그에 대한 마음의 준비는 어느 정도 되어 있었다. 하지만 그를 기다리고 있는 상황은 그의 예상을 훨씬 뛰어넘었다. 작고 더러운 방 벽에는 침 자국이 즐비했고 방 전체에 악취가 진동하고 있었다. 그리고 벽에서 얼마간 떨어져 놓여 있는 침대 위에는 이불을 덮어 놓은 몸뚱이 하나가 놓여 있었다. 이불 위에 놓인 갈퀴 같은 손이 뼈만 앙상한 팔에 기묘하게 붙어 있었다. 베개 위 머리는 옆으로 놓여 있었다. 땀에 젖은 듬성듬성한 머리카락이 관자놀이와 이마에 달라붙어 있는 것이 보였다. 한 마디로 살아 있는 송장이었다.

'이 끔찍한 몸뚱이가 형이라니! 믿을 수 없어!'

레빈이 가까이 가자 형형한 눈이 마치 비난하는 듯, 준엄한 기색으로 동생을 바라보았다. 그 눈길로 인해 살아 있는 자들 간의 관계가 겨우 이루어졌다. 니콜라이가 힘겹게 입을 열었다.

"내가 이런 상태인 줄 예상 못했겠지."

"아니…… 응……." 레빈은 우물쭈물할 수밖에 없었다. "형, 왜 미리 연락을 안 해주고……."

침묵이 두려워 그는 무슨 말인가 해야 했다. 하지만 그는 무슨 말을 해야 할지 알 수 없어 횡설수설할 뿐이었다. 레빈은 형에게 아내도 함께 왔다고 말했다. 그리고 어색함에서 벗어나기 위해 아내를 데려오겠다고 말했다.

"그래. 난 여기 좀 치우라고 해야겠다. 너무 더럽고 냄새가 나. 마샤, 여기 좀 치워. 다 치운 다음엔 나가 있어."

레빈은 밖으로 나왔다. 형에게 아내를 데려오겠다고 말했지만 절대로 아내를 환자에게 데려가면 안 되겠다고 그는 생각했다. 아내까지 고통스러워할 이유가 없다고 그는 생각했던 것이다.

그가 방으로 들어가자 키티가 겁먹은 얼굴로 어떠냐고 물었다. 레빈이 대답했다.

"끔찍해. 정말 끔찍해! 도대체 당신이 여기 왜 온 거지?"

키티는 잠시 말이 없더니 양손으로 남편의 팔꿈치를 잡으며 말했다.

"여보, 날 아주버님께 데려가줘요. 우리 함께 고통을 나누는 게 나아요. 그냥, 나를 거기다 데려다주기만 해요. 그런 뒤 당신은 없어도 돼요."

레빈은 그녀의 청을 들어줄 수밖에 없었다. 그는 키티와 함께 환자의 방으로 갔다.

방문 앞에 이르자 키티는 가볍게 문을 두드리고 방 안으로 들어갔다. 그녀는 소리가 나지 않게 가만히 문을 닫은 뒤 재빨리 환자의 침대로 다가가 자신의 싱싱한 손으로 환자의 해골 같은 손을 잡았다. 그녀는 여성 특유의, 귀에 거슬리지 않을 정도의 동정심을 담은 목소리로 부드럽게 말했다.

"우리 비록 인사는 나누지 못했지만 소덴에서 만나뵌 적이 있지요? 제가 제수가 될 거라는 생각은 못 하셨지요?"

"날 알아보지도 못했을 텐데요?" 그녀가 들어올 때부터 얼굴에 웃음을 띠고 있던 니콜라이가 말했다.

"무슨 말씀을요! 전 알고 있었어요." 그녀가 밝게 니콜라이의 말에 응수했다. "남편은 단 하루도 아주버님 생각을 하지 않은 적이 없답니다."

레빈은 자기 입장에서 키티가 형을 만나면 고통스러울 것이라고 생각했지만 완전히 기우였다. 아내의 마음도 그와 같으리라고 착각한 때문이었다. 그는 고통스러워하는 형의 모습을 보며 어찌할 바를 몰랐다. 그는 형의 몸을 어떻게 하면 좀 더 편하게 눕힐지, 조금이라도 더 낫게 해줄지 생각할 여유가 없었다. 그는 그저 어찌할 도리가 없다고 생각했을 뿐이었다.

하지만 키티의 생각과 행동은 전혀 달랐다. 죽음을 앞에 둔 환자를 눈앞에 두고 남편의 마음에는 공포와 역겨움이 일었지만 그녀는 당장 눈앞의 환자의 모습이 불쌍했으며 즉각 행동해야 할 필요성을 느꼈다. 그녀는 아무런 망설임 없이, 환자를 돕는 것이 자신의 의무라고 생각했다. 그리고 환자를 얼마든지 도울 수 있다고 생각하고는 즉각적으로 행동에 들어갔다.

그녀는 의사를 부르고 약국에 사람을 보냈으며 함께 온 하녀와 마리야에게 방청소를 시켰다. 그녀 역시 직접 뭔가를 씻고 헹구었으며, 하녀와 함께 자기 방으로 가서 침대 시트, 베갯잇, 수건, 셔츠 등을 날라 왔다. 호텔 급사도 그녀의 지시로 함께 그것들을 날라 와야만 했다. 이어서 키티는 마리야를 시켜 환자의 내의를 갈아입혔다. 그뿐 아니라 그녀는 방에 향수도 뿌렸다.

레빈이 다시 형의 방으로 들어가 보니 분위기가 완전히 바뀌어 있었다. 방에 먼지라고는 없었으며 침대 아래에는 양탄자가 놓여 있었고 유리병과 물병들이 가지런히 놓여 있었으며, 침대 옆 탁자 위에는 환자의 음료, 초, 가루약들이 놓여 있었다. 무엇보다 레빈을 못 견디게 했던 악취가 사라지고 없었다.

깨끗이 씻기고 머리를 빗긴 환자는 깨끗한 시트 위에, 역시 깨끗한 베개에 몸을 기댄 채, 하얀 셔츠를 입고 비스듬히 누워 있었다.

이어서 의사가 와서 청진기를 대고 환자를 진찰하더니 이런 저런 지시를 한 후 돌아갔다. 환자는 겉보기에도 기분이 좋아진 듯, 의사가 돌아가자 키티를 손짓으로 가까이 오라고 했다. 키티가 가까이 가자 그가 그녀의 손을 잡으며 말했다.

"제수씨, 벌써 좋아진 것 같아요. 진즉에 제수씨가 있었다면 벌써 좋아졌을 텐데. 자, 이제 그만들 돌아가서 자도록 해요.

참, 나를 왼쪽으로 눕혀주었으면 좋겠는데."

레빈이 형의 몸을 돌려주었고, 니콜라이는 동생의 손에 입을 맞추었다.

그날 밤 아내와 이야기를 나누면서 레빈은 '현명한 자에게는 보이지 않고 아이와 순진한 자에게는 모습을 나타내도다'라는 성경 구절을 생각했다.

그는 자신이 현명하다는 생각을 해본 적은 없었다. 하지만 적어도 아내보다는 죽음에 대해 더 많이 생각했고, 아내보다 똑똑하다는 것은 사실이었다. 그리고 위대한 지성들의 죽음에 관한 저술들도 많이 읽은 것이 사실이었다. 그런데 정작 죽음이 무엇인지 자신은 아내의 100분의 1도 모르고 있는 것 같았다. 아내는 삶이 무엇인지, 죽음이 무엇인지 알고 있는 것 같았다. 아내가 죽어가는 사람 앞에서 조금도 두려움을 느끼지 않고 즉각적으로 무엇을 해야 할지 알고 있다는 것이 바로 그 증거였다. 레빈은 죽음이 이런 거니, 저런 거니 말은 할 수 있을지 몰라도 그에 대해 아는 것은 없었다. 그는 다만 죽음을 두려워할 뿐 그 앞에서 무엇을 할 수 있을지 도통 갈피를 잡을 수 없었다.

밤에 방으로 돌아온 뒤에도 마찬가지였다. 레빈은 도무지 이제 뭘 해야 할지 알 수 없었다. 뭘 해도 어색할 것만 같았다. 하지만 키티는 더 생기가 넘치는 것 같았다. 그녀는 저녁을 가져오라고 시켰고, 방과 짐들을 말끔히 정리했다. 레빈은 먹고 자고 말하는 것조차 부자연스럽고 죄스럽게 느꼈지만 그녀는 그렇지 않았다.

정리가 모두 끝났을 때는 자정 무렵이었다. 자리에 누우며 레빈은 키티의 두 손을 꼭 잡고 말했다.

"당신이 함께 와줘서 정말 기쁘오. 당신은 정말 순결하고…… 그 여자, 마리야 혼자였다면 어림도 없었을 거야."

"당신 혼자였으면 정말 힘들었을 거예요. 그래요, 그 여자도 어쩔 줄 몰랐을 거예요. 하지만 전 소덴에 있을 때 많이 배웠어요. 중환자들이 많았거든요."

무신론자인 니콜라이는 키티의 설득으로 종유성사를 했다. 레빈은 큰형 코즈니셰프와 니콜라이 형을 화해시키겠다는 생각으로 큰형에게 편지를 썼다. 코즈니셰프는 바쁜 일이 있어 도저히 올 수가 없지만 동생 니콜라이에게 용서를 빈다는 편지를 보냈다.

고통스러운 날이 사흘 더 지나갔다. 이제 니콜라이의 욕망은 이 모든 고통으로부터, 또한 모든 고통의 원인인 육신으로부터 해방되고 싶다는 단 하나의 소망으로 귀결되었다. 그사이 키티도 병이 났다. 키티를 진찰한 의사는 근심과 피로로 생긴 병이라며 정신적 안정을 처방해주었다. 이곳으로 온 지 열흘째 되는 날이었다.

바로 그날 니콜라이의 소망이 이루어졌다. 그가 임종한 것이다. 형의 죽음 앞에서 레빈은 영원히 풀 수 없는 수수께끼인 죽음의 공포, 도저히 피할 수 없으며 언제나 우리 가까이 있는 죽음의 공포를 다시 한번 느꼈다. 과연 나는 죽음의 의미를 깨달을 수 있을 것인가? 하지만 죽음을 목격한 지금 그 의미를 깨달을 수 있으리라는 자신감은 전보다 훨씬 더 줄어들었고, 오히려 죽음의 불가피성만이 더욱 강한 두려움으로 다가왔을 뿐이었다. 하지만 지금 그는 절망하지 않았다. 아내가 곁에 있었던 것이다. 그는 죽음 대신에 삶과 사랑의 필요성을 느꼈다. 그는 사랑이 그를 절망으로부터 구해주는 것을 느꼈고, 이 절망의 위협 하에서 그 사랑은 더 강해졌고 순결해졌다. 죽음이라는 하나의 풀리지 않는 신비가 그의 눈앞에 모습을 보이자마자 역시 풀리지 않는 또 다른 신비가 일어나서 그를 사랑과 삶으로 이끌었다.

키티를 진찰했던 의사가 자신이 혹시나 했던 것이 사실임을 확인해주었다. 그녀가 잠시 병이 난 것처럼 보였던 것은 임신 때문이었다.

# 제7장

안나가 브론스키와 함께 떠나버린 것을 알고 카레닌은 고통스러웠다. 특히 그는 자신의 과거와 현재 상황을 연결시킬 수도, 화해시킬 수도 없다는 사실 때문에 고통스러웠다. 그 과거는 아내와 행복하게 지내던 시절을 말하는 것이 아니었다. 그가 아내의 부정을 확신하게 되면서 그 과거는 그의 기억에서 지워졌다. 물론 힘이 들긴 했지만 그것은 이미 벌어진 일이었고, 그는 그것을 이해하고 받아들였다. 만일 그때 아내가 자신의 부정을 인정하고 떠났더라면 그는 슬프고 불행했겠지만 지금처럼 절망적이고 도무지 이해 불가능한 상황에 처하지는 않았을 것이다. 그는 아주 가까운 과거, 즉, 병을 앓고 있는 아내를 용서하고 동정했으며 그녀뿐 아니라 남의 자식에게까지 애정을 보였던 과거를 지금 그가 처한 상황과 도저히 연결시킬 수 없었다. 그래, 용서와 연민의 결과가 어떻게 이럴 수 있단 말인가! 이제 홀로, 부끄러움 속에서 남들의 조롱을 받으며, 아무 쓸모없는 인간처럼 경멸을 받으며 살 수밖에 없게 된 것, 그것이 그 보상이란 말인가!

첫 이틀간 카레닌은 아무 일 없는 듯 사람들을 만나고 업무를 보았다. 그는 초인적 힘을 발휘해 마치 그런 일을 이미 예상하고 있었던 것처럼, 그런 건 아무 일도 아니라는 듯 평온하고 무심한 표정과 행동을 유지했다. 그는 자신의 목적을 달성했다. 그 누구도 그에게서 절망의 기색을 발견할 수 없었던 것이다. 하지만 이틀이 지나자 그에게는 더 이상 굳건하게 평상심을 지닐 힘이 없었다.

그는 이틀 동안 그가 만난 모든 사람들의 얼굴에 떠오른 경멸의 무게를 견딜 수 없었다. 그들의 경멸의 시선을 떨쳐낼 방법이 없기 때문이었다. 사람들은 그가 나쁜 행동을 했기에 그를 경멸한 것이 아니었다. 만일 그랬다면 스스로 보다 좋은 사람이 되려고 노력할 수 있었다. 사람들이 그를 경멸한 것은 그가 부끄럽고 비참한 일로 고통을 받고 있기 때문이었다. 그는 자신의 가슴이 갈기갈기 찢기면 찢길수록 사람들이 자신에게 더 무자비하리라는 것을 분명히 느꼈다. 마치 개들이, 부상당해 고통으로 신음하는 개의 숨통을 끊어놓듯, 모두들 자신을 짓밟으러 달려드는 것 같았다.

그는 그것을 알고 있었기에 이틀 동안 혼신의 노력으로 자신의 고통을 감추려 애썼다. 하지만 더 이상 이 불공평한 싸움을 계속할 힘이 그에게 남아 있지 않게 된 것이다.

그는 자신의 슬픔을 함께 나눌 사람 없이 철저히 혼자라는 사실 때문에 더욱 절망했다. 그는 고아였고 하나뿐이던 형도 카레닌이 결혼한 지 얼마 되지 않아 세상을 떴다. 그의 주변에 알고 지내는 사람은 많았지만 가깝게 정을 나누는 사람은 단 한 명도 없었다. 물론 대학 때부터 친하게 지내면서 졸업 후에도 사적인 이야기를 털어놓은 친구가 한 명 있긴 했다. 하지만 그 친구는 먼 지방에서 교육감으로 일하고 있었다. 페테르부르크에서 가장 가깝고 신뢰할 수 있는 사람이라면 그를 모시고 있는 사무장 미하일 바실리예비치가 있었다. 하지만 5년 동안 행정 업무로만 상대를 해왔기에 인간적 교류를 하기에는 벽이 있었다. 아, 또 한 사람, 그를 좋아하는 의사가 있었다. 하지만 카레닌도, 그 의사도 너무 일에 치어 있었고 너무 바빠서 서로 호감을 갖는 정도에서 그치고 말았다.

카레닌은 여자들 중 가장 가까운 리디야 이바노브나 백작 부인에 대해서는 생각조차 하지 않았다. 모든 여자가 단지 여자라는 이유만으로 그에게 두렵고 끔찍하게 여겨진 때문이었다.

카레닌은 리디야 백작 부인을 잊고 있었지만 그녀는 카레닌을 잊지 않았다. 그가 홀로 깊은 절망에 빠져 있을 때 그녀가 미리 알리지도 않고 그를 찾아왔다. 그녀가 서재에 들어섰을 때 그는 양손에 머리를 괴고 앉아 있었다.

그녀가 그를 보자마자 손을 잡으며 말했다.

"오, 나의 친구여! 슬픔에 굴복하면 안 돼요! 당신의 슬픔이 아무리 크더라도 위안을 찾아야만 해요."

"나는 부러지고 말살당했습니다. 나는 더 이상 사람도 아니에요!" 카레닌이 그녀의 손을 놓고 눈물이 그렁한 그녀의 눈을 보며 말했다. "더 이상 그 어디에서도, 내 안에서도 지탱할 힘을 찾을 수 없어요."

"아니에요! 당신은 찾을 수 있어요. 나한테서 찾으라는 게 아니에요." 백작 부인은 한숨을 내쉬며 말했다. "사랑에 의지해야 해요. 그분께서 우리에게 내려주신 그 사랑 말이에요. 주님의 짐은 가벼워요."

그 말을 하면서 백작 부인의 얼굴이 환희로 밝아졌다. 그녀가 계속 말했다.

"주님께서 당신을 지켜주시고 도와주실 거예요."

그녀의 말들에는 저 스스로 고양된 감정과 요즘 페테르부르크에서 퍼지고 있는 신비주의적 분위기가 감돌고 있었지만(카레닌은 그것을 터무니없다고 여기고 있었다) 지금 이 순간 그런 말을 들으니 카레닌은 기뻤다.

"나는 약해요. 나는 무너졌습니다. 아무것도 내다볼 수 없고, 아무것도 이해할 수 없어요. 내가 잃어버린 것들을 아쉬워하는 게 아닙니다. 지금의 내 처지 때문에 남들 앞에서 수치심을 느끼지 않을 수 없어요. 그게 옳지 않은 건 알지만, 정말 어쩔 수가 없어요."

"용서라는 고결한 행동을 하는 건 당신이 아니에요. 당신 마음속에 자리 잡으신 주님께서 하시는 일이에요. 그러니 당신은 당신이 한 행동 때문에 부끄러워하면 안 돼요."

"아, 하지만 일상사 소소한 일들이 모두 저를 견디기 어렵게 합니다. 심지어 아들이 제게 보내는 눈초리도 견딜 수가 없습니다. 이게 다 무슨 일이냐고 묻는 것 같아서…… 심지어 저를 보기를 꺼려하기도 합니다."

"다 알아요. 다 이해해요. 내가 그런 사소한 일들의 부담을 덜어드릴 수 있다면……. 그래요, 그러겠어요. 우리 함께 세료자를 돌보기로 해요. 내게 고마워할 필요 없어요. 다 주님이 하시는 일이니까요. 주님께 감사하고 그분께 도움을 구하세요. 우리는 오로지 주님 안에서만 평화와 위안과 사랑을 찾을 수 있으니까요."

그녀는 고개를 들어 위를 쳐다보았다. 카레닌은 그녀가 기도하고 있음을 알 수 있었다.

그녀는 자신의 말을 곧바로 행동에 옮겼다. 그녀는 카레닌의 서재를 나와 세료자의 방으로 갔다. 그녀는 겁을 집어먹은 아이의 뺨을 자신의 눈물로 적시면서 아버지는 성자이시고 어머니는 죽었다고 아이에게 말했다.

백작 부인은 약속을 지켰다. 다음 날부터 카레닌의 집안 살림살이를 지휘했다. 물론 실질적으로 그 일을 맡아서 한 것은 충실한 집사 코르네이였고 그녀는 이런저런 지시만 가끔 했을 뿐이었다. 카레닌은 그녀가 무척 고마웠다. 하지만 그 외에 그녀는 다른 차원에서 카레닌에게 진정으로 도움이 되었다. 그녀는 자신이 카레닌을 사랑하고 존경한다는 사실을 그에게 일깨

움으로써 그의 정신적 지주가 된 것이다. 그녀는 그를 기독교로 이끌었다. 더 자세히 말한다면 무관심하고 냉담한 신자에 불과했던 그가 최근 페테르부르크에 널리 퍼진 새로운 기독교 가르침을 열렬히 신봉하게 된 것이다.

하지만 리디야는 물론 새로운 유행을 따르는 페테르부르크의 신자들처럼 그는 너무 빨리 그것을 믿어버렸다. 즉 상상력에 의해 깨어난 생각들이 생생한 생명력을 지닌 채 다른 생각들과 조화를 이루면서 실제 행동으로 이어지게 만드는 정신적 능력이 그에게는 없었던 것이다. 그는 자신이 신도가 됨으로써 비신도들에게는 엄연히 존재하는 죽음이 자신에게는 존재하지 않게 되었다고, 그리하여 '완벽한 믿음을 획득했다고 믿었다'. 그리고 자신의 마음속에는 한 점의 죄도 존재하지 않는다고, 이 지상에서 완벽한 구원을 얻었다고 믿었다. 그는 자신이 믿는 것이 불가능한 것이라거나 말이 안 된다는 것을 전혀 인식하지 못했다.

물론 카레닌 자신도 가끔 자신의 믿음이 지나치게 경솔하다거나 잘못 되었을 수도 있다고 어렴풋이 느끼고는 있었다. 하지만 지금의 카레닌에게는 그런 믿음이 필요했다. 수치 속에 살아가는 그로서는 아무리 가공의 것일지라도, 자신을 경멸의 눈초리로 바라보는 모든 것들, 모든 사람들을 내려다 볼 수 있는 높은 자리가 필요했다. 그래서 그는 구원의 환상이 마치 실제 구원인 양 매달릴 수밖에 없었다.

# 제8장

카레닌을 향한 리디야 백작 부인의 사랑은 애당초 남자를 향한 여자의 사랑이 아니었다. 그녀가 실천하고 있다고 믿고 있는 '주님의 사랑'을 그에게 베푼 것이었다. 그녀는 그런 식으로 많은 사람들을 사랑했다. 하지만 끔찍한 불행에 빠진 카레닌을 자신의 보호 하에 두게 되자 이제는 오로지 카레닌만을 사랑하게 되었다. 이전의 사랑은 모두 거짓이고 카레닌만을 진심으로 사랑한다고 느끼게 된 것이다. 그녀가 카레닌을 사랑한 이유는 그의 드높고 불가해한 영혼 때문이었고, 그의 달콤하면서도 부드러운 목소리 때문이었으며 그의 지친 눈, 그의 성격, 실핏줄이 드러나는 그의 부드러운 손 때문이었다. 그녀는 그와 만나면 기뻤고 자신이 그에게 어떤 인상을 주었는지 알고 싶어했다. 그리고 그를 위해 외모를 치장하는 데 더 공을 들였다. 남편과 별거 중인 그녀는 가끔 자기가 결혼한 몸이 아니고 카레닌이 자유로운 몸이라면 어떨까 하는 몽상에 빠지곤 했다.

벌써 며칠째 리디야는 안절부절못하고 있는 상태였다. 안나와 브론스키가 페테르부르크에 와 있다는 소식을 들은 것이다. 무슨 수를 써서라도 카레닌이 안나를 만나는 재앙으로부터 그를 구원해주어야 했다.

그러던 어느 날 하인이 편지를 한 통 가지고 왔다. 필체를 알아보고 그녀는 경악했다. 안나의 편지였던 것이다. 그녀는 한참 동안 마음을 추스른 뒤 겨우 진정하고 편지를 뜯어볼 수 있었다.

백작 부인께
부인의 영혼을 가득 채우고 있는 기독교 정신에 기대어 이렇게 감히 편지를 쓸 용기를 내게 되었습니다. 저는 아들과 헤어져서 불행하답니다. 제가 떠나기 전에 아들을 한 번 볼 수 있게 해주세요. 제가 알렉세이 알렉산드로비치 카레닌이 아니라 부인께 이런 부탁을 드리는 것은 그

고결한 분이 저를 떠올리고 고통스러워하실까 염려해서 입니다. 관대하신 부인께서 거절하지 않으시리라 믿습니다. 제가 얼마나 아들을 보고 싶어하는지 부인은 상상도 못하실 겁니다. 부인의 도움에 대해 제가 얼마나 깊이 감사할지도 상상하지 못하실 거고요.

안나

편지에 쓰인 모든 말들이 그녀의 비위를 건드렸다. 그녀는 즉시 카레닌에게 자기 집에서 보고 싶다는 편지를 보냈다. 안나가 이런 편지를 보낸 이상, 안나가 페테르부르크에 와 있다는 것을 카레닌이 언제까지나 모르고 있을 리 없으니 그를 만나 상의하는 것이 나을 것이라는 생각에서였다.

리디야 이바노브나 백작 부인의 작고 아담한 서재로 카레닌이 들이시자 기다리고 있던 부인이 한숨을 내쉬더니 편지를 내밀었다. 카레닌은 편지를 다 읽은 뒤 한참 동안 아무 말이 없었다.

이윽고 그가 한숨을 내쉬며 말했다.

"그녀의 요청을 거절할 권리가 내게 없다고 생각하는데요."

"아니에요. 모든 일에는 넘어서는 안 되는 선이 있는 법이에요. 나는 부도덕한 건 이해하지만 잔인한 건 이해할 수 없어요! 그것도 다름 아닌 바로 당신에게! 좋아요. 당신이 너그럽게 용서했다고 쳐요. 하지만 과연 우리에게 천사 같은 아이의 영혼을 뒤흔들어놓을 권리가 있나요? 아이는 그녀가 죽은 줄 알고 있어요. 그녀를 위해 기도하면서 그녀의 죄를 사해달라고 주님께 빌고 있어요. 그런데 어머니가 살아 있다고 하면 아이가 어떻게 되겠어요?"

"그 생각은 미처 하지 못했습니다."

카레닌의 동의를 받아 그녀는 안나에게 편지를 썼다.

> 친애하는 부인
>
> 부인의 아들이 부인 소식을 들으면 아이는 궁금해할 것이고, 우리는 아이에게 아직 신성하게 남아 있어야 할 것을 아이 스스로 판단하게끔 만들어버리는 대답을 할 수밖에 없을 것입니다. 그러니 기독교 정신에 입각해 부인의 부탁을 거절하는 부인의 남편을 이해해주시기 바랍니다.
>
> 주님의 자비가 부인과 함께 하기를 빌며…….
>
> 리디야 백작 부인

이 편지는 부인이 은밀하게 감추고 있던 목적을 달성했다. 이 편지는 안나를 그 영혼까지 속속들이 모욕하고 있었다.

## 제9장

페테르부르크로 돌아온 브론스키와 안나는 최고급 호텔에 묵고 있었다. 브론스키는 따로 아래층에 묵고 안나는 위층, 방이 네 개인 스위트룸에 아기와 유모, 하녀와 함께 머물렀다.

도착한 바로 그날 브론스키는 형을 찾아갔고 거기서 마침 페테르부르크에 온 어머니도 만날 수 있었다. 평소와 다름없이 그를 맞은 어머니와 형수는 외국 여행이 어땠는지 이것저것 물었지만 안나에 대해서는 일언반구도 없었다. 그는 자신이 아버지로부터 물려받은 영지를 직접 경영하기로 어머니와 형과 합의를 보았다.

다음 날 브론스키의 형이 호텔로 찾아왔다. 형이 안나에 대해 묻자 브론스키는 자신과 그녀의 관계는 혼인 관계와 다름없다고 분명히 말했다. 그는 카레닌과 안나가 이혼하기를 바라며 그렇게 되면 안나와 결혼할 것이라고 말한 다음, 그대로 형수와 어머니께 전해달라고 말했다.

그렇게 작정을 했건만 브론스키에게는 혼란스러운 것이 있었다. 페테르부르크의 사교계가 그에게는 열려 있었지만 안나에게는 닫혀 있었던 것이다. 브론스키는 그 문제를 상의하려고 형수 바랴가 혼자 있을 때 형의 집으로 갔다. 그가 고민을 털어놓자 바랴가 말했다.

"도련님, 전 도련님을 좋아하고 도련님을 위해서라면 뭐든 할 준비가 다 되어 있어요. 하지만 도련님, 전 도련님 말대로 안나 아르카디예브나를 찾아가 만나고, 그녀를 사교계에 복권시키는 역할을 할 수 없어요. 내게는 자라나는 딸들이 있어요. 또 남편을 위해 사교계 생활을 해야 하고요. 백번 양보해서 내가 안나 아르카디예브나를 찾아갈 수는 있어요. 하지만 그녀를 우리 집에 초대할 수는 없어요. 노 설사 초대한다하더라도 우리 집에서 그녀를 이상한 시각으로 보는 사람들과 만나게 할 수는 없어요."

그는 바랴에게 더 이상 간청하지 않고 물러나왔다. 그리고 형수가 저렇게 나오는 이상 더 이상의 시도는 부질없다는 것을 깨달았다. 그는 이곳에 머무는 동안 마치 여행 중에 잠깐 낯선 곳에 들른 것처럼 생각하고 행동해야겠다고 마음먹었다.

그 외에 페테르부르크에 머무는 동안 그를 더 힘들게 만드는 것이 하나 더 있었다. 안나의 이해할 수 없는 행동이었다. 어떨 때는 그를 사랑하는 것 같다가도 차가운 태도를 보였고 느닷없이 신경질을 부리기도 했다. 분명 그 무언가 뒤에 감추고 있는 것 같았다.

안나에게 러시아로 돌아온 주목적 중 하나는 아들 세료자를 만나는 것이었다. 이탈리아를 떠날 때부터 그녀는 아들을 만날 수 있다는 생각에 가슴이 절로 설레었다. 그녀는 아들을 어떻게 해야 만날 수 있을지에 대해서는 전혀 생각해보지도 않았다. 아들과 같은 도시에 머물러 있으면 당연히 만나게 되려니 생각했다. 그녀는 아들을 만나는 게 너무 자연스럽고 쉬운 일로 여겼었다. 하지만 페테르부르크에 도착하자 그녀는 이곳에서의 자신의 사회적 처지를 분명히 알게 되었으며 아들과 만나는 일이 보통 어려운 게 아니라는 사실도 깨달았다.

아들을 보고 싶은 마음과 그럴 방법이 없다는 현실 사이에서 괴로워하던 그녀는, 카레닌과 리디야가 가깝게 지낸다는 사실을 알고 용기를 내어 리디야에게 편지를 쓴 것이고 거절의 편지를 받은 것이다.

그녀는 무조건 일을 저지르고 보자고 결심했다. 마침 다음 날은 아들 세료자의 생일이었다. 그녀는 장난감 가게로 가서 장난감들을 산 다음, 마음속으로 계획을 세웠다.

'아침 8시쯤 그 집으로 찾아가는 거야. 카레닌은 아직 일어나지 않았을 거야. 수위와 하인에게 돈을 주면 안으로 들여보낼 거야. 얼굴에 베일을 쓰고 세료자의 대부가 생일 축하 선물로 장난감을 보내서 심부름 온 거라고 하면 될 거야.'

다음 날 아침 안나는 삯마차에서 내려 이전에 자신이 살던 저택의 초인종을 누르고 있었다. 초면의 젊은 수위가 문을 열자마자 그녀는 무작정 안으로 들어가며 그의 손에 3루블을 쥐어주었다.

"누구를 찾으십니까?"

젊은 수위가 묻자 그녀는 당황했고 그 모습을 보고 낯익은 늙은 수위가 수위실 밖으로 나와서 무슨 일이냐고 재차 물었다.

"스코로두모프 공작이 세르게이 알렉세이치(세료자)에게 생일 선물을 전하라고 해서 왔어요."

늙은 수위는 그녀를 금세 알아보았다. 안나는 애원하듯 노인을 쳐다보았다.

늙은 수위는 "어서 오십시오, 마님!"이라고 말하며 허리를 숙였다. 안나가 계단을 오르자 노인이 "제가 가서 알리겠습니다" 라고 말하며 얼른 그녀를 앞질러 계단을 뛰어올랐다.

앞선 노인이 어느 방 안으로 들어가자 안나는 밖에서 기다렸다. 잠시 후 노인이 나오더니 "방금 깨셨습니다"라고 말했다. 순간 안나에게 하품 소리가 들렸다. 안나는 안으로 들어갔다.

세료자는 방금 잠에서 깬 듯 침대에 앉아 하품을 하고 있었다. 안나는 침대로 다가가며 "세료자"라고 속삭였다. 세료자는 잠시 멍한 표정으로 그녀를 바라보고 있더니 "엄마!" 하며 그녀의 품으로 뛰어들었다.

세료자는 그녀의 목과 어깨에 얼굴을 비비며 말했다.

"엄마, 엄마가 올 줄 알고 있었어요. 오늘이 내 생일이잖아요."

안나는 아들을 뚫어지라 쳐다보았다. 그사이 아들은 몰라보게 훌쩍 자라 있었다. 그녀는 아들을 어루만지며 아무 말도 하지 못하고 훌쩍거렸다.

"왜 울어요, 엄마?"

"기뻐서 우는 거야. 널 너무 오랫동안 보지 못해서……. 그런데 세료자, 너 혹시 엄마가 죽었다고 생각하지 않았니?"

"절대 안 믿었어요."

"안 믿었다고?"

"난 알고 있었어요. 엄마가 살아 있는 걸 알고 있었어요!"

안나는 아들과 오랫동안 있고 싶었다. 하지만 그녀가 온 것을 안 집사와 하인들이 어쩔 줄 몰라 하는 것을 그녀는 이미 알고 있었다. 그때 유모가 방 앞에서 속삭이는 소리가 들렸다.

"마님, 벌써 9시예요."

"세료자, 엄마를 잊지 않겠지……?"

그녀는 더 이상 말을 잇지 못하고 천천히 품에 안았던 아들에게서 떨어졌다. 세료자는 엄마가 아빠가 올 것을 두려워하고 있음을 알았다.

"아직 가지 마세요. 금세 오시지는 않을 거예요."

안나는 아들을 자신에게서 떼어내며 아들을 찬찬히 들여다보았다. 그녀는 아들의 겁먹은 표정을 보고 아이가 아버지 얘기를 했나는 것을 알 수 있었다.

"세료자, 내 사랑하는 아들아! 아버지를 사랑해야 해. 나보다 훨씬 착하고 좋으신 분이야. 난 나쁜 짓을 했어. 네가 크면 알게 될 거야."

"엄마보다 좋은 사람은 없어요!"

세료자가 눈물을 흘리며 외치더니 온 힘을 다해 엄마를 끌어안았다.

이때 문이 열리더니 유모가 들어와 당황한 목소리로 안나에게 모자를 건네며 말했다.

"오고 계세요!"

세료자는 침대에 몸을 던지고 서럽게 울기 시작했다. 안나는 아들의 얼굴에 입을 맞춘 후 급히 문을 나섰다.

카레닌이 맞은편에서 걸어오고 있었다. 그녀를 발견하자 그는 걸음을 멈추더니 고개를 숙였다.

안나는 방금 전 아들에게 그가 자기보다 훨씬 좋은 사람이라고 말했지만 막상 그를 보니 혐오감과 증오심 그리고 아들을 독차지하고 있는 데 대한 질투심이 치솟았다. 그녀는 서둘러 베일을 내린 다음 뛰다시피 계단을 내려갔다. 너무 경황이 없었던 탓에 어제 그렇게 열심히 고른 장난감들은 고스란히 마차 안에 있었다. 그녀는 장난감을 갖고 호텔로 돌아갔다.

# 제10장

아들을 만나고 온 후 안나는 한참 동안 정신을 차리지 못했다. 그녀는 자신이 왜 지금 여기에 있는 것인지도 알 수가 없을 정도였다.

그녀는 "그래, 모든 게 다 끝났어. 난 혼자야!"라고 중얼거리며 벽난로 옆에 앉았다. 유모가 딸아이를 곱게 입혀서 안나에게 데리고 오자 안나는 아이를 받아 안고 미소를 지으며 키스했다.

하지만 안나는 세료자를 향한 마음과 비교할 때 딸아이를 향한 마음은 사랑이라고 할 수조차 없다는 것을 깨달았다. 그녀는 딸아이를 유모에게 건네준 후 다시 소파에 앉았다.

그러자 문득 브론스키가 집에 없다는 사실을 생각해냈다. 그녀는 오늘 아침 내내 브론스키 생각은 하지 않았던 것이다. 그러고 보니 어제 점심 때 이후로 그를 보지 못했다는 것이 생각났다.

'아니, 내가 이렇게 고통스러워하는데 곁에서 위로도 안 해주다니.'

그녀는 아들을 만나겠다는 자신의 계획을 남편에게 비밀로 했다는 것도 잊고 중얼거렸다.

그녀는 사람을 보내, 남편에게 당장 와달라고 했다. 심부름꾼은 '곧 오겠지만 마침 페테르부르크에 와 있는 야시빈과 함께 오겠다'는 대답을 갖고 돌아왔다.

'뭐야? 친구와 같이 온다고? 어제 점심때부터 얼굴도 보지 못했는데…… 조용히 이야기를 나눌 수도 없잖아.'

그러고 보니 페테르부르크에 오자 각방을 쓰자고 고집했던 일, 지금 친구와 함께 오겠다고 한 일 등이 겹쳐지면서 무서운 생각이 들기 시작했다.

'만일 그 사람이 나를 더 이상 사랑하지 않는다면……?'

얼마 뒤 브론스키가 야시빈과 함께 호텔로 왔다. 하지만 브론스키는 이야기를 나누면서도 연신 시계를 들여다보았다. 그리고 야시빈이 그만 가봐야겠다고 하자 브론스키도 자리에서 일어났다.

안나는 브론스키가 문밖으로 나가기 전에 그의 곁으로 다가가 손을 잡으며 야시빈에게 들리지 않도록 낮은 목소리로 말했다. 그녀는 내심 그가 나가지 않기를 바라고 있었다.

"알렉세이, 당신 마음 변하지 않았지요? 난 여기가 괴로워요. 우리 언제 떠나요?"

"곧 떠납시다. 나도 여기서 지내는 게 얼마나 힘든지 당신은 모를 거요." 그는 손을 빼며 말했다.

"흥, 좋아요! 어서 가봐요!" 그녀는 화가 나서 그의 곁을 떠나며 내뱉었다.

그날 저녁 안나는 사고 아닌 사고를 저질렀다. 저녁을 들자마자 느닷없이 노처녀인 그녀의 고모와 함께 오페라에 가기로 했다고 브론스키에게 말한 것이다. 브론스키는 아연했다. 브론스키가 알기로는 오늘 오페라에는 형과 형수 그리고 어머니도 가게 되어 있었다. 말하자면 페테르부르크 전체가 극장에 모인다는 것과 마찬가지였다.

"정말 극장에 가려는 거요?" 그가 안나에게 물었다.

"뭘 그렇게 겁먹은 것처럼 그래요? 내가 가면 안 될 이유가 있나요?"

"제발 가지 말아요."

"내가 가면 안 되는 이유를 설명해봐요."

브론스키는 설명할 길이 없었다. 그는 화가 났다. 가면 안 되는 이유를 설명할 수 없어 화가 났고 화가 난 이유를 대놓고 말할 수 없어서 더 화가 났다. 아마 속으로는 이렇게 외치고 있었을 것이다.

'그런 차림으로 당신 고모와 함께 극장에 나타난다면 그건 당신이 타락한 여자라는 것을 만천하에 공표하는 거요. 그것은 사교계에 도전장을 내미는 것과 마찬가지고 영원히 사교계와 절연하는 걸 의미하는 거요.'

하지만 그는 차마 그 말을 하지 못하고 속만 부글부글 끓이고 있었다.

안나는 브론스키에게 함께 가자는 말도 하지 않았다. 그녀는 브론스키가 함께 가지 않으리라고 미리 짐작하고 이미 브론스키의 친구인 야시빈에게 오페라에 데려가달라고 부탁을 해놓은 터였다. 브론스키를 호텔에 남겨둔 채 안나는 호텔로 찾아온 야시빈과 함께 극장으로 갔다.

혼자 남아 안절부절못하던 브론스키는 아내를 보호하는 임무를 야시빈에게 맡기고 모른 척하는 게 비겁한 짓이라고 느꼈다. 그는 늦게나마 부랴부랴 극장으로 향했다.

극장에 도착한 브론스키는 오페라글라스를 돌리며 박스석을 유심히 살펴보았다. 대머리 노인과 터번을 쓴 귀부인 옆에 안나가 앉아 있는 모습이 보였다. 그녀는 당당했으며 브론스키조차 놀랄 만큼 아름다웠다. 그로부터 약 스무 걸음 정도 떨어진 자리였다.

그녀는 몸을 살짝 돌리고 옆에 앉은 야시빈에게 뭔가 말을 하고 있었다. 아름다운 어깨와 머리 모양, 반짝이는 눈과 얼굴은 모스크바 무도회에서 보았을 때와 똑같았다. 하지만 느낌은 그때와 전혀 달랐다. 그때는 그 아름다움이 신비스럽게 여겨졌지만 지금은 공연히 화가 났다. 안나는 브론스키 쪽으로는 고개를 돌리지 않았지만 그녀가 자기를 보았다는 것을 브론스키는 직감할 수 있었다.

안나의 왼쪽 박스석에는 카르타소프 부부가 있었다. 브론스키는 물론이고 안나도 그들과 아는 사이였다. 그런데 아내가 화난 얼굴로 남편에게 뭐라고 중얼거리고 있었고 카르타소프는 연신 안나 쪽을 돌아보며 아내를 진정시키려 애쓰고 있었다. 잠시 후 아내가 벌떡 자리를 박차고 일어났고 남편도 우물쭈물 그 뒤를 따랐다.

뭔가 불미스러운 일이 벌어진 게 틀림없었다. 브론스키는 무슨 일이 벌어졌는지 알아보려고 형이 있는 박스석으로 갔다. 어머니인 백작 부인과 형, 형수가 있는 자리로 가니 형수가 제일 흥분해 있었다.

"아니, 카르타소프 부인이 어떻게 그런 못된 짓을 할 수 있지?" 그녀가 브론스키를 보자 흥분을 가라앉히지 못하고 말했다.

"형수님, 무슨 일이 있었는데요?"

"그 여자 남편이 슬쩍 얘기해줬는데, 그 여자가 안나를 모욕했대요. 그 남편이 박스 칸막이 너머로 안나와 한두 마디했더니 난리법석을 부린 거지요. 그러고는 뭔가 모욕적인 말을 하며 나가버렸대요."

그러자 브론스키의 어머니가 한마디했다.

"대단해, 정말 대단해. 그 여자 때문에 오페라는 아예 보지도 못했단다."

"어머니, 그런 말씀마세요."

"내 얘기가 아니야. 다들 하는 말을 내가 하는 거야."

그날 브론스키와 안나는 둘이 만난 이래 처음으로 싸웠다.

"전부 당신 책임이에요." 안나가 눈물을 흘리며 브론스키에게 외쳤다.

"내가 그토록 가지 말라고 하지 않았소? 안 좋은 일이 일어날 것 같아서."

"암튼 기분 나빠요!" 그녀가 계속 외쳤다. "정말 끔찍해요. 평생 잊지 못할 거예요! 뭐! 내 옆에 앉은 게 수치스럽다고!"

"바보 같은 여자가 한 소리일 뿐이오. 그러니 왜 그런 빌미를 제공한 거요?"

"아니, 당신 어떻게 그렇게 침착할 수 있지요? 나를 이 지경에 이르게 하면 안 되잖아요. 당신이 나를 사랑한다면……."

"안나, 여기서 왜 내 사랑을 들먹이는 거요?"

"오, 당신이 내가 당신을 사랑하듯이 나를 사랑한다면……. 당신이 나처럼 고통스럽다면……!"

브론스키는 안나가 안돼 보이면서도 동시에 화가 났다. 그는 자기가 그녀를 사랑한다는 것을 확신시켜주었다. 그것만이 그녀를 달랠 길임을 알았던 때문이었다. 그는 말로는 그녀를 비난하지 않았지만 마음속으로는 비난하고 있었다.

그로서는 입 밖에 내기도 부끄러울 정도로 유치한 사랑의 맹

세들을 게걸스럽게 받아 마신 후 그녀는 겨우 진정이 되었다. 다음 날 둘은 완전히 화해를 하고 시골로 떠났다.

# 제 6 부

# 제1장

돌리는 가족들과 함께 포크롭스코예의 여동생 키티 집에서 여름을 지내고 있었다. 그녀 영지의 집이 무너져 내렸기에 레빈과 키티가 자기 집에 와서 지내자고 설득한 것이다. 돌리의 가족들과 함께 돌리의 어머니인 공작 부인도 그곳으로 왔다. 그들 외에 키티가 독일 휴양지 소덴에서 만났던 바렌카도 있었다. 게다가 결혼하면 찾아오겠다던 약속을 지킨 것이다. 그들은 모두 키티의 가족이었고 친구였다. 레빈 말마따나 그는 '셰르바츠키 구성원들'의 홍수 속에 묻혀버린 것이다. 레빈은 그들을 모두 좋아했지만 자신만의 고유한 세상, 고유한 질서가 파괴된 것이 약간은 아쉬웠다. 그의 가족으로는 형 세르게이 코즈니셰프도 그곳에서 함께 지내고 있었지만 엄밀히 말하면 그는 '레빈가' 사람은 아니었기에 레빈의 혼쭐이 다 나가버렸다고 해도 과언이 아니었다.

그러던 어느 날 아이들은 차를 마시고 어른들은 발코니에 앉아 수다를 떨고 있을 때 마차 소리가 났다. 레빈이 "스티바가 왔나봐요!"라고 소리쳤다. 오늘 스테판 오블론스키가 오겠다고 미리 편지를 보냈던 것이다. 레빈은 은근히 장인어른도 함께 오기를 바라고 있었다. 알면 알수록 장인어른이 점점 더 좋아진 때문이었다. 그런데 마차 안에는 오블론스키 외에 한 남자가 더 타고 있었다. 레빈은 "장인어른도 오셨네요!"라고 반갑게 소리치며 가로수 길 입구로 뛰어갔다.

하지만 스테판 오블론스키 옆에 타고 있던 남자는 장인이 아니었다. 그 남자는 스코틀랜드풍의 모자를 쓰고 멋지게 차려입은 건장한 청년이었다. 셰르바츠키 가족과 먼 친척뻘로서 모스크바와 페테르부르크를 주름잡고 있는 바센카 베슬롭스키라는 젊은이였다. 오블론스키는 그를 소개하며, 아주 훌륭한 친구이고, 사냥을 열렬히 좋아한다고 말했다.

레빈은 낯설고 거추장스러운 사람이 나타난 것이 언짢았다. 게다가 모두들 그를 반갑게 맞았고, 특히 그가 아주 상냥하게 키티의 손에 입을 맞추는 것을 보자 노골적으로 얼굴을 찌푸렸다. 베슬롭스키는 레빈과 악수하며 "댁의 부인은 저와 먼 친척뻘이지요. 오래전부터 잘 알고 지냈답니다"라고 말했다.

조금 전까지만 해도 기분이 좋았던 레빈은 갑자기 이곳에 있는 모든 사람들이 마음에 들지 않았다. 오블론스키가 아내 돌리에게 상냥하게 구는 것을 보고는 '쳇, 저 입술로 어제는 어느 여자와 키스를 했을까?'라고 생각했고, 돌리를 향해서는 '남편의 사랑을 믿지 않으면서 뭐가 저리 즐거운 거야? 정말 역겹군!'이라고 속으로 빈정거렸다. 조금 전까지만 해도 다정한 눈길을 보내고 있던 장모도 베슬롭스키를 마치 자기 집에 찾아온 손님인 양 반기는 게 영 마음에 들지 않았다.

급기야는 오블론스키를 별로 좋아하지 않으면서 짐짓 친한 척 하는 형 코즈니셰프마저 꼴 보기 싫었으며 바렌카를 향해서까지 '겉으로는 신앙이 돈독한 척하면서 속으로는 시집 갈 궁리나 하고 있는지 알게 뭐야!'라고 속으로 툴툴거렸다.

하지만 그 누구보다 역겨운 사람은 아내 키티였다. 이곳 시골 방문을 마치 자기뿐 아니라 모두에게 휴가처럼 생각하고 즐거워하는 그 사내의 분위기에 아내가 휩쓸려버린 것 같아서였다. 특히 그의 미소에 특별한 미소로 답하는 아내가 불쾌했다. 그는 일이 있다고 그 자리를 피하면서 생각했다.

'저들에게는 여기가 휴가 장소로군. 하지만 여기서 해야 할 일들은 휴가와는 상관없어. 그 일들은 한가하게 기다려주지도 않을 뿐더러, 그 일들이 없으면 살 수도 없지.'

레빈은 저녁 먹을 시간이 되었다는 전갈을 받고서야 집으로 돌아왔다. 그가 식당으로 들어가자 모두들 식탁에 앉아 활기차게 이야기를 나누고 있었다. 그가 자리를 잡고 앉자 오블론스키가 그에게 물었다.

"그건 그렇고, 내일 사냥을 가는 건가?"

"그래요, 제발 갑시다." 베슬롭스키가 통통한 다리를 꼬며 레빈에게 말했다.

"좋아요, 내일 갑시다. 대신 꼭두새벽에 떠나야 합니다." 레빈이 자신과는 어울리지 않는 유쾌한 어투로 말했다. 불쾌한 기색을 감추려고 짐짓 유쾌한 척하는 것이 분명했다.

그때 돌리가 아이들을 재우고 자신도 자러 가겠다고 자리에서 일어났다. 그러자 오블론스키가 "잠깐, 아직 당신에게 할 이야기가 많아"라며 그녀를 자리에 앉히더니 말했다.

"베슬롭스키가 안나에게 다녀왔대. 그리고 다시 그 집으로 갈 작정이래. 당신이 살고 있는 집에서 겨우 칠팔십 킬로미터 정도밖에 떨어지지 않은 곳이야. 나도 그곳으로 갈 거야. 어이, 베슬롭스키, 이쪽으로 좀 오게!"

베슬롭스키가 부인들 있는 쪽으로 오더니 키티 옆에 앉았다. 레빈은 식탁 다른 쪽 끝에서 장모와 바렌카와 이야기를 나누면서 오블론스키와 돌리, 키티, 그리고 베슬롭스키 사이에 활발한 대화가 오가는 것을 흘낏흘낏 훔쳐보았다. 특히 베슬롭스키의 잘생긴 얼굴을 진지한 표정으로 뚫어져라 바라보고 있는 아내 키티의 모습이 자꾸 눈에 걸렸다.

"둘이 아주 잘 지내고 있습니다."

베슬롭스키는 안나와 브론스키의 이야기를 하고 있었다.

"내가 멋대로 판단할 문제는 아닙니다만, 어쨌든 거기 있으면 마치 집에 있는 것처럼 마음이 편합니다."

"우리 모두 그 집에 한 번 다녀올까?" 오블론스키가 입을 열었다. "자네, 언제 갈 건가?"

"7월 한 달은 거기서 지낼 작정이야."

"당신도 가지 않겠소?" 오블론스키가 돌리에게 물었다.

"벌써 오래전부터 가보고 싶었어요." 돌리가 대답했다. "아가씨가 안됐어요. 난 아가씨를 잘 알거든요. 참 훌륭한 여자예요. 난 당신이 떠난 후에 혼자 가겠어요."

"알았소. 그럼 처제는 어떻게 할 거지?"

오블론스키가 이번에는 키티에게 물었다. 순간 키티의 얼굴이 새빨개지더니 자리에서 일어나 남편에게로 갔다.

레빈은 그들의 대화 내용을 알 수 없었지만 아내의 얼굴이 빨개지는 것을 보고 자신도 모르게 질투심에 불타고 있었다. 그런데 베슬롭스키가 자신이 저지른 짓을 아는지 모르는지 자리에서 일어나더니 레빈과 키티에게로 왔다. 내일 사냥 준비 문제에 대해 레빈과 의논하려고 온 것이었지만 레빈의 의혹은 더 커질 수밖에 없었다.

레빈의 고통은 장모가 이제 그만 자러 가자고 자리에서 일어나면서 극에 달했다. 베슬롭스키가 작별 인사를 하면서 아내 키티의 손에 키스를 하려 했던 것이다. 그러자 키티가 얼굴이 새빨개지더니 손을 무례할 정도로 잡아 빼며 말했다.

"우리 집에서는 이런 식으로 하지 않아요."

키티는 이미 레빈의 기색이 심상치 않은 것을 눈치채고 그런 행동을 한 것이었다.

레빈이 보기에 그가 그토록 무례하게 굴 수 있었던 것은 전적으로 키티 탓이었다. 그는 생각했다.

'도대체 어떻게 했기에 저 젊은이가 저런 식으로 당당하게

그녀를 대할 수 있게 된 거지? 도대체 싫다는 표현을 저렇게 어색하게밖에 못 한단 말인가?'

## 제2장

하지만 키티에 대한 레빈의 의심은 사냥을 갔다 오면서 거의 다 풀렸다. 보면 볼수록 베슬롭스키가 솔직하고 선량하며 쾌활한, 좋은 청년으로 여겨진 덕분이었다. 인생을 온통 향락으로만 생각하는 게 좀 걸리기는 했지만 그 정도는 충분히 용서해줄 수 있었다.

그들은 좀 먼 곳으로 가서 이틀간 사냥을 하고 돌아왔다. 수확도 푸진하겠다, 베슬롭스키와 더없이 친해졌겠다, 레빈은 아주 흡족한 기분이었다.

다음 날 10시, 이미 농장을 다 돌아보고 레빈이 집으로 돌아왔을 때 사람들은 응접실에 앉아 차를 마시고 있었다. 레빈이 들어오는 것을 보자 오블론스키와 함께 앉아 있던 장모가 그를 불렀다. 그리고 키티의 출산이 가까웠으니 훌륭한 의사가 있는 모스크바로 옮겨가 살 집을 구해야 할 것 아니냐고 레빈에게 말했다. 레빈은 장모의 말이 못마땅했다. 그에게 자식이 태어난다는 것은 너무나 크나큰, 그가 감히 꿈꿀 수조차 없을 것 같던 행복이었고 그렇기에 신비스러운 일이기도 했다. 그런데 그런 신비스러운 일을 앞두고 마치 하찮은 일상사를 준비하듯 행동하는 건 그 신비스러움을 훼손하는 짓 같았다.

그의 기분을 이해하지 못한 공작 부인은 머뭇거리는 레빈이 너무 무관심하다고 생각하고 그를 닦달했다. 그리고 오블론스키에게 모스크바에 집을 알아보라고 시켰다. 레빈은 할 수 없이 "장모님 분부대로 하겠습니다"라고 대답했지만 기분은 우울해졌다.

그런데 그가 사모바르 찻주전자가 놓인 식탁으로 고개를 돌렸을 때, 그는 한층 더 우울해졌다. 베슬롭스키가 아름다운 미소를 머금고 키티에게 몸을 굽힌 채 뭔가 열심히 이야기를 하고 있었고 키티는 얼굴이 새빨개진 채 어쩔 줄 몰라 하고 있었다. 베슬롭스키의 태도나 눈길과 미소에는 뭔가 석연치 않은 기색이 있었다. 레빈은 키티의 태도나 눈길도 심상치 않다고 느꼈다. 그는 행복의 절정에서 다시 절망과 굴욕의 나락으로 떨어진 기분이었다.

그때 베슬롭스키와 키티는 안나에 대해 이야기를 나누고 있었다. 그리고 사랑이 이 세상에서 그 무엇보다 우선이라는 주제로 이야기가 흘러갔다.

키티는 대화가 마음에 들지 않았다. 대화의 주제도 그렇고 그의 어조도 신경에 거슬렸다. 더욱이 그와의 대화가 남편에게 악영향을 주고 있다는 사실을 잘 알고 있었기에 더욱 불편했다.

하지만 그녀는 너무나 경험이 없고 순진해서 대화를 어떻게 끝내야 할지 알 수 없었다. 또한 젊은이가 자신에게 보여주고 있는 관심 때문에 거북해하면서 동시에 기뻐하는 표정을 감출 줄도 몰랐다. 그녀는 도무지 어찌할 바를 모르고 있었다. 자기가 어떤 식으로 행동하건 남편이 곡해할 것을 알고 있던 때문이었다.

레빈이 자리에서 일어나 밖으로 나갔다. 그러자 키티도 슬그머니 자리에서 일어나 그의 뒤를 따랐다. 아무도 없는 곳에서 이야기를 나누어야겠다고 생각한 레빈은 마당으로 나갔다. 둘 다 흉금을 터놓고 이야기를 나누어 오해를 푼 뒤, 둘 모두를 사로잡고 있는 고통에서 벗어나야만 한다고 느끼고 있었다. 그들은 가로수 길 한쪽에 놓인 벤치 앞으로 가서 걸음을 멈추었다. 먼저 입을 연 것은 키티였다.

"이런 식으로는 더 이상 견딜 수 없어요. 저는 정말 힘들어요. 당신도 그렇지요? 그런데 당신은 뭣 때문에 그렇게 힘들어하는 거예요?"

"하나만 말해주오. 그의 어조에 뭔가 어색하고 불순한 것, 모욕적인 것은 없었소?"

레빈이 어느 날 밤 그녀 앞에서 그랬듯이 가슴팍 앞에 주먹을 쥔 자세로 서서 말했다.

"있었어요." 그녀가 떨리는 목소리로 말했다. "하지만 여보, 내 잘못이 아니라는 걸 정말 모르겠어요? 아침부터 그 사람을 정신 차리게 하려고 얼마나 애썼는데…… 도대체 그 사람은 여기 왜 온 거죠?"

그녀는 온몸을 떨면서 흐느꼈다.

아내를 2층까지 데려다 준 뒤에 레빈은 처형 돌리의 방으로 갔다. 돌리는 딸 마샤를 야단치고 있다가 레빈을 보자 무슨 일로 왔느냐고 물었다.

"방금 아내와 다퉜습니다."

돌리는 금세 눈치를 채고 잘 알겠다는 눈길로 레빈을 바라보았다. 레빈이 계속 말했다.

"솔직히 말씀해주세요. 그러니까 그 행동에……. 키티가 아니라 그 남자의 태도에 뭔가 불쾌한 게, 아니 불쾌한 정도가 아니라 끔찍한 게, 남편으로서 모욕적이라고 느낄만한 그런 것이 없었나요?"

"그러니까…… 글쎄, 뭐라고 말해야 할지……. 사교계였다면 의당 젊은이가 할만한 행동을 했다고 하겠지요. 젊고 예쁜 여자에게 끌린 거지요. 사교계라면 그 여자의 남편은 우쭐해할 거고요."

"그렇군요." 레빈이 어두운 기색으로 말했다. "그런데 처형은 눈치를 못 챘나요?"

"저만 아니라 스티바도 눈치를 챘어요. 차를 마시고 나서 제게 '베슬롭스키가 키티에게 좀 치근거리는 것 같아'라고 말했거든요."

"좋습니다. 이제 마음이 편해졌어요. 그를 쫓아내야겠어요."

"뭐라고요? 제정신이에요? 정 그렇다면 내가 스티바에게 말하겠어요. 어쨌건 그 사람은 우리랑 안 맞는 것 같긴 하지만."

"아닙니다. 내가 직접 하겠어요."

레빈은 돌리의 방을 나와 베슬롭스키를 찾아 나섰다. 그는 현관 입구를 지나며 하인에게 역으로 갈 마차를 준비하라고 일렀다.

레빈이 베슬롭스키의 방에 들어섰을 때 베슬롭스키는 말을 타러 가기 위해 승마용 장화를 신고 있었다. 레빈의 표정이 평소와 달랐던지, 혹은 그가 막 시작한 '추근거리기' 놀이가 이 집에는 어울리지 않는다고 느끼고 있었는지, 그는 레빈이 들어오자 약간 당황했다.

레빈이 그의 모습을 보니, 정말 선량한 젊은이임을 다시 확인할 수 있었다. 그는 어떻게 말을 꺼내야 할지 한참을 망설인 끝에 겨우 입을 열었다.

"에, 그러니까…… 당신을 위해 마차를 대기시켜 놓았습니다."

"네, 무슨 말씀이신지? 저보고 어디로 가라고?"

"기차역으로 가셨으면 합니다."

"네? 왜 갑자기?"

"사정이 생겼습니다. 손님이 오실 겁니다. 아니, 손님이 오시는 게 아닙니다. 다만, 제가 당신이 떠나주길 원합니다. 내 무례함에 대해서는 당신 마음대로 해석하시기 바랍니다."

베슬롭스키가 몸을 쭉 펴며 말했다.

"설명을 좀 해주실 수 있을는지……"

"설명할 수 없습니다." 레빈이 입술이 떨리는 것을 막으려 애쓰면서 부드럽지만 단호한 어조로 말했다. "게다가 묻지 않는 게 나을 겁니다."

"오블론스키를 좀 만나봐도 되겠습니까?"

"내가 바로 오블론스키를 당신에게 보내겠습니다."

"아니, 이게 무슨 정신 나간 짓이야!" 베슬롭스키로부터 자초지종을 전해 들은 오블론스키가 뜰에서 서성이며 손님이 떠나기를 기다리고 있던 레빈에게 말했다. "정말 말도 안 돼! 자네, 무슨 파리에게라도 물린 건가? 도대체 무슨 생각을 하는 건가? 젊은이라면 의당 할 만한 행동을 한 걸 갖고……."

레빈이 서둘러 오블론스키의 말을 막았다.

"부탁이니 더 이상 말하지 말게. 어쩔 수 없었어."

"정말 어이가 없군. 자네가 실투 성노는 할 술 알았지만 이 정도일 줄은!"

공작 부인은 오블론스키 이상으로 사위 레빈에게 화를 냈다. 레빈 역시 자신의 행동이 우스꽝스러우며 주위 사람들이 자신을 경멸의 눈초리로 본다는 것을 알았다. 하지만 다음번에 비슷한 일이 벌어지면 어떻게 행동할 것인가 자문하고는 똑같이 행동할 것이라고 스스로에게 답했다.

# 제3장

돌리는 의도했던 대로 안나를 만나러 갔다. 자신이 안나를 만난다는 것이 키티와 레빈에게 좀 미안한 일이긴 했지만 안나에게 자신의 애정은 변함이 없다는 것을 보여주고 싶었다. 또한 그곳까지 가는 동안의 기나긴 여정은 그녀가 자신의 삶 전체를 돌아볼 수 있는 좀처럼 찾아오기 힘든 기회였다.

돌리는 레빈이 마련해준 마차를 타고 동이 트기 전에 길을 떠났다. 마부석에는 마부 말고도 처형의 안전을 위해 레빈이 딸려 보낸 회계 서기가 앉아 있었다. 마차는 전에 레빈이 스비야지스키에게 갈 때 잠시 들렀던 부유한 농민의 집에서 잠시 멈추었다. 말들에게 휴식을 주기 위해서였다.

잠깐 그곳에서 쉰 후 돌리 일행은 다시 출발했다. 앞으로도

네 시간은 더 가야했다.

마차를 타고 가며 모처럼 한가해진 시간에 그녀가 제일 먼저 생각한 것은 아이들이었다. 어머니와 키티가 아이들을 돌보겠다고 했지만 여전히 마음이 놓이지 않았다.

아이들이 못된 짓을 하면 어쩌지, 탈이라도 나면 어쩌지, 아이들을 장차 어떻게 키워 세상에 내보내지 등등 현재로부터 미래까지 아이들에 대한 걱정이 이어졌다. 그러다가 문득 이렇게 자유로운 몸이 되어서도 여전히 아이들 걱정만 하고 있는 자기 자신이 어쩐지 서글프게 느껴졌다. 그녀는 지난 15년간의 결혼 생활을 돌이켜 보았다.

'임신, 입덧, 모든 것에 무관심해지고, 무엇보다 추해지고……. 출산과 산고, 마지막 순간의 고통……. 수유(授乳)와 불면의 밤, 이어지는 힘든 일들……. 아이들이 번갈아 아프고 근심 걱정이 끊이지 않는 나날들……. 이어서 아이들 가정교육……. 아이들 못된 버릇 고치기……. 아이들 학교 교육, 라틴어……. 정말 너무 힘들어. 게다가 아이가 죽었을 때는……'

그녀는 호흡 곤란으로 젖먹이 때 죽은 아이 생각이 났다. 그리고 가슴이 찢어지도록 아팠던 기억이 다시 떠올랐다. 그녀는 이어서 생각했다.

'대체 왜 이래야만 하는 거지? 이렇게 해서 게 결국 뭐가 오게 되는 거지? 한순간도 평화로울 때가 없이 삶을 낭비하고 있는 건 아닐까? 늘 화를 내고 툴툴거리고 남편을 혐오하면서……. 게다가 살림도 너무 빠듯해. 지금 처지만 봐도 그래. 키티네 집에서 지내지 않았다면 이번 여름을 보낼 방도도 없었잖아. 하지만 언제까지 레빈과 키티에게 기댈 수는 없어. 아빠도 우리를 도와주실 수 없어. 아빠 몫으로 남은 게 거의 없으니까. 어쨌든 남들의 도움으로 어려움을 무사히 넘긴다고 쳐. 운이 좋다면 그럭저럭 아이들을 무사히 키울 수 있게 되겠지. 아이들이 조신하게 자라주는 게 최선일 거고……. 그래, 내가 바랄 수 있는 건 그게 전부야. 그 정도를 이루기 위해 나는 또 얼마나 큰 고생을 해야 하고 노력을 해야 하는 거지? 그러다가 내 인생이 송두리째 망가지는 거야!'

그녀는 무서운 생각을 떨쳐버리려는 듯 앞쪽에 대고 소리쳐 물었다.

"미하일! 아직 멀었어?"

"이 마을에서 약 7킬로미터 정도 거리입니다." 서기가 대답했다.

마차는 마을 길을 따라 다리를 향해 내려가고 있었다. 한 무리의 아낙네들이 왁자지껄 명랑하게 이야기를 나누며 다리를 건너고 있었다. 마차가 다리에 이르자 아낙네들이 호기심에 어린 눈으로 마차를 바라보았다. 돌리는 그 건강하고 쾌활한 얼굴들, 삶의 기쁨에 충만한 얼굴들이 꾀죄죄한 삶을 살고 있는 자신을 놀리는 것만 같았다.

'그래, 모두들 자기 삶을 즐겁게 살아가는데 나만 스스로를 옥죄는 감옥에 갇혀 있는 거야. 저 여자들도, 동생 나탈리도, 경건한 바렌카도, 지금 내가 찾아가는 안나도, 모두들 살아 있는데 나만 아닌 거야!'

이어서 그녀는 안나에 대해 생각했다.

'사람들은 안나를 공격하지. 뭣 때문에? 내가 그녀보다 나은 게 있나? 물론 내게는 사랑하는 남편이 있어. 억지로 사랑해야 해서가 아니라 정말로 사랑해. 하지만 안나는 남편을 사랑하지 않지. 그렇다고 안나를 비난해야 하나? 그녀는 살고 싶은 거야. 하느님이 우리를 그렇게 만드셨어. 내가 남편을 사랑하지 않았다면 나도 그녀처럼 했을지 몰라. 그래, 안나가 모스크바로 나를 찾아왔을 때 그녀 말을 듣지 않았어야 했을지도 몰라. 그때 남편을 버리고 새 인생을 시작해야 했는지도 몰라. 그러면 진짜로 사랑을 하고 사랑받을 수 있었을지도 몰라. 내게 아직 미

모가 남아 있었으니까.'

이어서 그녀는 자신이 정말로 남편을 사랑하는지 자문해보았다.

'그래, 나는 남편을 존중하지 않아. 그가 내게 필요할 뿐이지. 그래서 그를 그냥 참아주는 거야. 그러는 게 더 나은 건가? 그래, 안나는 옳은 행동을 한 거야. 나는 절대로 안나를 비난하지 않을 거야. 그녀는 행복해. 그리고 한 남자를 행복하게 만들고 있어. 그녀는 결코 나처럼 찌그러지지 않았어.'

그녀는 엉뚱한 생각을 하며 이상한 미소를 지었다. 안나의 연애를 생각하다가 자신도 그녀와 비슷한 연애를 하는 모습을 상상으로 그려본 것이다.

'안나처럼 남편에게 모든 걸 털어놓는다? 그러면 남편이 얼마나 놀라고 당황할까?'

놀란 남편의 모습을 그려보는 것만으로도 재미가 있어 그녀의 얼굴에 미소가 번졌다.

그녀가 그런 생각에 젖어 있는 사이 마차는 보즈드비젠스코예로 향하는 갈림길에 접어들고 있었다.

# 제4장

얼마 동안 길을 달리자 농부들이 일을 하고 있는 들판이 나타났다. 마부 옆에 타고 있던 서기가 농부 한 명을 불러서 길을 물어보았다.

"보즈드비젠스코예의 나리 댁이요? 왼쪽 길로 해서 저 언덕만 넘으면 됩니다. 어제 또 손님들이 오셨습니다. 끝없이 손님들이 오시지요."

마부가 마차를 출발시키며 왼쪽으로 마차를 돌리려 할 때였다. 농부가 소리쳤다.

"아, 저기들 오십니다. 저기요!"

마부가 마차를 세우고 농부가 가리키는 쪽을 바라보자 말을 탄 네 명의 사람과 두 명이 타고 있는 이륜마차가 길을 따라 오고 있었다. 브론스키와 안나, 베스롭스키, 그리고 기수복을 입은 사람 한 명이 말을 타고 있었고 마차 안에는 나이 든 여자 한 명과 남자 한 명이 타고 있었다. 여자는 노처녀로서 스테판 오블론스키의 숙모뻘, 그러니까 안나의 숙모뻘이기도 한 바르바라 공작 영애였고 남자는 전에 레빈이 방문했던 적이 있는 스비야지스키였다.

안나는 등이 별로 높지 않은 영국산 경주마를 타고 베슬롭스키와 나란히 천천히 말을 몰아오고 있었다. 모자 아래로 흘러내린 그녀의 머리칼은 여전히 아름다웠고 둥근 어깨, 검은 색 승마복을 입은 가는 허리는 돌리를 놀라게 하기에 충분했다. 브론스키는 그들 뒤를 따르고 있었고 기수복을 입은 몸집이 작은 사내가 제일 뒤에서 따라왔다.

마차 안에 앉아 있는 돌리의 모습을 발견한 안나는 환호성을 지르며 말을 전속력으로 달려 마차 옆으로 오더니 말에서 혼자 힘으로 뛰어내린 뒤 돌리에게 달려왔다.

"언니! 정말 반가워요! 내가 얼마나 기쁜지 상상도 못 할 거예요!" 안나가 돌리에게 입을 맞추며 말했다.

어느새 옆으로 다가온 브론스키도 정말 반갑다며 정중하게 인사했고 이어서 안나가 마차에 타고 있던 사람들을 돌리에게 소개해주었다. 돌리는 바르바라를 전부터 알고 있었지만 그다지 좋아하지 않았으며 그녀가 친척들 집의 식객으로 떠돌며 살아가고 있다는 것을 알고 있었다. 그런데 지금 그녀가 친척이 아닌 브론스키의 집에 빌붙어 산다는 사실을 알게 되자 일종의 모욕감까지 느꼈다. 어쨌든 그녀는 남편의 숙모뻘이었던 것이다.

돌리는 안나의 얼굴을 바라보며 그녀의 변한 모습에 새삼 놀랐다. 그녀의 얼굴은 여자가 누군가 사랑할 때만 나타나는 아름다움으로 빛나고 있었다. 보통 사람이라면 그냥 지나칠 수도 있을 미묘한 변화였지만 안나를 잘 알고 있는 돌리는 그 변화를 바로 눈치챌 수 있었다. 더욱이 이곳에 오면서 돌리에게 떠올랐던 생각들 덕분에 그 아름다움은 곧바로 돌리의 눈에 띄었다. 마치 안나 자신이 그 아름다움을 의식하고 뽐내는 것 같았다.

스비야지스키가 돌리에게 그 괴짜 친구가 젊은 아내와 잘 지내느냐고 레빈과 키티의 안부를 물었다. 돌리가 잘 지낸다고 대답하자 그는 돌리가 타고 온 마차를 가리키며 말했다.

"저희가 이 '탈것'을 타고 가겠습니다. 두 분은 저와 공작 영애가 타고 온 마차를 타시지요."

그러자 안나는 돌리가 타고 온 마차를 함께 타고 가겠다며 마차에 올랐다.

두 여인이 함께 마차에 머리를 맞대고 앉자 한순간 분위기가 어색해졌다. 안나는 자신을 골똘히 바라보는 돌리의 시선이 마치 뭔가 추궁하는 것 같아 어색했고, 돌리는 스비야지스키가 '탈것'이라고 말한 바로 그 더럽고 낡은 마차에 안나와 함께 타고 있는 것이 창피하게 여겨졌던 것이다.

안나가 보기에 돌리는 무척 수척해 있었다. 안나는 먼저 그 이야기를 하고 싶었다. 하지만 안나는 돌리에 비해 자기가 전보다 훨씬 더 신수가 훤해졌다는 것을 의식했다. 게다가 자기를 바라보는 돌리의 눈에도 그런 기색이 분명히 나타나 있었다. 안나는 한숨을 내쉬며 자기 이야기를 먼저 꺼냈다.

"올케언니, 내가 어떻게 이렇게 행복할 수 있을까 의아하겠지요? 그래요. 이런 말하긴 부끄럽지만…… 난…… 난…… 정말 용서받지 못할 정도로 행복해요. 정말 요술 같은 일이 벌어진 거예요. 마치 꿈속에서처럼 무시무시한 일이 벌어질 줄 알았는데, 갑자기 꿈에서 깨어나니 그런 공포가 사라진 거예요. 그래요, 난 무서운 꿈에서 깨어난 거예요. 그래서 여기 온 뒤로 너무 행복해요."

"정말 잘됐네요." 돌리가 미소 지으며 답했지만 자신의 의도와는 달리 차가운 말투였다.

"언니, 제대로 말해줘요. 언니는 날 어떻게 생각해요?"

돌리는 마차 안에서 긴 이야기를 하는 것은 무리인 것 같아 간단하게 자신의 생각을 줄여서 말해주었다.

"난 아무 생각도 안 해요. 난 아가씨를 언제나 사랑했어요. 그리고 누군가를 사랑한다면 있는 그대로의 그 사람 전체를 사랑하지, 내가 원하는 모습으로서의 그 사람을 사랑하지 않아요."

안나의 눈에 눈물이 어렸다. 돌리는 안나의 손을 잡아주었다. 돌리는 잠시 침묵 뒤에 주변을 둘러보며 말했다.

"저 건물들은 뭐예요? 정말 건물들이 많네요!"

"일꾼들 집과 종마 사육장, 마구간이에요. 여기서부터는 공원이고요. 폐허가 되다시피 했던 것들을 알렉세이가 다 되살려 놓았어요. 전혀 예상치도 못했는데 그 사람은 영지 경영을 정말 좋아해요. 빈틈없다고 해야 할 정도로 꼼꼼해요. 하지만 몇 만 루블이 들어가는 큰일도 아무런 계산도 하지 않고 막 저질러요."

안나는 사랑하는 사람들 사이에서만 드러날 수 있는 애인의 성격에 대해 이야기할 때 여자들이 흔히 지을 수 있는 행복하면서도 은밀한 미소를 지으며 말했다.

"저기 큰 건물 보이지요? 새로 짓는 병원이에요. 내 생각에 십만 루블은 넘게 들 거예요. 지금 그 사람이 제일 애지중지하는 일이에요. 농부들이 건초를 좀 싸게 넘겨 달라는 것을 거절하기에 내가 인색하다고 흉을 봤더니 저 병원을 짓기 시작한 거예요. 뭐, 딱히 그 때문만은 아니고 이런저런 이유가 있었겠지만, 암튼 자기가 인색하지 않다는 걸 보여주려고 한 건 틀림없어요."

이어서 노목이 즐비하게 서 있는 정원의 나뭇잎 사이로 기둥들이 늘어서 있는 멋진 저택이 모습을 드러냈다. 돌리는 화려한 저택의 모습에 자신도 모르게 탄성을 내뱉었다.

"정말 멋진 집이네요!"

그녀들이 마차에서 내리자 먼저 도착해 있던 브론스키가 베슬롭스키와 함께 그녀들을 맞았다.

"공작 부인을 어디로 모실까?" 브론스키가 돌리의 손에 입을 맞추며 안나에게 물었다. "내 생각에는 발코니에 있는 큰 방이 좋을 것 같은데."

"오, 안 돼요. 거긴 내 방하고 너무 멀어요. 저 모퉁이 방이 좋겠어요. 그래야 더 자주 볼 수 있을 테니까요."

돌리는 안나와 함께 그 방으로 들어갔다. 그 방은 브론스키가 애당초 제안한 방처럼 훌륭한 방은 아니었다. 안나는 누추하지만 양해해달라고 말했다. 하지만 돌리가 보기에 그 방은 그녀가 이제껏 단 하루도 지내본 적이 없는 너무나 화려한 방이었다. 그녀는 흡사 외국 특급 호텔 방에 온 것 같다고 생각했다.

## 제5장

안나가 옷을 갈아입고 오겠다고 밖으로 나가자 돌리는 방 안을 찬찬히 둘러보았다. 저택까지 오면서 본 것들, 집 안 정원으로 들어서면서 본 것들, 그리고 지금 이 방에서 보는 모든 것들이 영국 소설에서나 보았던 유럽식 사치의 절정인 것 같았다. 프랑스산 벽지부터 양탄자까지 모두 새것이었다. 대리석 세면대에 화장대, 소파, 테이블, 벽난로 위에 놓인 시계, 커튼과 벽에 걸린 조상화 등 모든 것들이 다 값비싼 새것들이었다.

시중을 들러 온 하녀의 옷매무새도 마찬가지였다. 하녀는 돌리가 입고 온 옷보다 멋진 새 옷을 입고 있었으며 값나가는 장신구로 치장하고 있었다. 돌리는 아무 생각 없이 덧댄 블라우스를 입고 왔는데, 하녀 앞에서 그 옷을 입고 있자니 창피했다.

집에서는 그렇게 길고 덧댄 옷을 입는 게 자랑스러웠는데 여기서는 부끄럽기 짝이 없었다.

하녀가 나가고 잠시 후 간소한 드레스로 갈아입은 안나가 들어왔다. 좀 전과 달리 그녀는 자연스럽고 침착했다. 마치 그녀의 마음속 깊은 곳에 숨어 있는 감정과 생각의 문이 닫힌 것 같았다.

"그런데 아가씨, 딸은 잘 있어요?" 돌리가 안나에게 물었다.

"아냐 말인가요? 건강해요."

돌리는 딸의 정식 이름을 물어보려 했다. 하지만 안나가 얼굴을 찡그리는 것을 보고 질문을 거둬들였다. 안나가 눈치를 채고 말했다.

"딸아이 정식 이름을 물어보려 한 거지요? 그렇죠? 알렉세이도 그것 때문에 괴로워한답니다. 딸아이는 부칭이 없어요. 그리고 그 애의 성은 카레니나인 거지요."

안나가 눈을 찡그렸다. 하지만 그녀는 곧 밝은 얼굴로 돌리에게 말했다.

"우리 그 얘기는 나중에 해요. 가요. 내가 아이를 보여줄 테니. 정말 귀여워요. 벌써 기어 다닌답니다."

집 안의 화려함에 이미 충분히 놀란 돌리였지만 아이 방의 화려함에는 더욱 놀라고 말았다. 집기와 가구들 모든 것이 최상품이었으며 방도 크고 천장도 아주 높았다. 그녀들이 방으로 들어갔을 때 시중 드는 여자가 아이에게 수프를 먹이고 있었다. 돌리는 아이가 너무 귀여웠다. 아이의 건강한 기색이 부러웠고 기어 다니는 모습도 마음에 들었다. 하지만 안나와 몇 마디를 나누어보고 돌리는 안나가 아이에게 별로 관심이 없으며 자주 아이를 찾지도 않는다는 것을 금세 알 수 있었다. 아이의 이가 몇 개냐고 돌리가 안나에게 물었을 때 그녀가 제대로 대답하지 못하는 것을 보고 돌리는 깜짝 놀랐다.

"여기서는 내가 불필요한 사람 같아서 괴로워요." 안나가 방에서 나오다가 문 옆에 놓여 있는 장난감을 피하기 위해 치맛단을 걷어 올리며 말했다. "세료자 때는 그렇지 않았는데."

"그렇지 않을 줄 알았는데……."

"오, 아니에요. 참, 세료자를 만났었어요. 아니, 그 이야기는 나중에 해요. 나는 지금 마치 배를 곪주리다가 진수성찬을 눈앞에 둔 사람 같아요. 뭘 먼저 먹어야 할지 모르는…… 언니가 바로 그 진수성찬이에요. 언니와 나누는 대화도 그렇고……. 아무하고도 이런 이야기를 할 기회가 없었으니 무슨 이야기를 해야 할지 모르겠어요. 그래도 언니에게 다 말해야 해요."

이어서 그녀는 바르바라가 자기를 돌봐주기 위해 와 있다는 것을 비롯해 지금 이곳에 머물고 있는 사람들에 대해 이야기했다. 지금 이 집에는 바르바라와 스비야지스키 외에, 페테르부르크에서 벳시와 염문이 있었으나 이제는 관계가 이전과 같지 않은 투시케비치, 그리고 베슬롭스키가 머물고 있었다. 안나 일행과 함께 말을 타고 있던 기수복의 사내가 바로 투시케비치였다. 이런저런 이야기를 나누며 안나는 돌리를 바르바라에게 데리고 갔다.

안나가 바르바라와 돌리를 남겨둔 채 남자들을 찾으러 간 사이 바르바라는 돌리에게 안나와 함께 살게 된 사연을 이야기했다. 그녀는 안나를 키운 자신의 언니보다 자기가 안나를 더 사랑하기에 안나를 돌보기로 결심했다고, 모두들 안나를 저버린 지금 그녀를 돕는 것이 의무라고 생각했다고 말했다. 하지만 돌리는 그녀의 가식이 불쾌했으며 그런 이야기를 듣는 것은 더 고역이었다. 이곳에서 편리한 생활을 누리기 위해 안나를 너그럽게 용서하는 척하는 게 너무 역겨웠다.

다행히 안나가 남자들과 함께 들어왔고 브론스키의 제안으로 정원을 산책한 뒤에 보트를 타고 강기슭을 구경하기로 했다. 베슬롭스키와 투시케비치는 보트를 준비한다고 갔고 안나와 스비야지스키, 돌리와 브론스키 두 쌍으로 나뉘어 함께 오솔길을 걸었다. 돌리는 안나의 행동을 인정한 셈이었지만 막상 당사자인 브론스키와 함께 걷자니 불편하기 짝이 없었다. 그녀는 기운 블라우스를 입고 하녀 앞에서 느낀 것과 비슷한 감정을 느꼈다. 창피하다기보다는 뭔가 어색하기만 했다.

하지만 함께 정원을 산책하고 새로 짓는 병원 건물들을 둘러보면서 그녀의 생각이 완전히 바뀌었다. 그는 순진할 정도로 열정적이었다. 병원은 정말 훌륭했다. 스비야지스키가 "아마 러시아에서 최고의 병원이 될 겁니다"라고 말했고 돌리는 그 말이 과장이 아니라고 생각했다.

그와 병원을 구경하면서, 그리고 각 시설에 대한 그의 설명을 들으면서 돌리는 여러 번에 걸쳐 '정말 친절하고 좋은 사람이야'라고 생각했다. 그리고 그의 얼굴을 바라보고 그의 표정을 깊이 살펴보며 스스로 안나의 입장이 되어보기도 했다. 그의 열정, 그의 활달함에 매료된 그녀는, 안나가 왜 그와 사랑에 빠지게 되었는지를 알 수 있을 것 같았다.

# 제6장

병원 구경을 마친 뒤 안나는 마구간을 둘러보자고 말했다. 스비야지스키가 종마를 구경하고 싶다고 말했던 것이다. 그러자 브론스키가 말했다.

"거긴 두 분이 가보시지요. 공작 부인은 피곤하신 것 같고 말에도 관심이 없으실 것 같으니. 안나, 당신이 스비야지스키를 좀 안내해줘요. 난 공작 부인을 집에 모셔다드릴 테니."

돌리는 배를 타기로 한 계획도 잊은 듯 브론스키가 그런 말을 하자, 그가 뭔가 자기에게 할 이야기가 있다는 것을 눈치채고 재빨리 말했다.

"저는 말에 대해서는 전혀 몰라요."

돌리의 추측은 맞았다. 쪽문을 지나 정원으로 들어서자마자 브론스키가 간절한 눈빛으로 그녀에게 "부인, 부인은 안나에게 큰 영향력을 지니고 있습니다. 그 사람은 부인을 정말 좋아합니다. 제발 저를 도와주십시오"라고 말한 것이다.

돌리는 브론스키의 얼굴을 바라보았다. 그의 잘생긴 얼굴에 그늘이 져 있었다. 그가 말을 계속했다.

"안나는 페테르부르크에 2주 머무는 동안 이루 말로 못할 고통을 겪었습니다."

"하지만 안나는 이곳에서 정말 행복하던데요. 제게 분명히 말했어요." 돌리는 미소 지으며 말했다. 하지만 그 말을 하는 순간 안나가 정말 행복한 것일까, 하는 의구심이 들었다.

브론스키가 그녀의 말을 받았다.

"네, 안나는 행복합니다. 그런 고통을 겪은 뒤라서 더욱 행복합니다. 하지만 그 행복이 지속될 수 있을까요? 저는 미래가 두렵습니다. 죄송하지만 여기 좀 앉으실 수 있는지요?"

돌리는 정원 구석에 있는 벤치에 앉았다. 브론스키는 선 채로 말을 계속했다.

"저는 안나가 행복한 걸 잘 압니다." 그는 그 말을 되풀이했다. "하지만 그게 지속될 수 있을까요? 잘잘못을 떠나서 안나와 저는 평생의 연을 맺었습니다. 사랑의 굴레로 맺어진 것이며 우리는 그것을 무엇보다 신성시하고 있습니다. 하지만 우리의 사랑을 둘러싼 상황과 법은 너무 복잡합니다. 안나는 페테르부르크에서 하도 심하게 시련을 겪은 뒤라서 그런 문제는 아예 생각조차 하지 않으려 하고 있습니다.

우리 사이에는 딸이 있습니다. 그런데 그 아이가 법적으로 제 딸이 아니라 카레닌의 딸이라니 저는 그 허위를 받아들일 수 없습니다. 장차 아들이 생길지도 모르는데, 그 아이도 법적으로는 카레닌이라서 제 영지와 재산을 물려받을 수도 없습니다. 저는 정말 열심히 영지를 돌보며 일을 하고 있습니다. 하지만 제가 하는 일을 후손에게 물려주고 그 일이 이어지리라는 확신이 있어야만 저는 진정으로 행복할 수 있습니다. 그런데 제게는 그 확신이 없습니다. 제 처지가 어떤지 한번 생각해 보십시오. 저와 제가 사랑하는 여인 사이에서 나온 자식이 자기 자식이 아니라 다른 사람, 그것도 그 아이를 증오하고 그 애에 대해서는 아무 신경도 쓰지 않는 사람의 자식이 되는 꼴을 보고만 있어야 하는 제 처지를! 오, 정말 끔찍하지 않습니까?"

그는 격한 감정에 사로잡힌 듯 입을 다물었다.

"그래요, 저도 충분히 이해해요. 하지만 안나가 할 수 있는 게 뭐가 있지요?" 돌리가 물었다.

"제가 드리려던 부탁이 바로 그겁니다. 제 자식을 합법적인 제 자식으로 인정해 달라고 황제에게 탄원하려면 이혼이 필수적입니다. 그리고 그건 안나에게 달려 있습니다. 그녀의 남편은 이혼에 동의했습니다. 지금도 반대하지 않을 겁니다. 그에게 편지를 쓰기만 하면 됩니다. 그녀가 원하기만 하면 거부하지 않겠다고 분명히 말했거든요. 저는 안나가 괴로워하는 것을 이해합니다. 그 사람을 떠올릴 때마다 고통스러울 것입니다. 그런 사람에게 편지를 쓰라고 하는 건 잔인한 짓일 수도 있습니다. 하지만 이 일은 너무 중요한 일이라서 섬세한 감정은 이겨내야 합니다. 여기에 안나와 아이들의 운명과 행복이 달려 있으니까요. 그러니, 부인, 제발 도와주십시오! 안나를 설득해서 이혼을 요구하는 편지를 쓸 수 있도록 해주십시오."

"네, 알겠어요. 제가 아가씨에게 말해보겠어요."

그들이 응접실로 들어갔을 때 안나의 남자들은 이미 돌아와 있었다. 식사 시간이 되어 사람들은 모두 식탁으로 갔다.

음식과 와인, 식기 등 모든 것이 훌륭했다. 하지만 돌리가 사람들의 대화를 들으면서 식탁에서 받은 느낌은 그녀에게 친숙하지 않은 공식 연회나 무도회에서 받았던 느낌과 비슷했다.

가까운 사람끼리의 일상적인 식탁이었지만 어딘가 딱딱했고 부자연스러워서 돌리는 유쾌하지 않았다.

식사를 마치고 그들과 어울려 테니스를 친 뒤에 돌리는 방으로 돌아왔다. 몸을 씻은 뒤 옷을 갈아입고 화장대에 앉아 머리를 빗고 있으려니, 마치 자신이 이곳에 도착한 이래 계속 자신보다 연기력이 뛰어난 배우들과 연기를 한 것만 같았다. 그리고 자신의 형편없는 연기가 모든 걸 다 망친 것 같다는 기분이 들었다. 그녀는 애당초 이곳으로 오면서 괜찮으면 이틀 정도 머물다 돌아갈 작정이었다. 하지만 사람들과 어색한 테니스 게임을 하는 도중 그녀는 이튿날 떠나기로 결심했다. 이곳에 오면서 스스로 그토록 한심하게 생각되었던 어머니로서의 의무가, 아이들 없이 하루를 지내고 보니 새로운 빛을 반짝이며 그녀를 끌어당겼다.

돌리가 막 자리에 누우려 할 때 안나가 찾아왔다. 안나는 돌리와 단둘이 있게 되면 하고픈 말이 무척 많을 줄 알았다. 그러나 막상 그런 기회가 오자 갑자기 무슨 말을 해야 할지 막막해졌다.

"키티는 어떻게 지내요?" 안나는 한숨을 내쉬며 말했다. "솔직히 말해줘요. 내게 화나지 않았나요?"

"화가 나요? 절대 아니에요. 그런 일은 화를 낸다거나 용서하고 말고 할 일이 아니잖아요."

"다행이네요. 키티는 행복한가요? 다들 키티 남편은 좋은 사람이라고들 하던데요."

"좋은 정도가 아니에요. 그보다 나은 사람은 없어요. 그건 그렇고 이제 아가씨 이야기를 해요. 내가 그분과…… 이야기를 나눴어요."

"알렉세이하고요? 실은 그런 줄 알고 있었어요. 무슨 이야기를 했지요? 이혼 이야기지요? 그 사람이 뭐라고 하던가요?"

돌리는 우물쭈물 대답할 수밖에 없었다.

"내가 아가씨에게 하고 싶던 이야기를 했어요. 그러니까, 나보고 대변인 역할을 해달라고…… 가능성은 없는지……. 그러니까 아가씨가…… 아가씨 처지가…… 좀 나아질 수는 없는지……. 아가씨도 내가 무슨 생각하는지 알겠지만……, 그러니까 가능하다면 아가씨가 결혼을……."

"그러니까, 이혼을……."

"알렉세이 그분은 자기 자식들에게 떳떳한 성을 주고 싶어 해요."

"자식들이라니요?"

"아냐와 앞으로 태어날 아이들……."

"난 아이들을 낳지 않을 거예요! 내가 병을 앓은 뒤에 의사도 더 낳지 말라고 했어요. 이해해줘요. 난 그이의 아내가 아니에요. 그는 그가 나를 사랑할 때까지만 나를 사랑해요. 그렇다면 어떻게 해야 내가 그이의 사랑을 붙잡아둘 수 있지요?"

돌리는 아무 말도 하지 않고 한숨을 내쉬었다. 문득 남편 오블론스키 생각이 났던 것이다. 오블론스키는 젊고 아름답고 명랑한 여자를 찾아다녔다. 하지만 곧 한 여자에게 싫증을 내고 다른 여자에게로 가곤 했다. 과연 안나가 지금 집착하고 있는 매력만으로 남자를 잡아둘 수 있을까?

안나는 돌리의 한숨이 동의하지 않는다는 뜻임을 알아차리고 말을 계속했다.

"내 생각이 옳지 않다는 거로군요? 하지만 언니는 내 처지를 잊었어요. 내가 어떻게 아이를 더 가질 수 있겠어요? 아이를 가지면 내 몸이 추해질까봐 하는 소리가 아니에요. 산고(産苦) 때문에 그러는 것도 아니에요. 그런 건 조금도 무섭지 않아요. 언니, 생각해봐요. 내 아이들이 어떻게 되겠어요? 자기 아버지가 아닌 사람의 성을 갖게 되겠지요. 태어나자마자 어미와

아비를 부끄러워하고, 세상에 태어난 사실조차 부끄러워하게 되겠지요. 그런 불쌍한 아이들을 어떻게 낳을 수 있겠어요?"

"그러니까 이혼을 해야 하지 않아요?"

하지만 안나는 돌리의 말에 전혀 귀를 기울이지 않았다. 그녀는 그녀 스스로 수도 없이 확신한 결론을 끝까지 말해버리고 싶었을 뿐이었다.

"도대체 이성이라는 건 뒀다가 뭐하는 거지요? 그런 불행한 아이들을 세상에 태어나지 않게 하는 데 쓰지 않는다면……? 난 그런 불행한 아이들 앞에서 죄 지은 심정이 될 수밖에 없을 거예요. 그 아이들은 존재하지만 않는다면 최소한 불행하지는 않지요. 그리고 그 아이들이 불행하다면 그건 순전히 내 잘못이에요."

돌리는 안나의 그럴 듯한 논리를 수긍하기 어려웠다. 무엇보다 아직 태어나지도 않은 아이에 대해 불행이니 죄의식이니 운운하는 것이 자연스럽지 않았다. 그녀는 머리를 저으며 말했다.

"모르겠어요. 어쨌든 아가씨 말은 옳지 않아요."

"언니, 제발 잊지 말아요. 언니와 내 처지는 달라요. 언니에게는 아이를 더 낳느냐 아니냐가 문제이지만 내게는 아이를 낳느냐 낳지 않느냐가 문제예요. 이건 커다란 차이예요."

돌리는 안나의 말에 반박하지 않았다. 그녀는 안나와 자기가 너무 멀어졌다는 것을 순간 깨달은 것이다. 하지만 그녀는 한마디 더 하지 않을 수 없었다.

"그러니까 더욱더 아가씨 처지를 떳떳하게 만들어야 하지요."

"이혼 말이로군요. 내가 그런 생각을 전혀 안 하고 있는 것 같아요? 단 하루도, 단 한 시간도 그이와 떳떳한 사이가 되는 꿈을 꾸지 않은 적이 없어요. 하지만 금세 그런 생각을 하는 자신을 꾸짖게 돼요. 그러고는 괴로워해요. 너무 괴로워서 이제 모르핀 없이는 잠을 잘 수 없게 되어버렸어요.

좋아요. 언니에게 찬찬히 이야기해줄게요. 사람들이 모두 내게 이혼을 하라고 하지요. 하지만 첫째, 그 사람이 나와 이혼해주지 않을 거예요. 그 사람은 지금 리디야 이바노브나 백작 부인의 손아귀에 놓여 있고, 그 여자는 이혼을 해주지 말라고 할 거예요."

"하지만 시도는 해봐야 하지 않아요?"

"그래요, 시도를 한다고 쳐요. 그게 무슨 의미인지 알아요? 그에게 편지를 보내는 건, 내가 그를 너그러운 사람이라는 걸 인정한다는 걸 뜻해요. 비록 내가 그 사람에게 죄를 지은 건 인정하지만 아직 증오스럽기만 한 그 사람에게……. 좋아요. 그가 이혼에 동의했다고 쳐요. 그럼, 내 아들은? 그 사람은 절대로 아들을 내주지 않을 거예요. 내 아들은 내가 버린 아버지 곁에서 나를 멸시하면서 자라겠지요. 언니, 알아요? 이 세상에서 나 자신보다 더 사랑하는 사람이 둘 있어요. 바로 세료자와 알렉세이예요. 난 둘 중 하나를 택할 수 없어요. 그런데 나는 그래야만 하는 처지에 있는 거예요. 그러니 나를 비난하지도 말고 나를 심판하지도 말아요. 언니는 너무 순수해서 내 고통을 이해할 수 없어요."

말을 마친 안나는 울음을 터뜨리며 돌리의 방에서 나갔다.

혼자 남은 돌리는 기도를 드리고 침대에 누웠다. 안나의 말에 귀를 기울이고 있을 때는 그녀도 안나에게 진심으로 공감했다. 하지만 그녀가 떠나고 자리에 눕자 더 이상 그녀 생각을 할 겨를이 없었다. 그녀의 머릿속으로 집, 그리고 아이들에 대한 기억이 이전과 다른 새로운 매력을 지니고, 광채를 띤 채 다가온 것이다.

다음 날 아침 돌리는 브론스키의 만류에도 불구하고 그곳을 떠났다. 바르바라나 남자들은 그녀가 자신들과 어울리지 않는다고 생각했는지 별로 섭섭해하지 않았다. 오직 안나만이 슬퍼할 뿐이었다. 이제 돌리가 떠나고 나면 이곳의 그 누구도 어제 돌리와 대화하면서 떠올랐던 감정을 다시 불러일으키지 못하리라는 것을 그녀는 알고 있었다. 그 감정을 건드리는 게 고통스러울지 몰라도, 그것이 그녀의 영혼의 진수라는 것, 그리고 그녀가 떠나면 그것은 그녀가 영위하는 생활 속에 묻혀버리라는 것을 그녀는 알고 있었다.

이윽고 마차가 들판에 나서자 돌리는 한결 마음이 가벼워졌다.

## 제7장

10월이 되었고, 브론스키와 스비야지스키, 코즈니셰프와 오블론스키의 영지가 속해 있는 카신 현에서 귀족 원수(元帥)를 선출하는 선거가 있었다. 레빈의 영지 일부도 카신 현에 속해 있었다. 이 선거는 사회적으로 큰 주목을 받고 있었다. 모스크바와 페테르부르크, 그리고 외국에서까지, 전에 이 선거에 참여하지 않았던 사람들이 대거 이 선거 참여를 위해 몰려들었다.

브론스키는 벌써 오래전에 이 선거에 참여하겠다고 스비야지스키와 약속을 해놓은 터였다. 스비야지스키는 브론스키와 함께 떠나기 위해 보즈드비젠스코예에 와 있었다.

출발 하루 전날 브론스키는 어느 정도 싸움을 각오하고 짐짓 냉정한 표정으로 안나에게 선거 때문에 여행을 떠나겠다고 알렸다. 그런데 안나는 놀랍게도 아주 침착한 태도로 언제쯤 돌아올 것이냐고 물었을 뿐이었다. 브론스키는 안나가 왜 이렇게 침착한지 영문을 알 수 없어 그녀를 빤히 바라보고만 있었다. 그녀는 미소를 짓고 있었다. 그녀가 마음속으로 그가 모르는 그 무언가를 생각하고 있을 때 짓는 미소라는 것을 그는 잘 알고 있었다. 그는 그것이 두려웠다. 하지만 그는 공연히 소동을 벌이고 싶지 않았기에 그냥 모르는 체했다. 그리고 자기가 믿고 싶은 대로 그냥 믿어버렸다. 그녀가 분별력이 있어 그러는 것이라고 억지로 믿어버린 것이다.

"당신이 지루하면 어쩌지?" 브론스키가 말했다.

그러자 그녀가 대답했다.

"방금 모스크바에서 프랑스 소설들이 왔어요. 그걸 읽으며 지낼게요."

한편 레빈은 키티의 출산 준비를 위해 모스크바로 거처를 옮겼다. 그의 형 코즈니셰프가 선거권이 있는 레빈에게 함께 가자고 했으나 그는 망설였다. 그런데 키티가 레빈이 모스크바 생활을 지루해하는 것을 보고 그와 상의도 하지 않고 80루블짜리 귀족 제복을 맞춰주었다. 레빈이 선거에 가기로 결심하게 만든 것은 바로 그 80루블짜리 제복이었다. 그도 카신으로 갔다.

레빈이 카신에 도착한 다음 날, 현의 지사 주재로 의회가 개최되었다. 이어서 며칠간에 걸쳐 매일 회의가 열렸다. 그리고 닷새째 되는 날 군의 귀족 원수들을 뽑는 선거가 진행되었고 스비야지스키는 셀레즈뇨프 군의 귀족 원수로 만장일치로 선출되었다. 그날 그의 집에서는 만찬이 베풀어졌다.

이어서 엿새째 되는 날 현의 귀족 원수를 뽑는 선거가 있었고 각지에서 모여든 사람들이 황제의 초상화 아래에서 열띤 논쟁을 벌였다. 레빈은 그저 어안이 벙벙할 뿐이었다. 그는 자신이 존경하던 사람들이 흥분 상태에서 보기 흉한 모습을 보이는 걸 참고 보기 힘들었다. 그는 도대체 이 선거가 무슨 의미가 있는지 의아할 뿐이었다.

이윽고 투표가 시작되었다. 레빈은 형 코즈니셰프와 스비야지스키 등 아는 사람들이 있는 곳으로 가지 않으려 했다. 브론스키와 얼굴이 마주치기 싫었던 것이다. 그런데 스비야지스키가 레빈에게 오더니 그의 팔짱을 끼고 사기 편, 그러니까 자유주의자들이 모여 있는 곳으로 데려갔다. 이제 브론스키와의 대면을 피할 길이 없어진 것이다.

브론스키는 오블론스키 및 코즈니셰프와 나란히 서서 가까이 다가오는 레빈을 정면으로 바라보고 있었다.

"반갑습니다. 셰르바츠카야 공작 댁에서 뵌 적이 있는 것 같습니다." 브론스키가 레빈에게 손을 내밀며 말했다.

"네, 잘 기억하고 있습니다."

얼굴이 홍당무처럼 빨개진 채 레빈이 말했다. 그는 무안함을 감추기 위해 스비야지스키와 계속 대화를 나누었다. 그는 자신이 무례를 범했음을 의식하고 있었다. 그러자 브론스키가 레빈을 바라보며 뭔가 말을 나누고 싶어서, 엉뚱한 이야기를 꺼냈다.

"시골에서 오랫동안 지내셨지요? 그렇다면 왜 치안판사 역할을 하시지 않는 거지요? 제복을 입고 계시지 않아서 드리는 말씀입니다."

"치안판사 제도가 멍청한 제도라고 보기 때문입니다. 다 장난 같은 거지요." 레빈이 처음 대면에서의 무례를 만회할 기회를 잡았다는 듯 말했다. "우리에게는 치안판사가 필요 없어요. 지난 8년간 딱 한 번 지방법원에 볼 일이 있었는데, 상식에 어긋나는 결정을 하더군요. 지방법원은 우리 집에서 40킬로미터 이상 떨어진 곳에 있는데, 2루블짜리 일을 처리하기 위해 15루블을 들여 변호사를 보내야했습니다."

그런 후 레빈은 한 농부가 방앗간에서 밀가루를 훔친 이야기를 했다. 방앗간 지기가 그것을 자신에게 고하자 농부가 모함이라며 소송을 제기한 사건이었다. 레빈은 자신의 이야기가 전혀 분위기에 어울리지 않는 멍청한 이야기임을 느끼고 있었다.

"이 친구, 정말 괴짜야!" 오블론스키가 특유의 미소를 지으며 말했다. "어쨌든 투표가 시작되었으니 투표하러 갑시다."

그러자 사람들이 뿔뿔이 흩어졌고 레빈은 겨우 어색한 분위기에서 빠져나올 수 있었다. 아우의 엉뚱한 행동에 기가 막힌다는 표정을 짓고 있던 코즈니셰프가 레빈에게 말했다.

"코스챠, 넌 어쩜 그렇게 정치 감각이 없니? 도무지 이해할 수가 없구나. 우리 러시아 사람들은 정치 감각이 없는 게 탈이야. 현재 우리 현의 귀족 원수는 우리의 적이야. 그런데 너는 그 사람하고 아주 친하더구나. 게다가 보자 하니 그 사람에게 출마를 권하너구나. 나도 브론스키가 마음에 안 들어. 하지만 그 사람은 정치적으로 우리 편이야. 그런 사람을 왜 적으로 만드는 거니?"

"난 아무것도 모르겠어요. 이 모든 게 다 부질없는 짓이에요."

그들은 함께 큰 홀로 들어갔다. 현재 귀족 원수가 출마를 결정했고, 미하일 스테파노비치 스네트코프 기병 대위도 출마를 발표했다. 그리고 코즈니셰프 등의 개혁파가 미는 네베돕스키도 출마를 선언했고, 이어서 투표가 시작되었다.

오랫동안 투표가 진행되었고 개표 결과 사람들이 예상했던 대로 네베돕스키가 당선되었다. 그의 당선이 확정되자 지지자들이 홀이 떠나갈 정도로 환호성을 질렀다.

# 제8장

그날 브론스키의 숙소에서 선거 승리 축하연이 열렸다. 사실 브론스키가 이곳에 온 것은 정치에 관심이 있기 때문만은 아니었다. 시골 생활이 약간 지루하기도 했을 뿐 아니라, 자신에게도 자유가 있음을 안나에게 보여주기 위해서였다.

그런데 막상 선거에 참여하다보니 그렇게 재미있을 수가 없었으며, 자신이 그렇게 잘해낼 줄도 몰랐었다. 그는 그 현의 귀족 사회에서 새 인물이었지만 이제 큰 영향력을 행사하게 되었다고 해도 과언이 아니었다. 키티와 결혼한 그 괴상한 사내만 빼놓는다면 귀족들은 모두 그의 편이 되었다. 오랜 지기가 빌려준 멋진 그의 숙소에서 축하연이 열리게 된 사실도 그가 중심 인물이 되었음을 증명해주었다. 그는 선거가 너무 매혹적이

어서 3년 안에 결혼만 성사시킬 수 있다면 다음 선거에 입후보하겠다는 생각까지 했다. 기수를 태워 경마에 출전시킨 자신의 말이 우승하자, 다음번에는 자기가 직접 말을 타고 출전해야겠다고 마음먹는 것과 흡사했다.

훌륭한 식사로부터 외국산 와인까지 모든 사람들이 축하연에 만족했다. 스비야지스키가 직접 고른 스무 명의 참석자들은 모두 뜻을 같이 하는 신세대 자유주의자들이었다. 그들은 새로운 귀족 단장을 위하여 줄기차게 건배를 외치며 축배를 들었다.

브론스키는 너무나 유쾌했다. 시골에서 그토록 즐거운 분위기를 맛볼 수 있으리라고는 짐작도 못 했었던 것이다. 그런데 식사가 끝나고 모두들 시가를 입에 물었을 때 브론스키의 집사가 편지가 놓인 쟁반을 들고 그에게 다가왔다.

"보즈드비젠스코에서 전보가 왔습니다."

전보는 안나가 보낸 것이었다. 전보를 보기 전에 브론스키는 이미 그 내용을 짐작하고 있었다. 선거가 닷새 만에 끝나리라 예상하고 그는 안나에게 금요일에 돌아가겠다고 약속했다. 그런데 오늘이 토요일이니 약속을 지키지 못한 데 대한 비난이려니 생각했다. 어젯밤에 안나에게 보낸 편지가 아직 도착하지 않은 모양이었다.

전보 내용은 그의 예상대로였지만 형식은 예상 밖이었고, 심지어 불쾌하기까지 했다.

아냐가 몹시 아파요. 의사 말이 폐렴일 수도 있대요. 나 혼자서 어쩔 줄 모르겠어요. 바르바라 숙모는 도움이 되기는커녕 방해만 돼요. 나는 당신이 그저께 오실 줄 알았어요. 그런데 어제도, 또 지금도 당신이 어디서 뭘 하는지 알아보라고 사람을 보내게 되는군요. 제가 직접 가보려고도 했지만 당신이 싫어하실 것 같아 그만두었어요. 내가 어떻게 해야 옳을지 답장을 보내줘요.

아이가 아픈데 직접 올 생각을 하다니! 아이가 아픈데 어떻게 이런 앙칼진 표현을!

선거에 이긴 순수한 축제 분위기와 이제 돌아가야만 한다는 우울하고 짐스러운 사랑이 극명하게 대비를 이루면서 브론스키는 마음이 편치 않았다. 그러나 돌아가야만 했다. 그는 그날 밤 제일 먼저 출발하는 기차로 집을 향해 떠났다.

브론스키가 선거하러 떠나는 날 안나는 브론스키의 눈길에서 그가 자신의 자유를 주장하고 있다는 느낌을 받았다. 전에는 결코 볼 수 없던 시선이었다. '그래, 그이의 사랑이 식어가고 있다는 증거야'라고 그녀는 생각했다.

하지만 그녀가 할 수 있는 것은 아무것도 없었다. 이전처럼 사랑으로, 자신의 매력으로 그를 붙잡아두는 수밖에 없었다. 하지만 그 사랑이 식을까봐 두렵기만 했다. 그녀는 밤마다 모르핀을 먹고서야 그 두려움에서 벗어날 수 있었다.

물론 한 가지 방법이 있는 것이 사실이었다. 그를 사랑으로 붙잡아두는 것이 어렵다면 자기 곁을 떠날 수 없는 상황을 만들어 그의 곁에 머무는 것이다. 바로 이혼과 결혼이었다. 그녀는 이혼을 간절히 바라기 시작했고, 브론스키나 스티바가 그 이야기를 꺼내면 즉시 승낙하겠다고 결심했다.

그녀는 브론스키가 없는 닷새 동안 낮에는 산책을 하고 책을 보며 지냈고, 밤이면 이혼 결심을 다지며 지냈다. 그런데 그는 약속한 날 돌아오지 않았고 딸은 앓아눕게 되었다. 안나는 딸을 간호했다. 하지만 딸에게 온갖 신경을 다 쓰지는 않았다. 딸의 병이 위험하지 않기 때문이기도 했지만 아무리 노력해도 딸아이를 사랑할 수 없었고 사랑하는 척할 수 없던 때문이었다.

그날 저녁 그녀는 브론스키를 잃을지도 모른다는 공포에 사로잡혀 그에게 앞뒤가 맞지 않는 전보를 보낸 것이다.

다음 날 아침 그녀는 편지를 보낸 걸 후회했다. 딸아이의 병이 심하지 않은 것을 보고 떠날 때처럼 그가 자신에게 냉정한 눈길을 보낼까봐 겁이 났던 것이다. 하필이면 편지를 보낼 바로 그 시점에 딸아이의 병이 나은 것이 원망스러울 정도였다.

마차 소리가 났다. 그가 돌아온 것이다. 그의 목소리가 들리자 그녀는 그를 다시 볼 수 있게 되었다는 생각에 모든 것을 다 잊고 그를 맞으러 달려 나갔다.

"그래, 아냐는 어떻소?" 그녀를 보자 브론스키는 불안한 표정으로 아냐 소식부터 물었다.

"많이 좋아졌어요."

안나는 전보로 인해 그가 받았을 나쁜 인상을 지우고 싶어서 그에게 물었다.

"솔직히 말해줘요. 내 전보 받고 기분이 상했지요? 내 말을 믿지 않았지요?"

"절대로 그렇지 않소. 다만 좀 이상한 내용이라서……. 우선, 아냐가 아픈데 당신이 오겠다고 했으니……."

"다 사실인걸요."

"맞소, 그걸 부인하는 건 아니오. 다만 당신이 내게 의무란 게 있다는 것을 받아들이지 않는 것 같아서……."

"콘서트에 가는 것도 의무라는 말이군요."

"됐소. 이제 그 이야기는 그만합시다. 내가 말하고자 하는 건 콘서트 같은 게 아니라, 그보다 훨씬 중요한 일들이 생길 수도 있다는 거요. 지금만 해도 난 모스크바에 가야 하오. 집안 일이 좀 있소. 안나, 그렇게 화를 내지 말아요. 당신도 잘 알지 않소? 내가 당신 없이는 살 수 없다는 걸."

"당신이 모스크바에 간다면 나도 가겠어요. 여기 혼자 있지 않겠어요. 우리는 아예 헤어지든지 아니면 함께 있든지 해야만 해요."

"내가 오로지 그것만 바라고 있다는 걸 당신도 잘 알지 않소. 다만 그러려면……."

"이혼해야 한다고요? 그 사람에게 편지를 쓰겠어요. 이런 식으로 살 수는 없어요……. 당신과 함께 모스크바에 가겠어요."

"당신 마치 나를 협박하는 것 같아. 나는 오로지 당신과 헤어지지 않기만 바랄 뿐인데……."

브론스키가 미소를 지으며 말했다. 하지만 그런 말을 하는 그의 시선에는 냉기뿐 아니라 성가신 일을 겪어 잔인해진 사람의 기색이 나타나 있었다. 안나는 그의 시선을 보고 그 뜻을 정확히 이해했다. 순간적인 느낌일 뿐이었지만 그 느낌은 안나의 뇌리에 깊이 새겨졌다.

안나는 남편 카레닌에게 이혼을 요구하는 편지를 썼다. 11월 말에 바르바라는 페테르부르크로 돌아갔고, 브론스키와 안나도 모스크바로 왔다. 둘은 카레닌의 편지를 기다리며 지냈다.

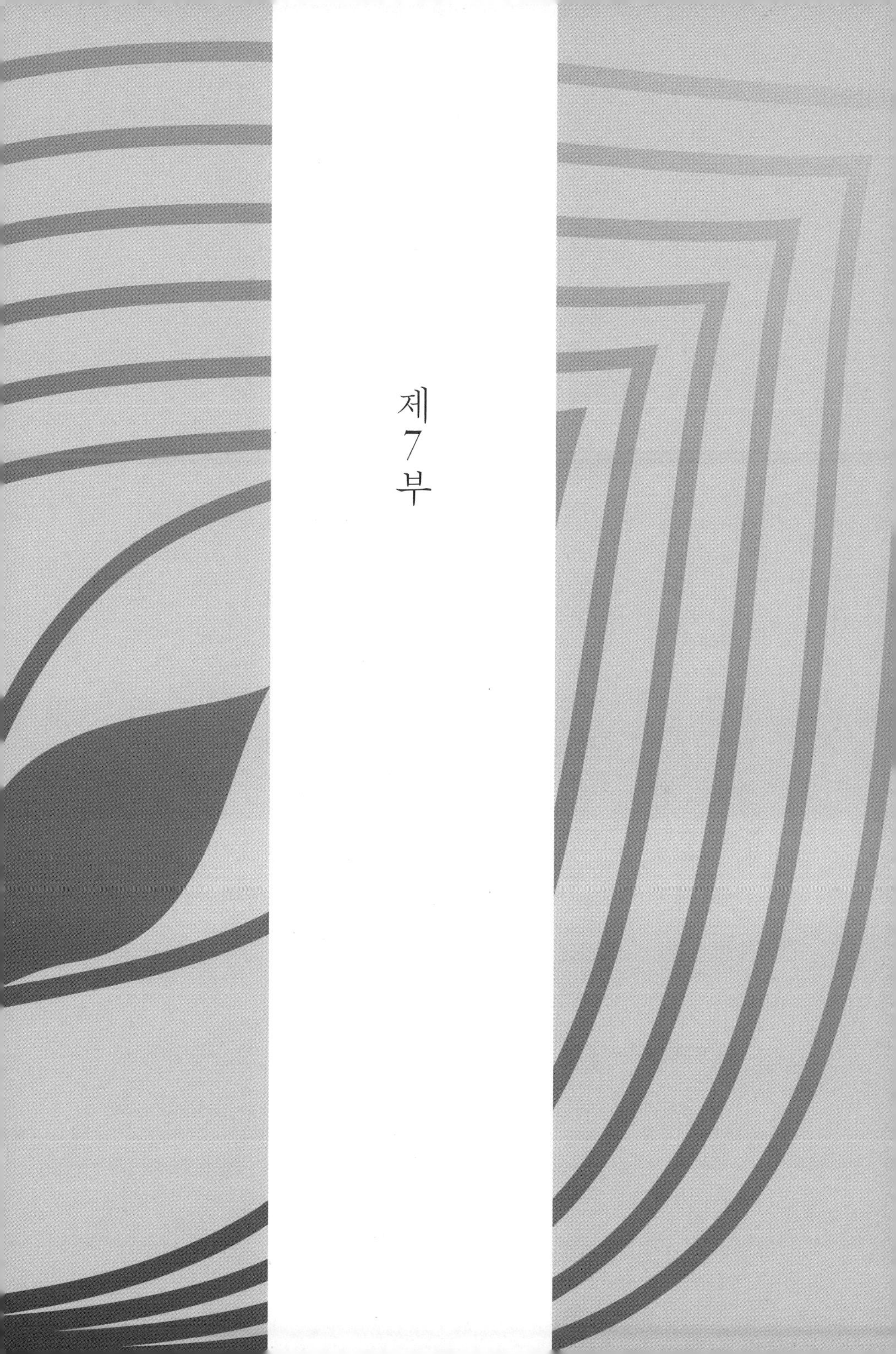

# 제7부

## 제1장

레빈과 키티 등 가족들은 석 달째 모스크바에서 지내고 있었다. 예정대로라면 키티는 이미 출산을 해야 했지만 아직 아무런 기미가 없었다. 의사와 산파, 돌리와 어머니, 그리고 그 누구보다 레빈이 앞으로 닥쳐올 출산을 기다리며 초조해했지만 정작 키티 본인은 평온하고 행복했다.

키티는 태어날 아이와 한 몸임을 느끼며 모든 것이 즐겁기만 했다. 다만 그녀의 마음에 걸리는 게 딱 한 가지 있었다. 바로 레빈이었다. 모스크바에서의 레빈은 시골에서 그녀가 알고 사랑하던 남자가 아니었다.

키티는 평온하고 다정다감하며 붙임성 있는 시골에서의 남편 모습이 좋았다. 하지만 도시로 오자 그는 끊임없이 불안해하면서 누군가 자기나 아내에게 거슬리는 짓을 할까봐 경계하는 것 같았다. 시골에서의 그는 언제나 자기가 있어야 할 자리를 알고 있었으며 어디에서건 결코 서두르지도 않았고 빈둥거리지도 않았다. 그러나 이곳 도시에서 그는 늘 무엇엔가 쫓기듯 허둥거렸지만 정작 할 일은 없었다. 키티는 남편이 불쌍해 보였다. 하지만 다른 사람들에게는 남편이 결코 불쌍해 보이지 않는다는 것을 키티는 잘 알고 있었다. 불쌍해 보이기는커녕 정반대였다.

사교계에서는 사랑하는 자기 남편을 남들이 어떻게 볼까 살펴보면서 그녀는 질투심에 사로잡히기까지 할 정도였다. 그는 불쌍하기는커녕 아주 매력적이었다. 그는 교양이 있었으며 여성들에게 수줍어하면서도 공손한 남자, 건장한 체격에 얼굴 표정이 풍부한 약간 구식의 남자였다. 하지만 키티는 남편의 외양이 아니라 내면을 보았다. 그녀가 보기에 이곳에서의 그는 진짜 그가 아니었다.

한 가지 덧붙일 것이 있다. 이곳에서 키티가 브론스키와 마주치게 되었던 것이다. 키티는 아버지와 함께 그녀의 대모인 마리야 보리소브나 공작 부인을 방문했다가 그 집에서 브론스키를 만났다. 그 만남에서 키티가 자신을 탓한 거라고는 군복을 입지 않은 그의 모습을 보고 심장이 두근거리며 얼굴이 벌겋게 되었다는 사실뿐이었다. 하지만 그것도 아주 잠깐이었다. 그녀는 그와 스스럼없이 몇 마디 대화를 나누었고, 심지어 선거에 대해 농담을 하며 미소를 짓기도 했다. 그리고는 아주 덤덤한 기분으로 그의 곁을 떠나 마리야 보리소브나 공작 부인에게 갔다. 키티는 그런 자신의 모습을 남편에게 보여주고 싶을 정도였다.

저녁에 키티는 남편에게 브론스키를 만났다는 이야기를 해주었다. 레빈은 잔뜩 긴장한 채 이것저것 캐물었다. 키티가 마음이 너무 편했다는 이야기를 듣고 레빈은 얼굴이 환해졌다. 그리고 앞으로 브론스키를 만나면 훨씬 자연스럽게 대하겠다고 키티에게 말했다.

어느 날 아침 키티가 레빈에게 물었다.

"오늘은 어디 가볼 거예요?"

"카타바소프에게 가볼 작정이오."

"이렇게 일찍이요?"

"그 친구가 나를 메트로프에게 소개해주기로 했소. 상의할 게 좀 있소."

"그럼 다녀오세요."

그가 아내의 손에 입을 맞추고 떠나려는데 키티가 그를 멈춰 세우더니 말했다.

"잠깐, 여보. 당신, 내게 50루블밖에 남지 않은 거 알아요? 내 생각에는 불필요한 데 돈을 쓰는 것 같지도 않은데 돈이 막 날아가버리는 것 같아요. 뭔가 잘못하는 게 있나봐요."

"아냐, 절대로 그렇지 않소. 내가 농지 관리인 소콜로프에게 밀을 팔라고 지시해 놓았소. 어떻게 되건 돈이 들어올 거요."

"아, 엄마 말을 들은 게 후회가 돼요. 그냥 시골에 있었으면 좋았을 것을. 돈은 돈대로 쓰고 당신에게 폐만 끼치니……."

"그런 말 마오. 나는 결혼한 이래 지금까지 '이렇게 했다면 좋았을 것을'이라고 후회한 적이 단 한 번도 없소."

레빈은 아내를 위로하기 위해 아무 생각 없이 말했다. 하지만 무언가 묻는 듯한 그녀의 다정하고 진실된 눈을 바라보고는 자신도 진심을 담아 똑같은 말을 반복했다. 그는 생각했다.

'내가 아내를 너무 잊고 있었어.'

사실 그는 아내만을 잊고 있던 것이 아니었다. 그는 그 자신조차 잊고 있었다. 처음 모스크바 생활을 시작했을 때 그는 시골에서는 전혀 생각할 수 없는 지출이 도처에서 발생하자 매우 놀랐다. 하인과 문지기에게 줄 제복 값으로 100루블을 지출해야 했을 때도 그는 제복 없이도 괜찮다는 말을 했다가 장모와 키티의 놀란 눈과 마주쳐야만 했다. 그 돈이면 여름철 일꾼 두 명은 쓸 수 있었다. 그 돈은 가장 바쁜 철, 300일의 중노동과 맞먹는 돈이었다. 그는 식료품 값을 지출하면서도 '그 돈이면 귀리를 얼마나 많이 사들일 수 있는데……'라고 생각하며 입맛을 쩝쩝 다셨다.

하지만 이제는 그도 익숙해졌다. 그는 이제 더 이상, 돈을 벌기 위해서 들인 노력과 그 돈으로 사들인 것이 주는 만족감이 상응하는지 따져보지 않았다. 심지어 이렇게 살다보면 일 년 내로 빚을 지게 될지도 모른다는 생각조차 하지 않았다. 단지 은행에 돈이 있어 그 돈으로 소고기를 살 수만 있으면 그만이었다. 그리고 지금까지는 늘 은행에 돈이 있었다. 그러나 은행 잔고가 거의 바닥이 나가는 지금, 그는 도대체 돈을 이디서 구해야 할지 알 수 없었고 키티가 돈 이야기를 하자 약간 짜증이 난 것이었다.

하지만 마차에 오르자마자 키티가 상기시킨 재정 문제는 어디론가 사라져버렸다. 그는 곧 카타바소프를 만날 일과 메르로프와 안면을 틀 생각에 빠져들었다.

# 제2장

모스크바에 온 이래 레빈은 대학 동창인 카타바소프 교수와 친하게 지냈다. 레빈은 카타바소프의 판단력을 존중했지만 그의 명료한 세계관은 영혼이 빈곤하기 때문에 형성된 것이라고 생각했다. 반면에 카타바소프는 레빈의 사고에 일관성이 없는 것은 그에게 지적(知的) 원칙이 없기 때문이라고 생각했다. 하지만 카타바소프의 명료함이 레빈의 마음에 들었고 레빈의 다양하고 유연한 생각들이 카타바소프의 마음에 들어서 둘은 친하게 지냈다.

카타바소프의 집 서재에서 레빈은 메트로프를 만났다. 레빈은 메트로프와 러시아 농민과 노동자 문제에 관해 토론을 벌였다. 레빈은 러시아 농민과 땅의 관계에 대해 다른 민족과는 전혀 다른 러시아만의 특성이 있다고 주장했다. 하지만 메트로프는 러시아 농민과 노동자 문제를 오로지 자본과 임금, 토지 임대료의 관점에서만 바라보고 있음을 레빈은 알 수 있었다. 레빈은 그의 논리가 어딘가 피상적이라는 느낌을 받았지만 가끔 반대 의견을 얼핏 비쳤을 뿐 주로 듣기만 했다. 그와 자신이 이 사안을 너무 다른 각도에서 보고 있기에 절대로 서로 이해하지 못하리라는 생각이 들었던 것이다. 또한 레빈은 그와의 대화에서 약간의 만족감도 느꼈다. 그처럼 많이 배우고 학식이 풍부한 사람이 자신의 의견을 경청하고 존중해주는 것 같은 때문이었다.

레빈은 그날 하루 종일 바빴다. 카타바소프의 집에서 나온 레빈은 처형 나탈리야의 남편, 즉 동서인 르보프를 만나러 갔다. 르보프는 작년에 외무부 근무를 그만두고 모스크바로 이주한 뒤 공정 업무를 보고 있었다. 레빈은 르보프와 러시아 교육 문제에 대해 이러저런 이야기를 잠시 나눈 뒤 처형 부부와 함께 음악회에 갔다. 음악회에서 레빈은 음악계의 새로운 동향을 보여주는 두 작품의 연주를 들었다. 그리고 그는 음악회에서 나오다가 볼 백작을 만났다. 레빈이 언젠가 한 번 방문하려 했으나 잊고 있던 사람이었다. 레빈은 이 기회에 그의 집을 방문해야겠다고 생각했다. 그는 처형과 공개 강연장에서 만나기로 약속한 후 볼 백작의 집으로 갔다. 그리고 볼 백작의 집에서 백작 부인과 잠시 이야기를 나눈 뒤 그는 공개 강연장으로 갔다. 공개 강연장에는 사교계 인사들이 거의 모두 모여 있었다. 레빈은 그곳에서 스비야지스키를 만났고, 경마장에서 막 도착한 스테판 오블론스키도 만났다.

강연장을 나선 그는 처형과 함께 집에 들러 잠시 키티를 만났다. 그는 명랑한 키티의 모습을 확인하고 클럽으로 갔다.

레빈은 시간 맞춰 클럽에 도착할 수 있었다. 그와 비슷한 시각에 손님과 회원들이 속속 도착했다. 레빈은 대학 졸업 뒤 모스크바에서 겨울을 지낼 때 그곳에 가본 이래 전혀 발길을 하지 않았다. 레빈은 클럽에 들어가면서 오래전에 알고 있던 친숙한 분위기를 새삼 느끼며 휴식감과 안락감을 맛볼 수 있었다.

그곳에는 스비야시스키, 네베돕스키, 브론스키, 코스니셰프 등이 이미 와 있었고, 레빈의 장인도 있었다. 모두들 수위에게 모자와 외투를 맡길 때 온갖 근심 걱정도 함께 맡겨놓은 듯 즐겁고 한가한 모습이었다.

"아, 좀 늦었군." 장인이 어깨너머로 손을 내밀며 웃음 띤 얼굴로 레빈을 맞았다. "빨리 저쪽에 가서 자리를 잡고 앉게. 여긴 자리가 없군."

레빈이 자리를 잡고 앉자 얼마 뒤 오블론스키가 왔다. 레빈은 즐거운 마음으로 먹고 마시며 사람들과의 즐거운 대화에 끼어들었다. 오블론스키가 그날 있었던 경마 경주 이야기를 해주며 브론스키가 탄 말이 멋지게 1등을 했다는 이야기를 하고 있을 때 마침 브론스키가 그들 곁으로 왔다. 브론스키는 오블론스키의 어깨를 팔꿈치로 탁 치며 반갑게 인사를 나눈 뒤, 레빈에게 손을 내밀었다.

"이렇게 만나 뵙게 되어 정말 반갑습니다. 선거 때 다시 만나 보고 싶었는데 벌써 떠나셨다고 하더군요."

"네, 바로 그날 떠났습니다. 우리는 방금 경마 이야기를 하고 있었습니다. 축하합니다!"

마침 같은 테이블에 앉아 있던 사람이 자리에서 일어나자 브론스키가 그 자리에 앉았다. 클럽 분위기 덕분인지 마신 술 덕분인지 레빈은 브론스키에 대해 아무런 적대감도 일지 않았다. 대화 중에 그는 아내가 마리야 보리소브나 공작 부인 집에서 그를 만났다는 이야기를 들었노라고 말할 정도였다.

"자, 이제 충분히 먹고 마셨지? 자, 이제 일어날까?" 오블론스키의 제안에 모두 자리에서 일어났다. 식탁에서 일어난 레빈은 당구장 쪽으로 향했다. 그는 큰 홀을 지나다가 장인을 만났다.

"식사 잘 했나? 자네 이곳 오랜만이지? 어디 나와 함께 둘러보지 않으려나?"

레빈은 공작과 함께 모든 방을 다 둘러보았다. 큰 방에는 벌써 탁자들이 놓였고 끼리끼리 모여 카드놀이를 하고 있었다. 응접실에서는 체스판이 벌어졌고 코즈니셰프가 누군가와 이야기를 나누고 있었다. 당구대가 놓인 방에서는 방구석 소파에서 가벼운 파티가 벌어지고 있었고 독서실에서는 머리가 벗어진 장군 한 명이 독서삼매경에 빠져 있었다. 공작이 '지성인의 방'이라고 부른 방에서는 세 명의 신사가 정치 문제를 놓고 열띤 토론을 벌이고 있었다.

대충 다 둘러본 후 레빈은 오블론스키를 찾으러 나섰다. 오블론스키는 당구대가 놓인 방구석에서 브론스키와 뭔가 이야기를 나누고 있었다.

"그 애는 지루한 게 아니야. 다만 불안한 입장 때문에 그러는 거지."

그들의 대화 한 자락을 듣고 레빈은 슬쩍 자리를 피하려했다. 그러자 오블론스키가 그를 불렀다.

"어이, 코스챠! 이리 와."

레빈은 오블론스키의 눈가가 촉촉하게 젖어 있는 걸 알 수 있었다. 그가 술에 취했거나 감동을 받았을 때 나타나는 현상임을 레빈은 잘 알고 있었다.

"이 친구는 내 진짜 친구야! 제일 좋은 친구야!" 오블론스키가 브론스키에게 말했다. "그리고 자네도 내 가장 친한 친구이니까, 둘 사이도 가까워져야 해. 자네 둘 다 좋은 사람이거든."

"그렇다면 입맞춤만 남은 셈이로군." 브론스키가 농담을 하며 손을 내밀었다. 레빈은 그의 손을 잡고 힘 있게 꽉 쥐었다. 하지만 둘은 별로 할 말이 없었기에 약간 어색했다. 그러자 오블론스키가 브론스키에게 말했다.

"자네 아나? 이 친구가 아직 안나와 만난 적이 없다는 걸. 오늘 당장 안나에게 이 친구를 데려가고 싶어. 자, 가세, 레빈."

"정말인가? 안나가 정말 기뻐할 거야."

그러자 오블론스키가 레빈의 팔짱을 끼며 말했다.

"뭐 망설일 것 있나? 지금 당장 가세. 오래전부터 자네를 데려가겠다고 누이에게 약속했어. 자네 오늘 밤 무슨 약속 있나?"

"특별한 건 없어."

"좋았어! 가자고!"

그러자 브론스키가 말했다.

"지금 당장 가려고? 그래, 그녀가 정말 좋아할 거야. 나도 함께 가고 싶어. 하지만 야시빈이 걱정이 돼. 아마 마지막까지 남아서 끝장을 보려할 거야."

야시빈은 노름을 하고 있었다. 오블론스키가 말했다.

"왜, 판세가 안 좋은가?"

"계속 잃고 있어. 나만이 그 친구를 말릴 수 있어."

"알았네. 우리 둘이 가보겠네. 그런데 레빈, 기왕 온 김에 한 판 해보지 않겠나?"

레빈은 자리에 앉아 잠시 노름을 했다. 그는 40루블을 잃었다.

얼마 뒤 오블론스키가 이제 그만 안나에게 가보자며 하인에게 마차를 준비시키라고 말했다. 레빈은 카운터에 서 있던 늙수그레한 웨이터에게 노름에서 잃은 40루블과 클럽 사용료를 지불하고 출입문 쪽으로 향했다.

# 제3장

오블론스키의 마차에 올라 덜컹거리는 길을 달려가자 클럽에서 느꼈던 안락함과 평온함이 일시에 사라졌다. 레빈은 자신이 지금 안나를 만나러 가는 게 잘하는 짓인지 의구심이 들었다. 키티가 뭐라고 할 것인가? 갈피를 못 잡는 레빈의 심사를 정확히 꿰뚫은 오블론스키가 그에게 말했다.

"지네가 안나와 알고 지내게 될 거라니 정말 기쁘다네. 돌리가 오래전부터 원하던 일이야. 르보프도 안나 집에 간 적이 있고 가끔 들른다네. 지금 안나가 상황이 너무 안 좋아. 특히 요즘 들어서는 더 안 좋아."

"왜 요즘 들어 더 안 좋은데?"

"남편과 이혼 이야기가 오가고 있다네. 남편도 동의했어. 하지만 복잡한 문제가 있다네. 바로 아들 문제야. 벌써 끝났어야 할 문제인데 석 달째 질질 끌어오고 있지. 다른 사람이라면 정말 버티기 어려울 거야."

"그녀에게는 딸이 있지 않은가? 딸을 돌보느라 바쁠 것 아닌가?"

"자네에게는 여자가 그저 알을 품는 암탉으로만 보이는 모양이로군. 어쨌든 안나는 분명 딸을 훌륭하게 키우고 있을 거야. 암튼 안나는 바빠. 글을 쓰느라 바쁘다고. 자네 이상한 미소를 짓는군. 정말이야. 아이들에 관한 책을 쓰고 있어. 걔가 아무에게도 그 이야기를 하지 않았지만 내게는 원고를 읽어줬어. 내가 출판업자인 보르쿠예프에게 보여줬더니 훌륭하다고 하더군. 게다가 안나는 정이 많은 여자야. 브론스키 집에 영국인 말 조련사가 있는데 술고래야. 그래서 집안이 엉망이 됐고 본인도 알콜 중독자가 되어버렸어. 그런데 안나가 그 가족을 다 돌보고 있다네. 사내아이들에게 교육을 시키고 계집아이는 직접 맡아서 키우고 있어."

"뭐, 자선 사업이라도 하는 건가?"

"자네는 왜 뭐든지 그렇게 삐딱하게 보는 건가? 암튼 직접 보면 알게 될 거야."

마차가 안마당으로 들어섰고 오블론스키는 기세 좋게 초인종을 눌렀다. 하인이 문을 열자 오블론스키는 주인이 있는지 묻지도 않고 안으로 들어갔다. 레빈은 지금 자신이 제대로 처신하고 있는지 점점 더 판단할 수가 없었다.

층계를 오르자 현관문을 연 하인에게 오블론스키는 손님이 있느냐고 물었고 하인은 보르쿠예프가 찾아왔다고 말했다. 조금 전에 이름을 들은 출판업자였다. 그들이 어디 있느냐고 묻자 하인은 서재에 계신다고 대답했다.

둘은 램프 하나만이 밝혀져 있는 어둑한 서재로 들어갔다. 벽 가장자리에 켜진 반사경 달린 전등 불빛이 실물 크기의 커다란 초상화를 밝히고 있었다. 이탈리아에서 미하일로프가 그린 안나의 초상화였다. 초상화를 바라본 레빈은 그 그림으로부터 눈길을 뗄 수가 없었다. 그건 그림이라기보다는 생생하게 살아 있는 매력적인 여인이었다. 검은 곱슬머리에 맨살이 드러나 있는 어깨, 섬세한 손, 보드라운 솜털이 덮인 입술가의 수심 어린 미소는 생생하게 살아 있었다. 레빈은 그를 바라보는 도발적이면서도 부드러운 눈길에 당황할 정도였다. 그림 속의 그녀는 오로지 살아 있는 실물보다 더 아름다웠다. 오로지 그 사실 때문에만 실물이 아닐 뿐이었다.

"정말 반가워요."

레빈은 갑자기 옆에서 들리는 소리에 정신이 번쩍 들었다. 그가 초상화를 바라보며 넋을 잃었던 여인의 목소리였다. 레빈은 서재의 어스름한 불빛 속에서 검푸른 드레스를 입은 초상화의 여인을 바라보았다. 초상화와는 포즈도, 표정도 달랐지만 화가가 초상화에서 포착해 표현해낸 완벽한 아름다움을 그대로 간직하고 있었다. 초상화보다는 덜 눈부셨지만 그녀의 실물에는 초상화에는 없는 그 무언가 신선하고 유혹적인 매력이 있었다.

안나는 침착한 동작으로 손을 내밀어 인사했고, 보르쿠예프를 소개했다. 그리고 그 방에서 일하고 있던 빨간 머리 소녀도 소개했다. 오블론스키가 말한 영국인 조련사의 딸이었다. 레빈은 왠지 금세 마음이 편해졌고 유쾌해졌다. 마치 어렸을 때부터 그녀를 알아온 것만 같았다.

"요즘 건강은 어떠니?" 오블론스키가 안나에게 물었다.

"괜찮아요. 조금 신경과민일 뿐이에요."

"정말 잘 그렸지?" 레빈의 눈길이 자꾸 초상화를 향하는 것을 눈치채고 오블론스키가 말했다.

"이보다 더 훌륭한 초상화는 본 적이 없습니다." 레빈이 말했다.

"게다가 실물하고 정말 너무 닮았지요?" 보르쿠예프의 말이었다.

이어서 그들은 회화의 새로운 유파와 경향에 대해 이야기를 나누었다. 레빈은 대화가 즐거웠으며 안나의 말 한마디 한마디에 특별한 의미를 부여했다. 안나의 말들은 재치가 있었고 설득력도 있었다.

'정말 굉장한 여자다!'

레빈은 자신이 어디에 있는지조차 잊고 여인의 아름다운 얼굴을 바라보며 생각했다.

"이제, 차 한 잔 하러 가지 않겠어요? 응접실로 가시지요." 안나가 자리에서 일어나며 모로코산 가죽으로 제본된 책을 집어 들었다.

"제게 주시지요." 책을 가리키며 보르쿠예프가 말했다. "정말 대단한 책입니다."

"아니에요. 아직 초고일 뿐이에요."

순간 레빈은 이 여인에게 지성과 우아함, 아름다움 외에도 진실성이 깃들어 있다고 생각했다. 레빈은 다시 한번 초상화와 실물을 번갈아 쳐다보았다. 자리에서 일어난 안나는 오라버니의 팔을 잡고 서재를 나서고 있었다. 순간 레빈은 그녀를 향해 따뜻한 연민의 감정을 느꼈고 스스로 그 사실에 놀라고 말았다.

안나는 레빈과 보르쿠예프에게 먼저 응접실로 가라고 말한 뒤 오블론스키와 뭔가 나지막하게 이야기를 나누고 있었다.

'무슨 이야기를 하는 걸까? 이혼 이야기? 브론스키 이야기?'

레빈은 둘이 무슨 이야기를 나누는지 너무 궁금한 나머지 안나가 쓴 책에 대해 보르쿠예프가 늘어놓는 찬사가 거의 귀에 들어오지 않았다.

차를 마시면서도 즐거운 대화가 이어졌다. 레빈과 안나는 많은 부분에서 의견이 통했다. 그리고 레빈은 그녀의 아름다움, 그녀의 교양, 그녀의 솔직함과 선량함에 대해 끊임없이 감탄했다. 이제까지는 그녀에 대해 쉽게 단호한 판정을 내렸던 그였지만 이제는 그녀를 용서하고 변호하고 싶은 마음뿐이었다. 심지어 그는 브론스키가 그녀를 제대로 이해하지 못하고 있다는 생각까지 들었으며 그녀가 겪고 있는 불행에 대해 마음이 아팠다.

오블린스키가 이제 가보자며 자리에서 일어났을 때는 이미 11시가 가까운 시각이었다. 보르쿠예프는 이미 그 전에 가고 없었다. 레빈은 이제 막 이 집에 들어선 느낌이었다. 그는 내키지 않는 마음으로 자리에서 일어섰다.

"안녕히 가세요." 안나가 레빈의 손을 잡고 그의 눈을 똑바로 바라보며 말했다. "얼음이 녹은 것 같아 너무 기뻐요."

그가 그녀의 손에 입을 맞추자 그녀가 덧붙였다.

"키티에게 제가 여전히 사랑하고 있다고 전해주세요. 만약 제 처지를 용서할 수 없다면, 실은 그녀가 절대로 저를 용서하지 않는 게 바로 제가 바라는 바라고 전해주세요. 제 처지를 용서하고 받아들이려면 제가 겪은 일을 겪어봐야만 해요. 하지만 하느님께서 그런 일이 없도록 그녀를 지켜주실 거예요."

"물론입니다. 네, 정말 그렇게 전하겠습니다." 레빈이 얼굴이 벌겋게 되며 말했다.

## 제4장

'정말 굉장한 여자다. 정말 향기로우면서 불행한 여자다.'

오블론스키와 함께 차가운 공기 속으로 나서며 그가 생각했다.

"어때, 내가 말한 대로지?" 레빈이 안나에게 홀딱 넘어간 것을 알고 오블론스키가 말했다.

"맞아." 레빈이 마치 꿈꾸듯 말했다. "정말 굉장한 여자야. 똑똑하기만 하다는 말이 아니야. 감성에 얼마나 깊이가 있는지 모를 정도야."

오블론스키와 헤어져 집으로 돌아오면서도 그는 계속 안나 생각만 했다. 그녀와 나눈 단순하기 짝이 없는 대화를 생각하면서 그는 그녀의 미세한 표정 변화를 다시 떠올렸고 점점 더 그녀의 입장이 되어갔으며, 점점 더 그녀와 공감하게 되었다. 그러는 사이 그는 집에 도착했다.

그가 집으로 들어가니 충실한 노복 쿠지마가 아내의 두 언니들이 조금 전 아내와 함께 있다가 돌아갔다고 말한 뒤 한 통의 편지를 그에게 건네주었다. 레빈은 나중에 혹시 잊을까봐 현관에서 편지를 읽었다. 토지 관리인인 소콜로프에게서 온 편지였다. 관리인은 밀알을 5루블 반밖에 쳐주지 않는다고 해서 팔 수 없었다고, 하지만 그걸 팔지 않고는 달리 돈을 구할 방도가 없다고 썼다.

'더 이상 받을 수 없다면 5루블 반에 팔아야지, 뭐.'

레빈은 전이라면 중요하게 여겼을 문제를 아주 가볍게 결정했다. 안으로 들어가면서 그는 바쁘기만 했던 오늘 하루를 되돌아보았다. 하루 종일 대화를 하고 지낸 날이었다. 그가 시골에 있었다면 아무런 관심도 갖지 않았을 이야기들에 그는 열심히 귀를 기울였고, 대화에 끼어들었으며 흥미를 느꼈다. 어디선가 쓸데없는 말을 딱 한 군데 한 것 같아 약간 찜찜할 뿐 다 좋았다. 다만 한 가지 꺼림칙한 게 있었다. 자신이 안나를 향해 느낀 연민의 감정에 다른 그 무언가가 끼어 있다는 사실이 영 옳지 않은 일 같았다.

안으로 들어가니 아내가 슬프고 우울한 낯빛으로 그를 기다리고 있었다.

"오늘 뭐 했어요?" 키티는 수상하게 빛나는 남편의 눈을 바라보며 물었다. 레빈은 클럽에서 사람들을 만나고 술을 마셨으며 노름을 한 일을 이야기한 뒤에 덧붙였다.

"클럽에서 반갑게도 브론스키를 만났소. 그와 함께 있는 게 편하고 자연스럽더군. 다시 만나지는 않겠지만 설사 만나더라도 서먹서먹하지 않게 된 게 다행이오."

이어서 그는 안나를 만나러 갔었다는 생각을 하고 얼굴이 붉어졌다.

"그런 다음에는 뭘 했어요?"

"스티바가 안나를 한 번 만나보라고 어찌나 강권하던지……."

그 말을 하면서 그의 얼굴이 더 새빨개졌다. 그리고 안나에게 간 것이 잘한 짓인지 못한 짓인지 망설이던 마음이 일순간에 정리되었다. 그러지 말았어야 했음을 알게 된 것이다.

순간 키티의 눈이 번쩍 커졌다. 하지만 그녀는 감정을 억누르며 단지 "오!" 하는 탄성을 나지막하게 내질렀을 뿐이었다.

"매력적인 여자고 불행한 여자요. 좋은 여자야." 레빈은 안나가 하고 있는 일, 안나가 아내에게 전해달라고 한 말을 해주면서 말했다.

"그래요, 정말 불쌍한 여자이지요. 그런데 편지는 어디서 온 거예요?" 키티가 부드러운 목소리로 말했다. 레빈은 편지 내용을 말해준 후, 키티의 말투를 믿고 외투를 벗으러 갔다.

옷을 벗고 돌아와보니 키티는 여전히 제자리에 앉아 있었다. 그가 그녀에게 다가가자 그녀는 그를 흘낏 보더니 울음을 터뜨렸다.

"왜 그래? 여보, 왜 그래?" 그는 아내가 왜 그러는지 이미 알면서도 그렇게 물었다.

"당신이 그 가증스러운 여자를 사랑하게 되었잖아요. 그 여자가 당신을 홀린 거예요. 당신 눈을 보면 알아요! 그래요! 그럴 수밖에 없었을 거예요. 클럽에서 술을 마시고, 노름을 했고, 그녀에게 찾아갔지요? 안 돼요. 우리 여길 떠나요……. 난 내일 떠날 거예요……."

레빈은 아무리 애를 써도 아내를 진정시킬 수 없었다. 결국 그가 술기운에 그녀가 너무 불쌍해 보이는 바람에 그녀의 꾀에 넘어갔다고, 이제부터는 그녀를 피하겠다고 말하고서야 겨우 아내를 진정시킬 수 있었다. 그는 아내를 달래면서, 그가 자신에게 걸맞지 않게 모스크바에 오래 머무는 동안 떠들고 먹고 마시기만 했으며 자신이 거의 바보가 다 되었다는 사실을 진심으로 자인했다. 부부는 새벽 3시까지 잠들지 않고 이야기를 나누었다. 그리고 그제야 진정으로 화해하고 잠들 수 있었다.

## 제5장

손님들을 보내고 난 뒤 안나는 자리에 앉지 않고 방 안을 서성였다. 그녀는 비록 무의식적이긴 했지만 레빈을 유혹하기 위해 온갖 노력을 다 기울였다. 상대가 레빈이라서가 아니었다. 그녀는 최근 젊은 남자를 만나면 언제나 그랬다. 그녀는 성실한 기혼자에게서 바랄 수 있는 정도의 목적을 달성했고 또 레빈이 마음에 들기도 했다. 하지만 레빈이 방에서 나가자마자 그녀는 더 이상 그를 생각하지 않았다.

그녀는 끊임없이 그녀를 사로잡는 단 한 가지 생각에 몰두해 있었다.

'여전히 공식적으로는 남편인 그 사람을 비롯해 다른 모든 남자들에게는 내 유혹이 통하는데 왜 오직 그이만 내게 그토록

차가울 수 있는 거지? 아니, 차가운 건 아니야. 그이는 나를 사랑해. 난 그걸 잘 알아! 하지만 지금 뭔가 낯선 것이 그 사람과 나를 갈라놓고 있어. 오늘만 해도 야시빈이 계속 돈을 잃고 있어서 그를 지켜봐야 한다는 핑계로 오빠와 함께 오지 않았어. 그이는 나에 대한 사랑이 자신의 자유를 방해할 수 없다는 것을 증명하려하는 거야. 카레닌에게서는 여전히 답장이 없고 다시는 편지를 못 쓰겠어. 내가 할 수 있는 건 아무것도 없어. 그저 참고 기다리면서 시간을 때울 궁리만 하고 있을 뿐이야. 영국인 가족? 글쓰기? 독서? 그건 다 기만일 뿐이야. 모두 모르핀 같은 거야.'

그녀는 자기연민에 빠져 눈물을 흘렸다.

그때 브론스키가 돌아왔는지 벨 소리가 울렸다. 그녀는 얼른 눈물을 닦고 램프 옆에 앉아 책을 펼쳐들었다. 그녀는 자기연민에 빠져 있는 모습을 그에게 절대로 보이고 싶지 않았다. 스스로 자신을 불쌍하게 여길 수는 있어도 그가 자신을 동정하면 안 되었다.

"그래, 오늘 지루하지 않았소?" 브론스키가 방으로 들어서며 쾌활하게 말했다.

"그럴 리가요. 지루하지 않는 법을 배운 게 어디 하루 이틀인가요? 스티바와 레빈이 왔었어요. 좀 전에 갔어요. 야시빈은 어떻게 됐나요? 많이 잃었어요?"

"내가 곁에 있을 때 1만 7,000루블 정도 땄지. 겨우 그만두게 했더니 다시 빠져나가서 노름판에 앉더군. 지금 다시 잃고 있는 중일 거요."

"그렇다면 이제까지 왜 남아 있었던 거지요? 그 사람이 다시 돈을 잃기 시작했으면 끝까지 있어야 하는 거 아닌가요?" 안나는 자신도 모르게 싸울 태세가 된 듯 말했다.

"그걸 설명해야 하오? 난 그냥 남고 싶어서 남았던 거요. 안나, 대체 왜 이러는 거요?"

"그래요, 당신은 뭐든 당신 하고 싶은 대로 하지요. 그러면서 내게 왜 이러느냐고 왜 묻는 거예요? 내가 언제 당신의 권리에 대해 이러쿵저러쿵 했나요? 누가 옳은지 그른지 따지겠다는 거예요? 좋아요. 그렇게 해요. 당신은 그저 나를 이기려고만 하고, 내가 어떤 처지인지는 생각도 안 하고 있어요!"

그녀는 눈물을 흘리며 거의 절망적인 모습을 보였다. 브론스키는 안나가 절망하는 모습을 보고 곤혹스러웠다. 그는 완고했던 얼굴 표정을 풀고 안나의 손에 입을 맞추며 말했다.

"내가 어떻게 해야 당신이 진정되겠소? 나는 당신의 행복을 위해서라면 뭐든 할 준비가 되어 있소."

"아니에요. 괜찮아요. 너무 외로워서 그러는지, 아니면 신경과민인지 나도 모르겠어요. 자, 이리 와요……. 경주는 어땠어요?"

그는 경주에 대해 이야기해주었다. 하지만 이야기를 하면서 그는 다시 완고하게 굳은 표정으로 돌아갔다. 안나는 그가 둘 사이의 싸움에서 자신이 일시적으로 패배한 것을 인정하지 않고 있음을 알아차렸다. 그는 자신이 잠시 항복 선언한 것을 후회라도 하듯 더욱 냉담해졌다. 안나는 자신의 불행한 모습을 그에게 보여준다는 무기(武器)가 매우 위험하다는 것을 깨달았다. 그녀는 다시는 그 무기를 쓰지 않겠다고 다짐했다. 그녀는 그들을 묶어주고 있는 사랑 곁에, 싸움을 부추기는 사악한 정령이 무럭무럭 자라고 있음을 느꼈다. 그녀는 브론스키의 마음에서는 물론이고 자신의 마음에서는 더욱더 그 악령을 쫓아낼 수 없었다.

## 제6장

다음 날 아침 7시에 레빈은 잠에서 깨어났다. 키티가 손으로 그의 어깨를 건드리며 잠을 깨운 것이다. 그녀는 그를 깨워서 미안하다는 생각과 그가 일어날 필요가 있다는 생각 사이에서 갈등을 일으키고 있는 것 같았다.

"여보, 놀라지 말아요. 다 괜찮아요. 하지만 제 생각엔…… 리자베타 페트로브나를 불러야 할 것 같아요."

리자베타는 산파의 이름이었다.

레빈은 침대에서 뛰어내렸고 그녀는 침착하게 벨을 누르더니 뜨개질감을 들고 손을 움직이기 시작했다. 그런 그녀가 놀라워 레빈이 우물쭈물하고 있자 그녀가 다시 입을 열었다.

"자, 이제 가보세요. 파샤가 올 거예요. 난 괜찮아요."

레빈이 문을 열고 나가는데 다른 문으로 하녀가 들어오는 소리가 들렸다. 레빈은 하인에게 리자베타를 불러오라고 지시한 뒤 의사를 부르기 위해 밖으로 나갔다. 밖으로 나가며 그는 "주님, 자비를 베푸소서! 저희를 용서하소서!"라고 예기치 않게 입에 떠오른 말을 중얼거렸다.

그는 썰매 마차를 타고 쿠지마와 함께 의사에게 갔고 의사는 한 시간 뒤에 가겠다고 말했다. 집으로 돌아간 그는 문에서 장모와 마주쳤다. 장모는 온몸을 떨고 있었다.

"그래, 어때? 별 일 없어?" 공작 부인은 방에서 나온 리자베타를 보고 황급히 물었다.

"잘 돼 가고 있어요. 좀 누우라고만 말씀해주세요."

아내가 진통을 겪는 동안 레빈은 시간 관념을 상실했다. 아내가 자기 이름을 부르면 얼른 달려가 그녀의 땀에 젖은 손을 쥐었고, 그런 순간은 미치 그에게 몇 시간처럼 느껴졌다. 반대로 몇 시간이 한순간처럼 느껴지기도 했다.

리자베타가 가리개 뒤에 있는 양초에 불을 붙이라고 했을 때 그는 이미 오후 5시가 되었음을 알고 깜짝 놀랐다. 지금이 오전 10시라고 해도 별로 놀라지 않았을 것이다. 그는 지금 자신이 어디에 있는지 무슨 일을 하고 있는지 의식하지도 못했다. 그는 때로는 고통스러워하며, 때로는 웃으며 자신을 진정시키는 아내의 얼굴을 보았고, 때로는 입술을 깨물며 눈물을 흘리고 있는 장모의 모습도 보았다. 돌리의 모습도 보였고 의사의 모습도 보였다. 얼굴을 찌푸리고 왔다 갔다 하는 장인의 모습도 보였다. 그러나 그들이 어떻게 방을 들락날락하는지, 그들이 정확히 어디에 있는지 그는 의식하지 못했다. 자신이 책상과 의자를 옮겨 놓은 것은 분명히 기억이 났지만 마치 비몽사몽간에 한 일인 것 같았다. 그는 성상화를 가져오는 등 이런저런 심부름을 열심히 한 것 같았지만 도대체 무슨 일을 하고 있는지는 의식하지 못했다.

그가 분명히 의식하고 있던 것은 지금 일어나고 있는 일이 마치 일 년 전 니콜라이 형의 임종 때와 비슷하다는 것뿐이었다. 그러나 그때는 슬픔이었고 지금은 기쁨이었다. 하지만 그 슬픔과 기쁨 모두 평범한 삶의 조건 너머에 존재한다는 점에서는 마찬가지였다. 그것들은 마치 평범한 생활들 안에서 뚫려져 있는 구멍, 그것을 통해 뭔가 숭고한 것이 흘낏 모습을 드러내는 그런 구멍 같은 것이었다. 그 숭고한 무언가를 관조하면서 우리의 영혼은 전에는 감히 상상조차 할 수 없었던 높이로까지 한껏 고양되는 것이며 우리의 이성은 그 영혼을 따라갈 수 없어 한참 뒤처져 있게 되는 것이다.

"주님, 자비를 베풀어주소서! 도움을 주소서!"

레빈은 끝없이 기도했다. 그는 지금 시각이 언제인지도 의식하지 못했다. 양초는 거의 다 타들어가고 있었다.

그때 갑자기 외침 소리가 들렸다. 너무 무서운 비명 소리라서 레빈은 그 자리에서 일어나지도 못한 채 숨을 죽이고 겁먹은 시선으로 의사를 바라보았다. 의사가 걱정 말라는 뜻으로 미소를 지으며 말했다.

"걱정 마세요. 곧 끝납니다."

레빈에게는 끝난다는 말이 곧 죽는다는 말처럼 들렸다. 레빈은 자신도 모르게 방 안으로 뛰어 들어갔다. 비명은 그쳤고 작은 법석, 가쁜 숨소리, 사람들 오가는 소리가 들릴 뿐이었다. 갑자기 그의 아내가 약간 숨을 헐떡이며, 하지만 생기 있고 다정한 목소리로 그에게 말했다.

"끝났어요."

그녀는 힘없이 손을 이불 위에 내려놓은 채 그를 물끄러미 바라보며 힘겹게 미소를 지었다. 그녀의 얼굴에는 마치 초자연적인 아름다움이 빛을 발하고 있는 것 같았다. 이제 레빈은 그가 지난 스물네 시간 동안 살고 있었던 신비스럽고 무서운 저 머나먼 나라로부터 일순간에 이전의 평범한 세상으로, 하지만 이전에 그가 감히 꿈꾸지도 못했던 행복이 찬란하게 빛나는 그 세상으로 되돌아왔음을 느꼈다. 그에게서 전혀 예기치도 않던 기쁨의 눈물과 울음이 터져 나왔고 그는 한동안 아무 말도 하지 못했다.

레빈은 침대 앞에 무릎을 꿇고 앉아 아내의 손을 잡고 입을 맞추었다. 그러는 사이 침대 발치에서는 리자베타의 품에 안긴 새 생명이 꿈틀대고 있었다.

"건강해요! 건강해! 아들이에요!"

레빈은 아들을 들여다보았다. 그는 아버지로서의 새로운 느낌을 불러일으키려 했다. 하지만 이 작은 존재에게서 그가 느낀 감정은 그가 기대했던 것과는 달랐다. 그는 조금도 즐겁거나 기쁘지 않았다. 그러기는커녕 오히려 예기치 않은 새로운 불안으로 두려움을 느꼈다. 그것은 고통 앞에서 나약하기 그지없는 한 생명체가 새롭게 생겼다는 의식이었다. 그 의식이 너무 강했기에 그는 아이가 재채기를 하자 자신이 이상할 정도로 기뻤다는 것, 심지어 자랑스러워했다는 것도 자각하지 못했다.

새로 태어난 아이 이름은 드미트리였고, 애칭은 미챠였다.

## 제7장

스테판 오블론스키는 매우 난처한 입장에 처해 있었다. 재정 문제였다. 숲을 판 돈의 3분의 2는 이미 다 써버렸고 남은 잔금 3분의 1도 10%의 선이자를 떼고 상인에게 미리 받아 써버렸다. 봉급은 생활비와 좀처럼 줄지 않는 자질구레한 빚을 갚는데 다 들어가버려, 돈이 바닥이 나버린 것이다.

어려운 처지에서 빠져나갈 방법을 강구하던 그는 러시아 남부철도회사와 은행들이 연합해서 세운 상호신용금고 합동위원회 위원직을 노렸다. 오블론스키는 그 자리를 얻기만 하면 지금의 관직을 그만두지 않고도 연봉 7,000내지 1만 루블을 더 받을 수 있음을 알게 되었다. 그는 그 자리 청탁을 위해 이제는 순전히 형식상의 매제인 카레닌을 만나러 페테르부르크로 갔다. 그는 카레닌을 만나면 안나의 이혼 건도 마무리 지을 작정이었다.

오블론스키를 만나자 카레닌은 러시아 재정이 왜 어려운가 하는 문제를 화제로 꺼냈다. 오블론스키는 그에게 적당히 말대꾸를 한 뒤 용건을 꺼냈다.

"한 가지 청이 있어. 포모르스키를 만나면 상호신용금고 합동위원회 위원 자리를 내가 원한다고 말해줄 수 있겠나?"

카레닌은 한참 생각에 잠겨 있더니 말했다.

"기꺼이 말해주지. 그런데 내 생각엔, 그 일은 볼가리노프가 더 영향력이 있을 텐데……."

"볼가리노프는 이미 찬성했어." 그의 이름을 입에 올리면서 오블론스키는 얼굴이 벌게졌다. 그는 이미 어제 유대인 볼가리노프의 집에 들렀고, 단단히 푸대접을 받았으며 사실상 거절당한 것이다.

어쨌든 포모르스키에게 말을 전해주겠다는 답을 들은 오블론스키는 준비해 온 다른 용건을 꺼냈다.

"다른 한 가지 용건이 뭔지는 알겠지? 안나에 관한 거라네."

처남의 입에서 안나의 이름이 나오자 카레닌의 안색이 확 변했다. 조금 전의 활기는 어디론가 사라지고 마치 데스마스크를 쓴 것처럼 표정이 변한 것이다.

“그래, 대체 내게서 원하는 게 뭔가?”

“결정을 내려달라는 거야. 자네를 정부의 고위 인사가 아니라 한 인간, 선량한 기독교인으로 보고 말하는 것이라네. 내 누이를 좀 가엾게 여겨줄 수 없나? 이혼을 해주게.”

“하지만 안나는 내가 아들의 양육권을 주장하는 한 이혼을 단념한 걸로 알고 있는데……. 그 문제는 끝난 것 아닌가?”

“제발 진정해. 매제가 안나에게 관대했다는 건 다 인정하니까. 하지만 지금 안나는 너무 고통스러워하고 있어. 한 번만 더 안나에게 관대해줄 수 없나? 그 애가 원하는 건 딱 한 가지야. 아무것도 할 수 없는 막다른 상황에서 벗어나게 해달라는 거지. 그 애는 이제 아들을 원하지도 않아. 알렉세이 알렉산드로비치, 단 한 순간이라도 그녀의 처지를 생각해 주게나. 이혼은 그 애 입장에서는 죽느냐, 사느냐의 문제야. 만일 자네가 이혼 약속을 하지 않았더라면 체념하며 시골에서 살았을 거야. 하지만 자네가 그 약속을 해주었기에 모스크바로도 온 것이고 자네에게 편지도 한 거야. 그 애를 이대로 놔두는 건 사형 선고를 받은 사람 목에 밧줄을 걸어놓고 어쩌면 사형이 집행될지도 모르고, 어쩌면 사면이 내려질지도 모른다고 말하는 것과 같아.”

"그런 이야기가 아니야. 아마 난 내가 약속할 권리가 없는 일에 대해 약속한 것 같아."

"아니, 그게 대체 무슨 소리인가?" 오블론스키가 펄쩍 뛰며 말했다. "약속을 깨겠다는 건가?"

"나는 실행 가능한 약속이라면 결코 깨지 않는다네. 하지만 그 약속이 과연 실행 가능한지 생각해볼 시간이 필요하네."

"믿을 수 없어! 그 애는 여자가 겪을 수 있는 불행의 극한을 겪고 있어! 자네는 그 약속을 거부하면 안 돼!"

"약속한 것이 실행 가능한 일이라면……. 자네는 자유사상가임을 자처하지. 하지만 기독교 신자인 나는 그토록 중요한 일을 기독교 계율에 반해서 결정할 수 없어."

"하지만 기독교 사회에서도, 우리 러시아 정교에서도 이혼은 허용되고 있는데, 도대체……."

"부탁이야. 이틀만 시간을 줘. 내가 모레 확답을 주지."

# 제8장

카레닌을 만난 다음 날 오블론스키는 벳시 트베르스카야 공작 부인을 찾아갔다. 둘은 묘한 사이였다. 오블론스키는 그녀를 싫어하면서도 늘 장난으로 그녀에게 구애하는 척 했고, 그녀는 그를 진짜로 좋아했다. 그는 그날 젊은 기분을 낸답시고 그녀에게 구애하는 척한다는 게 정도를 넘어버려 되돌리기 어려울 지경이 되어버렸다. 둘 다 약간 난처한 입장에 처해 있을 때, 마침 먀그카야 공작 부인이 온 덕에 곤경에서 벗어날 수 있었다.

오블론스키를 보자 먀그카야 공작 부인이 반가워하며 그가 도중에 끼어들 틈도 주지 않고 떠벌였다.

"아, 당신이 여기 계셨네요. 당신의 불쌍한 누이는 어떻게 지내나요? 그녀보다 수천 배는 더 나쁜 짓을 한 사람들이 그녀에게 돌을 던질 때도 나는 그녀가 잘 했다고 생각했어요. 자기를 감추려들지 않고 당당했으니까요. 게다가 당신의 그 정신 나간 매제를 버린 건 정말 잘한 거예요. 모두들 그 사람이 똑똑하다고들 했지만 나만 이전부터 그 사람이 멍청이라고 했어요. 그 사람이 리디야 백작 부인과 랑도와 어울리니까 그제야 정신이 나갔다고들 하네요."

"랑도요? 그 사람이 누굽니까? 그렇지 않아도 궁금하던 차인데 설명 좀 해주십시오. 어제 내가 카레닌을 찾아가 누이 문제 확답을 달라고 했더니 생각을 좀 해보겠다고 하더군요. 그러더니 오늘 밤에 리디야 백작 부인 집으로 저를 초대했습니다."

"맞아요, 맞아! 카레닌과 리디야 둘이 랑도가 무슨 말을 할지 들으러 갈 거예요."

오블론스키는 어안이 벙벙해서 다시 물었다.

"랑도가 하는 말이요? 그 사람이 대체 누군데?"

"아니, 당신은 그 유명한 쥘 랑도도 모르세요? 영매(靈媒)로 이름을 날리고 있는 그 사람을? 내가 보기엔 미친 사람인데, 당신 누이의 운명이 그 사람에게 달려 있어요. 당신이 시골에 살다보니 아무것도 모르는 거예요. 프랑스 파리에서 의사도 손 못 대는 환자들을 그 엉터리가 고쳐주었대요. 그러다가 러시아로 흘러들어온 거지요. 러시아에서 베주보프 백작 부인의 병을 고쳐주었대요. 그러자 부인이 랑도를 양자로 삼았고요. 지금 리디야가 랑도에게 완전히 빠져 있어요. 리디야건 카레닌이건 랑도 없이는 아무런 결정도 못 하고 있다고요. 그러니 당신 누이의 운명이 랑도, 아니 이제 베주보프 백작이지, 바로 그 사람 손에 달려 있는 거예요."

그날 저녁 바르트냔스키 저택에서 훌륭한 저녁을 들고 나서 오블론스키는 리디야 이바노브나 백작 부인의 집으로 찾아갔다.

응접실로 들어가니 커튼이 내려져 있었고 램프가 불을 밝히고 있었다. 리디야 백작 부인은 카레닌과 둥근 탁자를 앞에 두고 앉아 뭔가 조용조용 이야기를 나누고 있었다. 응접실 다른 쪽에 다리가 휘고 엉덩이가 여자 같은 창백한 사람이 벽에 걸린 초상화를 보고 있었다. 아름다운 얼굴이었으며 눈이 유난히 반짝이고 있었다. 오블론스키가 들어서자 백작 부인이 그와 눈인사를 나눈 뒤 그 사람을 불렀다.

"므슈 랑도!"

오블론스키는 그 목소리가 얼마나 부드럽고 조심스러운지

깜짝 놀랐다. 랑도는 오블론스키에게 다가와 축축한 손을 오블론스키가 내민 손 위에 얹더니 다시 벽으로 가서 그림을 바라보았다. 카레닌과 백작 부인은 의미심장한 눈길을 교환했다.

백작 부인이 오블론스키에게 앉으라고 권하며 말했다.

"당신을 만나게 되어 너무 기뻐요. 당신을 오랫동안 알아왔지만 이제 이렇게 가까워지게 됐으니 말이에요. 친구의 친구는 우리의 친구인 셈이죠. 하지만 진정한 친구가 되려면 조건이 있어요. 그 친구의 영혼의 상태 속으로 들어가봐야 하지요. 그런데 당신은 알렉세이 알렉산드로비치 카레닌에 대해 그렇지 않은 것 같아요. 내가 무슨 말을 하는지 알겠지요?"

리디야가 무슨 말을 하는지 알 수 없어서 오블론스키는 대충 얼버무렸다.

"저는 알렉세이의 입장을 이해는 합니다만……."

"겉으로 드러난 입장을 말하는 게 아니에요." 부인은 자리에서 일어나 랑도 쪽으로 걸어가는 카레닌을 애정이 담뿍 담긴 눈으로 바라보며 말했다. "그의 영혼이 변했어요. 새로운 영혼이 그에게 깃든 거지요. 당신이 그에게 일어난 변화를 제대로 이해하지 못하는 것 같아 걱정이에요. 주님의 은총으로 불행이 더 큰 행복이 된 거지요."

오블론스키는 부인이 종교 이야기를 한다는 것을 그제야 깨달았다. 그때 카레닌이 이쪽으로 걸어오며 진지한 목소리로 백작 부인에게 말했다.

"저분이 곧 잠이 들 것 같습니다."

랑도는 창문 옆 안락의자에 앉아 그들에게 천진한 미소를 보내고 있었다.

이어서 백작 부인과 카레닌은 은총이란 오로지 하느님의 뜻에 달려 있으며, 그 은총을 받은 사람만이 지고의 행복을 느낄 수 있다고, 인간은 오로지 믿음으로만 구원받을 수 있다고 입맞추어 말했다. 오블론스키는 뭐라고 할 말이 없어 잠자코 있을 뿐이었다.

그때 리디야가 자리에서 일어나 서가로 가더니 책을 한 권 뽑아들고 와 다시 자리에 앉으면서 오블론스키에게 말했다.

"당신 영어 할 줄 알겠지요? 내가 책을 한 권 읽어주려고 해요. 아주 짧아요. 여기에 믿음을 얻을 수 있는 길이 적혀 있어요. 세속의 모든 것을 초월하고 영혼을 가득 채우는 행복을 얻는 법이 적혀 있어요. 혹시 마리 사시나를 아시나요? 하나밖에 없는 아들을 잃는 불행을 겪고 상심에 빠져 있었지요. 그런데 믿음을 얻은 뒤 아들이 죽은 걸 하느님께 감사했어요. 이게 바로 신앙이 가져다주는 행복이에요. 자, 제가 읽어볼게요."

오블론스키는 그만 얼이 다 빠져버렸다.

'아니, 아들이 죽은 걸 기뻐한다고? 구원받으려면 그냥 믿기만 하면 된다고? 수도사들도 그 길을 찾기 어려워하는데 백작 부인이 그 길을 안다는 건가……? 그런데 왜 이렇게 머리가 무겁지……? 저녁에 마신 코냑 때문인가?'

오블론스키는 백작 부인의 낭송을 듣는 둥 마는 둥 하품을 하다가 깜빡 졸고 말았다. 그때 백작 부인의 목소리가 들렸다.

"잠들었어요."

그는 그 소리에 퍼뜩 잠에서 깨어났다. 그리고 마치 죄를 짓다 발각난 사람처럼 두리번거리며 정신을 차렸다. 하지만 그는 자기를 보고 그 소리를 한 것이 아니라는 것을 알고 마음이 놓였다.

프랑스인이 잠이 들었거나 혹은 잠든 척하고 있었다. 그는 안락의자 등받이에 머리를 기댄 채 무릎에 올려놓은 땀에 젖은 손으로 마치 무언가 잡으려는 듯 가냘픈 손짓을 하고 있었다. 카레닌은 자리에서 일어나더니 프랑스인에게 다가가 그의 손 위에 자기 손을 얹었다. 그러자 프랑스인이 눈을 감은 채 중얼거렸다.

"맨 마지막으로 온 자, 묻는 자는 나가라고 하라! 나가라고 하라!"

오블론스키가 부인에게 조심스럽게 물었다.

"저를 말하는 거로군요."

백작 부인이 고개를 끄덕이자 그는 마치 전염병이 도는 집에서 도망치듯 그 집에서 빠져나왔다.

다음 날 오블론스키는 카레닌으로부터 안나와의 이혼을 확실히 거부한다는 최후통첩을 받았다. 오블론스키는 그 결정이, 프랑스인이 진짜인지 혹은 짐짓 그러는 척하는지 모르는 최면 상태에서 한 말에 의해 내려진 것임을 알 수 있었다.

# 제9장

가정생활에서 그 무언가를 행동에 옮기려면 부부가 완전히 갈라서거나 애정 어린 화합을 이루어야만 한다. 부부 관계가 불명확해서 이도저도 아니면 아무것도 되는 일이 없기 마련이다.

브론스키와 안나가 바로 그와 같았다. 따사로운 봄 햇살에 이어 가로수들이 나뭇잎으로 우거지고 그 나뭇잎들이 먼지에 뒤덮일 때까지 둘은 그렇게 견디기 힘든 삶을 모스크바에서 영위해 가고 있었다. 그들은 마치 이미 오래전에 결정이 난 것처럼 보즈드비젠스코에는 내려가지 않고 모스크바에서의 싫증나는 삶을 이어나갔다. 요즈음 둘 사이에 그 어느 것도 합의를 볼 수 없었기 때문이었다.

하지만 둘 다 속으로만 끙끙 앓고 있을 뿐 겉으로는 아무 문제가 없어보였다. 안나는 브론스키의 사랑이 식어간다는 사실 때문에 고통스러워했으며 브론스키는 자신이 그녀의 고통을 덜어주기는커녕 점점 더 힘들게 만들고 있다는 미안함 때문에 괴로웠다.

그리고 그렇게 서로 다른 문제로 속을 끓이고 있었기에 서로를 이해하려는 노력을 한다는 게 불가능했고, 설사 그런 노력을 한다고 해도 둘 사이를 가깝게 만들기는커녕 오히려 더 멀어지게 만들었다.

안나에게 브론스키는 사랑 그 자체였다. 그리고 그 사랑은 오로지 그녀만을 향해야 했다. 그녀를 향한 그의 사랑이 줄어든다는 것은 그 사랑의 일부를 다른 사람에게 돌린다는 것을 의미했고, 그 때문에 그녀는 특정한 질투의 대상이 없이 그가 만나는 모든 여자들을 질투했다. 또한 그가 자신을 버리고 결혼하고 싶어할 만한 가상의 여인을 향하여 질투했다.

특히 브론스키가 조심성 없게도 자기 어머니가 자신을 소로키나 공작의 딸과 결혼시키려 한다는 이야기를 한 뒤로는 더욱 심해졌다.

어느 날 저녁 땅거미가 지고 있을 무렵이었다. 브론스키는 독신 남자들 모임에 갔고 안나는 홀로 서재 안을 서성이며 전날 그와 있었던 말다툼을 되새기고 있었다. 말다툼의 발단은 아주 사소한 것이었지만 서로에게 상처를 주고야 말았다.

안나는 오늘 하루 종일 외로웠다. 그녀는 그와 냉전 중이라는 사실 자체가 괴로워서 모든 것을 잊고 화해하고 싶어졌다. 자기가 잘못했다며 그가 옳다고 말하고 싶어졌다.

'그래, 다 내 잘못이야. 내가 못되게 굴고 터무니없이 질투를 한 거야. 함께 시골로 가야겠어. 거기서는 좀 평온하게 지낼 수 있을 거야.'

안나는 시골로 가져갈 짐을 챙기기 위해 하인을 불러 여행용 트렁크를 가져오라고 일렀다.

10시에 집에 들어온 브론스키가 트렁크를 보고 말했다.

"이게 뭐야? 웬 짐을 꾸리는 거지?"

"그래요. 떠나야 해요. 여기 더 머물 이유가 없어요. 시골로 함께 내려가요. 거기서 이혼 승낙이 오길 기다려요. 괜찮지요?"

"내가 바라던 바요. 옷을 갈아입고 와서 이야기합시다."

그녀는 미안해하는 어투로 말했지만 그는 자신만만하게 대답했다.

잠시 뒤에 그가 옷을 갈아입고 오자 그녀가 그의 오늘 저녁

모임에 누가 있었는지 거기서 뭘 했는지 물었다.

브론스키는 손님들 이름을 나열한 뒤에 말했다.

"저녁 식사가 아주 훌륭했어. 모든 게 괜찮았지만 특히 스웨덴 왕비의 수영 선생이라는 여자가 수영 시범을 보여준 게 아주 좋았소."

"아니, 당신들 앞에서 수영을 했어요?" 안나가 얼굴을 찌푸리며 말했다.

"그렇소. 빨간 수영복을 입었는데 아주 보기 흉하더군. 그녀도 늙고 아주 추했어. 그래, 언제 떠날까?"

안나는 불쾌한 생각을 떨쳐버리려는 듯 고개를 흔들더니 대답했다.

"내일까지는 준비를 해야 할 테니, 모레 떠나요."

"모레라……. 일요일 아닌가. 안 돼요. '마망'에게 가봐야 하오."

자신의 입에서 '마망'이라는 단어가 나오자마자 안나가 자신을 향해 의혹의 시선을 던지는 것을 그는 감지했다. 그가 당황한 모습을 보이자 그녀의 의심이 확신으로 변했다. 그녀는 발끈해서 브론스키로부터 몇 발자국 물러났다. 이제 스웨덴 왕비의 수영 레슨 선생이 아니라 모스크바 시골 근교에서 브론스키 백작 부인과 함께 살고 있는 소로킨 공작의 딸이 안나의 눈앞에 어른거렸다.

“그렇다면 아예 떠나지 않을 거예요.”

“무슨 말이요?”

“더 늦게는 가지 않겠어요. 일요일 아니면 아예 안 갈 거예요.”

“아니, 무슨 황당한 소리를 하는 거요?”

“당신이 내게는 신경도 쓰지 않고 당신 생각만 하니까 그렇게 들리겠지요. 내가 여기서 얼마나 지루해하는지 당신은 생각하려고도 안 해요. 당신은 항상 자신이 옳다고 자랑하면서 왜 제대로 말하지 않는 거지요?”

브론스키에게 쏘아붙이면서 안나는 자신이 애당초 결심했던 것과는 전혀 다른 행동을 하고 있다는 사실을 똑똑히 의식하고 있었다.

하지만 그녀는 자제할 수 없었다. 무슨 수를 써서라도 그가 옳지 못하다는 것을 보여주어야 했고 그에게 질 수 없었다.

브론스키는 치밀어 오르는 분노를 지그시 누르며 말했다.

“난 뭘 자랑하는 사람도 아니고 거짓말을 하는 사람도 아니요.”

“사랑이 있어야 할 자리를 존중으로 채운 거 아닌가요? 나를 더 이상 사랑하지 않는다면 솔직히 고백해야 하지 않아요?”

"정말 참을 수가 없군!" 브론스키가 자리에서 벌떡 일어나며 소리를 질렀다. "참는 데도 한도가 있는 법이야!"

"무슨 말을 하고 싶은 거지요?"

안나는 증오로 이글거리는 브론스키의 눈을 바라보며 공포에 질려 외쳤다.

"당신이 도대체 내게서 뭘 원하는지 오히려 내가 묻고 싶소." 브론스키가 화난 목소리로 말했다.

"내가 원하는 건 당신의 사랑이에요! 그런데 이제 그게 사라졌어요. 모든 게 끝났어요."

그녀는 비틀거리며 방에서 나갔다. 그녀는 자신의 방으로 들어가며 생각했다.

'그래, 모든 게 끝난 거야. 하지만 어떻게 끝을 내지?'

그녀는 거울 앞 의자에 앉아 계속 생각했다. 이런저런 생각에 잠겨 있던 그녀에게 갑자기 출산 직후 죽음을 앞두고 느꼈던 삼성이 되살아났다.

'그래, 모든 것을 해결할 수 있는 방법이 있어. 죽는 거야. 죽으면 이 치욕으로부터 벗어나 구원받을 수 있을 거야. 내가 죽으면 그이는 후회하면서 나를 다시 사랑하겠지. 그리고 나 때문에 고통스러워하겠지.'

그가 다가오는 발소리에 그녀의 생각이 흩어졌다. 그녀는 반지를 정리하는 척하면서 등을 돌리지 않았다. 그가 그녀의 손을 잡으며 말했다.

"안나, 모레 떠납시다. 뭐든 당신이 하자는 대로 하겠소."

그녀는 아무 말도 없었다.

"왜 그러는 거요?" 그가 물었다.

"당신이 잘 알잖아요!" 그녀가 참지 못하고 울음을 터뜨렸다. "날 버려요! 난 내일 떠나겠어요……. 더 한 일도 할 거예요. 내가 누구지요? 부도덕한 여자! 당신 목에 채워져 있는 돌덩어리! 난 당신을 괴롭히고 싶지 않아요! 당신을 놓아주겠어요! 당신은 나를 사랑하지 않아요. 다른 누군가를 사랑해요!"

브론스키는 제발 진정하라며 질투할 이유가 전혀 없다고, 그녀를 향한 사랑은 변한 적이 없으며 변하지도 않을 것이라고 예전보다 더 사랑한다고 거듭 말했다.

"안나, 왜 당신 자신과 나를 이렇게 괴롭히는 거요?"

브론스키가 그녀의 손에 입을 맞추며 말했다. 그는 다정한 표정을 짓고 있었다.

안나는 그의 목소리에 물기가 어려 있다고 생각했으며 그의 손도 촉촉하게 젖어 있는 것 같았다. 순간 그녀의 절망적인 질투심은 절망적인 애정으로 바뀌었다. 그녀는 그를 끌어안고 그의 머리와 목 그리고 손에 키스를 퍼부었다.

# 제10장

안나는 브론스키와 완전히 화해했다고 믿고 다음 날부터 활기에 차서 출발 준비에 착수했다. 월요일에 떠날지 화요일에 떠날지는 아직 결정되지 않았지만 어제 두 사람이 서로 양보한 이상 안나에게 날짜는 별로 중요하지 않았다.

그녀가 방에서 여행 가방을 열어놓고 물건을 고르고 있을 때 이른 아침인데도 불구하고 이미 외출복으로 차려 입은 브론스키가 그녀의 방으로 들어왔다.

"마망에게 다녀오겠소. 어머니가 예고로프를 통해 돈을 부쳐주면 내일이라도 떠날 준비가 되어 있소."

안나는 기분이 좋은 상태였지만 그가 어머니를 만나러 별장으로 간다는 말에 마음이 상했다. 그때 하인이 브론스키에게 전보 수령증에 서명을 받으려고 들어왔다. 브론스키가 뭔가 감추는 듯한 태도를 보이지만 않았다면 하등 문제될 것이 없는 일이었다.

"누구한테서 온 전보예요?" 안나가 별 생각 없이 물었다.

"스티바에게서 온 거요." 브론스키가 내키지 않는다는 투로 말했다.

"그런데 왜 내게 보여주지 않은 거지요? 당신하고 오빠 사이에 무슨 비밀이 있어요?"

브론스키는 하인에게 전보를 가져오라고 했다.

"스티바가 툭하면 전보를 보내는 버릇이 있어서요. 결정되지도 않은 일을 갖고 왜 전보를 보낸 건지, 원."

"이혼에 관한 건가요?"

"그렇소. 아직 결정적인 답을 받지 못했다고 썼더군. 하루이틀 내로 최종적인 것을 알려주겠다고. 자, 당신이 직접 읽어봐요." 브론스키는 하인이 가져온 전보를 안나에게 건네며 말했다.

안나는 떨리는 손으로 전보를 받았다. 브론스키의 말 그대로였고 끝에는 '거의 희망이 없음. 하지만 되든 안 되든 모든 방법을 강구해보겠음'이라고 적혀 있었다.

“이혼을 하건 안 하건 상관없어요.” 그녀가 말했다. “그러니 내게 이 전보를 감출 필요가 없었어요. 당신도 나처럼 그 일에 신경을 안 썼으면 좋겠어요.”

그 말을 하면서 그녀는 ‘이이는 여자들과 주고받은 편지도 감출 사람이야’라고 생각했다.

“나는 분명한 걸 좋아하는 사람이라서 신경을 쓰는 거요.”

“중요한 건 형식이 아니라 사랑이에요.”

그는 ‘또 사랑 타령이군’이라고 생각하며 얼굴을 찌푸렸다.

“내가 왜 그러는지 당신도 알지 않소? 다 당신을 위해서이고, 또 앞으로 생길 아이들을 위해서라는 걸.”

“아이는 없을 거예요.”

“거참, 안 된 일이로군. 어쨌든 다시 한번 말하지만 다 당신을 위해서요. 당신이 짜증을 내는 건 당신 처지가 불확실한 때문이라는 것을 내가 알기 때문이오.”

“내가 그 때문에 짜증을 내요? 나는 오로지 당신에게 달려 있는 여자인데…… 도대체 뭐가 확실하지 않다는 거지요?”

“도무지 내 말을 이해하려들지 않는구려. 당신 상상 속에서 내가 자유로워 보이니까 불안해하는 것 아니오?”

“그런 거라면 걱정 안 해도 돼요.” 안나는 커피를 한 모금 마시며 말했다. "나는 당신 어머니가 무슨 생각을 하든, 당신을 결혼시키려고 하든 개의치 않아요. 인정머리 없는 여자에게는 나이가 들었든 아니든 아무 관심도 없어요."

"안나, 제발 우리 어머니에 대해 그렇게 막말을 하지 말아요."

"아들의 행복과 명예가 어디 있는지 모르는 여자는 인정머리 없는 여자예요."

그러자 그가 무서운 눈길로 안나를 바라보며 언성을 높였다.

"다시 한번 간청하오! 우리 어머니에 대해서 그렇게 함부로 말하지 말아요!"

"흥, 당신도 당신 어머니를 사랑하지 않으면서! 말로만 그러죠, 말로만!"

브론스키는 화를 내며 방에서 나갔다.

그날 그는 하루 종일 집에 들어가지 않았다. 그가 밤늦게 귀가했을 때 안나가 머리가 아프다며 아무도 자기 방에 들이지 말게 했다고 하녀가 그에게 말했다.

## 제11장

전에는 둘이 하루 종일 싸우는 법이 없었다. 오늘이 처음이었다. 하지만 엄밀히 말해 이것은 싸움이 아니었다. 애정이 완전히 식었음을 공공연히 고백한 것과 다름없었다.

'어떻게 나를 그런 눈으로 쳐다볼 수 있지? 절망에 빠져 있는 나를 보고도 어떻게 한 마디 말도 없이 방에서 나갈 수 있는 거지? 애정이 식었을 뿐 아니라 나를 증오하는 거야. 나 말고 다른 여자를 사랑하기 때문이야. 너무나 분명해.'

그날 브론스키를 하루 종일 기다리면서 안나는 그런 생각에 젖어 있었다. 그녀는 그의 입에서 나온 잔인한 말들을 떠올리며 그가 하려고 했던 말들을 마음속으로 상상했고, 그러면서 더욱 흥분했다.

'그는 이렇게 말하려 했을 거야. *당신을 잡지 않겠소. 당신 가고 싶은 데로 가시오. 당신이 남편과 이혼하려 하지 않는 걸 보니 분명 그에게 돌아가고 싶은 모양이오. 그에게 돌아가오. 돈이 필요하다면 주겠소. 얼마나 필요하오?*'

그녀의 상상 속에서 그는 이루 말할 수 없이 잔인한 말을 내뱉었다. 그녀는 그가 실제로 그런 말을 한 듯, 그를 도저히 용서할 수 없었다. 그녀는 머리가 아프니 아무도 방에 들이지 말라고 하녀에게 말하면서 생각했다.

'그 말을 듣고도 그가 내 방으로 온다면 그건 아직 나를 사랑한다는 뜻이야. 만일 그러지 않는다면 모든 게 끝났다는 뜻이야. 그러면 내가 어떻게 해야 할지 결정해야 해.'

이윽고 마차가 멈추는 소리, 초인종 소리, 그의 발소리, 그가 하녀와 나누는 이야기 소리가 들렸다. 그는 하녀의 말을 듣자 그냥 자기 방으로 가버렸다. 모든 것이 끝난 것이다.

이제 아무렇거나 상관없었다. 시골로 가건 말건 이혼을 하건 말건 아무 상관없었다. 중요한 것은 그를 벌주는 것이었다. 그녀는 죽음을 생각했다.

그녀는 매일 먹는 양만큼의 아편을 쏟아놓은 후 생각했다.

'이 병의 아편을 전부 먹으면 돼. 너무 간단하고 쉬운 일이야.'

그녀는 그가 고통스러워하는 모습, 이미 늦어버린 뒤에야 후회하는 모습, 자신을 사랑한다는 것을 새삼 깨닫는 모습들을 상상하며 달콤한 기분에 젖었다. 그녀는 눈을 뜬 채 침대에 누워 거의 다 타들어간 양초 불빛에 비친 천장의 무늬, 천장에 어른거리는 병풍의 그림자들을 바라보았다. 그녀는 자신이 죽은 뒤, 자신이 추억으로밖에 남지 않게 되었을 때 그가 느끼게 될 감정들을 상상해보았다.

'그는 이렇게 말할 거야. *어떻게 내가 그녀에게 그토록 잔인할 수 있던 거지? 어떻게 내가 한 마디 말도 없이 그녀의 방을 나설 수 있던 거지? 하지만 이제 그녀는 없다. 그녀는 영영 내 곁을 떠났다. 그녀는 이제…….*'

갑자기 촛불이 꺼지며 사방이 어두워졌다.

'죽음……!'

그녀는 생각했다. 그러자 너무나 큰 공포가 밀려왔다.

'아냐! 어쨌든 살아야 해. 나는 그이를 사랑하고 그이는 나를 사랑해. 이런 일이 처음 있는 것도 아니잖아. 그냥 지나가버릴 거야.'

그녀는 무서움에서 벗어나기 위해 벌떡 일어나 브론스키의 방으로 갔다.

그는 곤히 잠들어 있었다. 그녀는 그의 잠든 얼굴을 한동안 바라보았다. 그녀는 여전히 그를 사랑하고 있었다. 그녀는 잠든 그의 얼굴을 바라보며 애정의 눈물이 흐르는 것을 어쩌지 못했다. 하지만 그가 깨어난다면 그는 자신이 옳다고 확신하며 자신을 차가운 눈으로 바라보리라는 것을 그녀는 알고 있었다. 그러면 그녀는 그를 사랑한다고 말하기 전에 그가 자신을 얼마나 잘못 대하고 있는지 증명하려 애를 쓰게 되리라. 그녀는 그를 깨우지 않고 자기 방으로 돌아온 뒤, 아편을 복용했다. 그녀는 새벽녘에야 겨우 얕은 잠에 빠져 들었다.

아침이 되자 안나는 악몽 때문에 잠에서 깨어났다. 브론스키와 관계를 맺기 전부터 그녀가 자주 꾸던 꿈이었다. 턱수염이 더부룩한 작은 키의 노인이 쇠막대기 위로 몸을 굽힌 채 아무 뜻도 없는 프랑스어를 중얼거리고 있었다. 그녀는 꿈속에서, 비록 그 노인이 자신을 바라보고 있지는 않지만 그 쇠막대기로 자신에게 뭔가 끔찍한 짓을 할 것만 같아 무서웠다. 그녀는 식은땀을 흘리며 꿈에서 깨어났다.

그녀는 자리에서 일어나자마자 브론스키의 서재로 갔다. 그녀가 응접실을 지날 때 마차 소리가 들려 그녀는 창밖을 내다보았다. 그런데 마차에서 라일락 빛 모자를 쓴 여자가 내렸다. 그녀가 하인에게 뭐라고 말하자 하인이 초인종을 눌렀다.

곧이어 브론스키가 계단을 내려가는 소리가 들렸다. 이어서 브론스키가 현관을 나서더니 마차로 다가가는 모습이 보였다. 젊은 여자가 그에게 봉투를 건네자 브론스키는 미소를 머금은 채 그녀에게 무슨 말인가 했다. 곧이어 마차가 떠났고 브론스키가 다시 계단을 올라왔다.

이 짧은 광경에 그동안 안나의 마음을 뒤덮고 있던 안개가 걷혔다. 어제 맛보았던 고통이 다시 그녀를 후벼 팠다. 이제 자신이 어떻게 그렇게 몸을 낮추며 그와 한 집에서 지낼 수 있다는 것인지 그녀는 이해할 수조차 없었다. 그녀는 자신의 결심을 알리기 위해 브론스키의 서재로 갔다.

"소로킨 공작 부인이 딸과 함께 왔었소. 어머니가 보낸 돈과 서류를 주고 갔소." 브론스키는 안나의 심각한 표정을 보려고도, 이해하려고도 하지 않은 채 말했다. "오늘 아침, 기분은 좀 어떻소?"

안나는 아무 말 없이 몸을 돌려 서재에서 나가려 했다. 그러자 그가 그녀에게 말했다.

"그나저나, 내일 떠나는 게 맞소?"

"당신은 떠나요. 하지만 나는 안 떠나요." 안나가 몸을 돌리며 말했다.

"안나, 정말 견딜 수가 없군!"

"당신…… 당신은 후회하게 될 거예요." 그녀는 그 말을 남기고 밖으로 나갔다.

그녀의 너무나 절망적인 말투에 브론스키는 뒤따라 나가려 했다. 하지만 그는 금세 제정신이 든 듯 다시 제자리에 앉아 이를 꽉 물고 생각했다.

'할 만큼 했어. 이제 방법은 하나뿐이야. 더 이상 신경 쓰지 않는 거지.'

그는 어머니를 만나러 가기 위해 집을 나섰다. 어머니에게 재산 문제로 서류에 서명을 받기 위해서였다.

# 제12장

'떠났구나. 이제 다 끝났어.'

창가에 서서 안나가 중얼거렸다. 촛불이 꺼졌을 때, 그리고 악몽에 시달렸을 때의 공포가 다시 그녀를 사로잡았고 그녀는 심장이 얼어붙는 것 같았다. 그녀는 혼자 있는 게 너무 두려웠다. 그녀는 벨을 눌러 하인을 불렀다.

"나리가 어디로 가셨는지 알아보고 내 편지를 전해줘."

그녀는 자리에 앉아 다음과 같이 썼다.

> 내가 잘못했어요. 돌아와줘요. 제가 다 설명할게요. 제발 돌아와줘요. 너무 무서워요.

그녀는 쪽지를 봉투에 넣어 봉한 후 하인에게 건네주었다.

20분이 지났다. 그녀는 생각했다.

'그이가 내 편지를 받았을 거야. 그이는 돌아올 거야. 10분만 더 기다려야지. 울어서 퉁퉁 부은 눈을 그이에게 보여줄 수는 없어. 가서 세수를 하고 화장을 해야겠어.'

화장대 앞에 앉아 거울을 보며 그녀는 자기 어깨에 그가 입맞춤을 하는 것을 느끼고 흠칫 놀랐다. 하지만 그는 없었다.

'내가 뭐 하는 거지? 이렇게 미쳐가는 거로구나'라고 그녀는 생각했다.

잠시 뒤 쪽지를 가지고 갔던 심부름꾼이 마차를 타고 도착했다. 안나는 하인을 만나러 계단을 허겁지겁 내려갔다.

"백작님을 만나지 못했습니다. 벌써 외곽 길로 접어드신 뒤였습니다."

"그렇다면 그 쪽지를 갖고 곧바로 브론스카야 백작 부인이 계신 시골로 가봐. 그리고 당장 답장을 받아 와."

이어서 그녀는 생각했다.

'그런 다음 나는 뭘 하지? 아, 돌리에게 가보기로 했지? 그래야 해. 안 그러면 미쳐버릴 거야. 참, 전보도 보낼 수 있지!'

그녀는 '당신과 정말로 할 이야기가 있어요. 지금 당장 와요'

라는 내용의 전보를 쳤다. 전보를 보낸 후 그녀는 허둥지둥 외출복을 입었다.

'그래, 생각하면 안 돼. 뭔가를 해야만 해. 어디론가 가야 해. 이 집에서 나가야 해.'

그녀는 집을 나서서 마차에 올랐다. 마부 표트르가 "어디로 모실까요?"라고 그녀에게 묻자 그녀는 "즈나멘카, 오블론스키 백작 댁으로!"라고 말했다.

안나가 돌리의 집에 도착했을 때 그녀는 이루 말할 수 없이 참담한 심정이었다.

"누구 손님이 와 계신가?"

그녀가 현관에서 수위에게 물었다.

"카테리나 알렉산드로부나 레빈 부인이 와 계십니다."

'키티라고! 브론스키가 사랑했던 키티라고! 그이는 분명히 키티와 결혼하지 않은 걸 후회하고 있어. 나를 향해서는 증오만이 있을 뿐이고 나랑 엮인 것을 후회하고 있을 뿐이면서!'

안나가 왔음을 알렸을 때 자매는 아기 수유(授乳) 문제에 대해 이야기를 나누고 있었다. 돌리 혼자 그녀를 만나려고 응접실로 나왔다. 돌리가 그녀를 반기며 말했다.

"아직 안 떠났어요? 그렇지 않아도 오늘 아가씨를 찾아가보려 했는데……. 오블론스키가 편지를 보여줬어요."

"집에 누가 있어요?"

"키티가 와 있어요." 돌리가 거북한 표정으로 말했다.

"그 편지 좀 내가 볼 수 있어요?"

"지금 가지고 올게요. 오블론스키 말로는 카레닌이 이혼을 거절하는 게 아니래요. 그이는 희망을 갖고 있어요."

그녀가 편지를 갖고 오자 안나는 읽은 뒤에 되돌려주며 말했다.

"이미 다 알고 있어요. 하지만 아무 관심 없어요."

"그래요? 나는 기대하고 있는데……." 안나가 이토록 흥분한 모습을 본 적이 없는 돌리는 호기심에 찬 눈빛으로 안나를 바라보며 말했다.

"그런데 언제 떠나요?"

인나는 그 물음에는 대답하지 않고 오히려 물었다.

"키티가 나를 피하나보지요?"

"무슨 그런 소리를! 지금 아이에게 젖을 먹이고 있어요. 아가씨를 보면 얼마나 반가워할 텐데……." 돌리는 어색하게 둘러댔다. "아, 저기 키티가 나오네요!"

안나가 온 것을 알고 키티는 밖으로 나오려 하지 않자 돌리가 설득한 것이었다. 키티는 얼굴을 붉힌 채 안나에게 다가와 악수를 했다.

"만나뵈서 정말 반가워요." 키티가 떨리는 목소리로 말했다.

키티는 안나를 향한 적개심과 그녀에게 잘 대해줘야겠다는 마음 사이에서 갈등을 느끼고 있었다. 하지만 안나의 사랑스럽고 아름다운 얼굴을 보자마자 적개심은 눈 녹듯 사라져버렸다.

셋은 키티의 병, 갓난 아이, 스티바에 대해 이야기를 나누었지만 안나는 그 어떤 이야기에도 흥미가 없었다.

"작별 인사를 하려고 들른 거예요." 안나가 자리에서 일어나며 말했다.

"언제 떠나는데요?"

안나는 여전히 대답 않은 채 키티에게로 몸을 돌리며 말했다.

"당신을 만나서 반가웠어요. 당신 남편에게서 이야기를 많이 들었거든요. 우리 집에 한 번 오셨었는데, 정말 좋은 분이더군요." 그녀는 분명 좋지 않은 의도를 가지고 말했다. "지금 어디 계시지요?"

"시골로 떠났어요." 키티가 얼굴을 붉히며 말했다.

"내가 안부 인사 전한다고 말해줘요. 꼭이요."

"꼭 전할게요." 안나를 동정의 눈길로 바라보면서 키티가 고지식하게 말했다.

"그럼, 올케언니, 안녕!" 안나는 돌리와 입을 맞추고 키티와 악수한 뒤 허겁지겁 밖으로 나갔다.

# 제13장

마차에 오른 안나는 집을 나섰을 때보다 더 기분이 나빠졌다. 키티를 만나면서 또렷이 느낀 굴욕감과 소외감이 이전의 고통에 덧붙여진 것이다.

집으로 가는 마차 안에서 그녀는 생각했다.

'돌리에게 속마음을 털어놓지 않길 잘했어. 내 불행에 대해 속으로 무척 기뻐했을걸. 겉으로야 안 그런 척하겠지만 자기가 그토록 부러워하던 나의 행복 때문에 내가 벌을 받았다고 생각하며 기뻐할 거야. 키티는 두말 할 필요도 없고. 내가 자기 남편에게 그토록 사랑스럽게 보였으니. 게다가 나를 부도덕한 여자로 생각하잖아. 하지만 내가 정말 그런 여자라면 그 남자가 나를 사랑하게 만들었을걸. 그래, 우리는 모두 서로서로를 미워해. 저기 저 교회들? 저 종소리는 또 뭐야? 우리 모두 서로를 미워한다는 것을 감추기 위해 존재하는 거 아냐?'

안나가 그런 생각에 몰두해 있는 사이 마차가 집에 도착했다. 그녀는 마중 나온 수위를 보고서야 편지와 전보를 보낸 것이 생각났다.

"답장이 왔어?"

문지기는 안나에게 전보 봉투를 내밀었다. 그녀가 뜯어보니 '10시 전까지는 갈 수 없소. 브론스키'라는 간단한 내용이었다.

"시골로 심부름 갔던 사람은 아직 돌아오지 않았겠지?"

"네, 아직 돌아오지 않았습니다."

'그렇군. 그렇다면 내가 할 수 있는 일은 뻔해.'

그녀는 이루 형언할 수 없는 분노와 복수심이 치솟는 것을 느끼며 계단을 뛰어 올라갔다.

'내가 직접 그에게 가겠어. 영원히 그의 곁을 떠나기 전에 모든 것을 다 말할 거야. 그 누구도 그 사람처럼 미워해본 적이 없다고!'

그녀는 브론스키가 보낸 전보가 자기가 보낸 전보에 대한 답일 뿐 아직 그녀의 편지는 읽어보지 않았다는 생각은 하지도 못했다. 그녀의 상상 속에서는 그가 그의 어머니와 소로키나 공작영애와 정답게 이야기하는 모습만이 떠올랐을 뿐이었고 그만큼 더욱 고통스러웠다.

안나는 신문에서 열차 시간표를 찾아보았다. 저녁 8시 2분에 출발하는 열차가 있었다. 그녀는 마차를 대기하라 이르고 며칠간 필요할 물건들을 가방에 챙겼다. 그녀는 자신이 다시는 돌아오지 않으리라는 것을 알고 있었다.

식탁에는 식사가 차려져 있었다. 빵과 치즈 냄새가 모두 역겨워서 그녀는 한 조각도 입에 넣지 않은 채 밖으로 나왔다. 짐을 들고 그녀를 배웅하는 하녀 안누시카, 그 짐을 마차에 싣는 표트르, 뭔가 불만스러운 표정의 마부 등, 모두가 역겹기만 했다.

그녀는 동행하려는 표트르에게 말했다.

"자네는 필요 없어, 표트르."

"열차표는 어떻게 하시려고요?"

"그렇다면 자네 마음대로 해. 아무래도 상관없어." 그녀가 짜증을 내며 말했다.

마차가 덜컹거리며 자갈길을 달리기 시작하자 안나는 다시 생각에 잠겼다. 그녀는 생전 처음으로 브론스키와 자신의 관계를 선명한 빛으로 새롭게 보기 시작했다.

'그가 내게서 무엇을 찾으려던 걸까? 사랑이라기보다는 허영심을 충족시키려 했던 거야. 승리에 대한 자만심으로 행복했던 거야. 나를 손에 넣은 게 자랑스러웠던 거야. 하지만 이제 다 끝난 거야. 이제는 내가 자랑스러운 게 아니라 창피할 뿐이지. 내게서 모든 것을 다 얻어냈으니 이제 내가 필요하지 않은 거야. 내가 그를 떠나면 그는 한결 홀가분할 거야.'

그것은 단순히 그녀의 추측이 아니었다. 그녀에게 삶과 인간관계의 의미를 보여주는 강렬한 빛이 비쳐 그 모든 것을 똑바로 볼 수 있게 된 것이다. 그녀는 계속 생각했다.

'내 사랑은 점점 더 정열적이고 이기적이 되었어. 그런데 그의 사랑은 점점 더 미지근해지면서 사이가 벌어지게 된 거야. 어쩔 수 없어. 그는 나의 모든 것이고 나는 그가 내게 모든 것을 다 주기를 점점 더 요구하지. 하지만 그는 점점 더 내게서 멀어지기를 원해. 그는 내가 질투심이 많다고 말하고 나도 그렇게 말했지. 하지만 사실이 아니야. 나는 질투한 게 아니야. 나는 불만족스러웠던 거야. 내가 그에게 매달리지 않았다면? 그렇다면 달라졌겠지. 하지만 나는 그럴 수 없고 그러고 싶지도 않아. 바로 그 때문에 그가 나를 혐오하고 나는 그를 미워하게 되었지만 어쩔 수 없어. 그가 나를 속이지 않는다는 것, 그가 소로키나에게 마음이 없다는 것, 그가 키티를 사랑하지 않는다는 것을 내가 모를 줄 알아? 난 그걸 다 알아. 하지만 그렇다고 나아지는 건 아무것도 없어. 중요한 건 나를 향한 그의 사랑이야. 그런데 그건 불가능해. 그가 나를 사랑하지도 않으면서 단지 의무감 때문에 내게 친절하고 상냥하다면 그건 나를 미워하는 것보다 천 배는 더 나빠!

만일 내가 이혼하고 그 사람의 아내가 된다고 쳐. 그렇게 되면 키티가 지금과는 다른 눈으로 나를 쳐다볼까? 세료자가 아빠가 둘인 걸 궁금해하면서 묻지 않게 될까? 그리고 브론스키와 나 사이에 무슨 새로운 감정이 생길까? 행복은 그만두고라도 고통이 아닌 그 어떤 게 가능할까? 아니야. 어차피 우리 인생은 갈라졌고 그걸 고치는 건 불가능해.

세료자? 나는 그 애를 사랑한다고 생각했지. 그리고 그 애를 향한 내 사랑을 확인하고는 혼자 감동하곤 했지. 하지만 나는 그 애 없이 살아왔어. 다른 사랑을 위해 그 애를 포기했어. 그리고 그 사랑이 충족되는 한 하나도 아쉬워하지 않았어.'

그녀는 갑자기 그런 '사랑'이 무슨 의미인지를 생각하고 혐오감을 느꼈다. 그녀는 자신과 다른 사람들의 삶이 너무나 명료하게 밝혀지는 것을 보고 환희를 느낄 정도였다.

"오비랄로브카까지 표를 끊을까요?" 마차가 역에 다다르자 표트르가 물었다. 그녀는 자신이 왜, 어디로 가는지 완전히 잊고 있었기에 한참이 지나서야 그 말뜻을 이해할 수 있었다.

"그렇게 해."

그녀는 표트르에게 돈 가방을 건네고 마차 밖으로 내려섰다.

## 제14장

표를 끊어온 표트르가 열차까지 그녀를 배웅했다. 안나는 칸막이 객실 좌석에 앉았고 차장이 문을 닫았다.

그녀가 창문가에 앉아 바깥을 쳐다보았을 때 모자 아래로 엉킨 머리카락이 삐져나온 더럽고 추한 남자 한 명이 열차 바퀴 쪽으로 허리를 굽힌 채 창문 옆을 지나갔다.

'저 추한 남자가 왜 낯이 익을까?'라고 안나는 생각했다. 그때 갑자기 그녀가 꾸었던 꿈이 생각났다. 그녀는 겁에 질려 얼른 자리에서 일어나 문 쪽으로 갔다. 차장이 문을 열고 한 쌍의 부부를 안으로 들여보내고 있었다.

"나가시려고요?"

차장의 물음에 안나는 대답하지 않은 채 자리에 앉았다. 차장과 부부는 베일 아래 그녀의 얼굴이 공포에 질려 있는 것을 알아차리지 못했다. 부부는 그녀 맞은편에 앉았다. 한눈에 보기에도 추했다. 남편이 안나에게 담배를 피워도 되겠느냐고 물었다. 담배를 피우고 싶어서라기보다는 그녀와 이야기라도 나누어보고 싶어서 한 말이 분명했다. 이어서 그는 아내에게 아무 의미도 없는 실없는 말을 늘어놓았다. 분명 안나에게 들으라는 뜻에서 지껄이는 소리였다. 안나는 그들 부부가 서로에게 얼마나 싫증을 내고 있는지, 서로 얼마나 미워하는지 알 수 있었다. 그처럼 괴물 같은 사람들끼리 서로 미워하지 않는다면 오히려 이상할 지경이었다.

기차가 움직이기 시작했다. 부부의 대화 끝에 여자가 하는 말이 안나의 귀에 들려왔다.

"인간에게 이성이 주어진 건 고통에서 벗어나기 위해서예요."

마치 안나의 생각에 답을 준 것 같았다. 안나는 생각했다.

'고통에서 벗어난다? 그래, 벗어나야해. 더 이상 볼 것도 없는데, 보는 것조차 역겨운데 왜 불을 끄지 않는단 말인가? 하지만 어떻게?'

기차가 역에 도착하자 안나는 다른 승객들과 함께 밖으로 나갔다. 하지만 그녀는 마치 나병환자들을 피하듯 그들과 거리를 두었다. 모든 사람들이 추하기만 했고 역겹기만 했다.

그녀는 짐꾼 하나를 불러 세우고 혹시 편지를 갖고 브론스키 백작을 찾아가는 마부를 못 보았느냐고 물었다.

"브론스키 백작님이요! 방금 전에 그 댁에서 온 사람이 여기 왔었습니다. 소로킨 공작 부인과 그 따님을 마중 나왔다더군요. 그 마부가 어떻게 생겼나요?"

그녀가 짐꾼과 이야기를 하고 있을 때 그녀가 심부름을 보낸 마부가 임무를 무사히 마쳤다는 듯 의기양양한 표정으로 그녀에게 다가와 봉투를 건넸다. 그녀는 봉투를 황급히 열었다. 읽기도 전에 가슴이 죄어왔다.

'모스크바에서 당신 쪽지를 받지 못해 유감이오. 10시까지 돌아가리다. 브론스키'라는 간단한 내용이었으며 아무렇게나 휘갈긴 필체였다.

'그렇군. 내가 예상했던 대로야.'

그녀는 음울한 미소를 지으며 생각했다.

"자네는 이제 돌아가도 돼." 그녀가 마부에게 말했다.

'난 당신이 나를 괴롭히도록 내버려두지 않을 거야'라고 생각하며 그녀는 무턱대고 발걸음을 옮겼다.

그녀는 역사를 뒤로 하고 열차 승강장 쪽으로 걸어가고 있었다. 승강장 끝에서 부인과 아이들이 안경 쓴 남자와 큰소리로 웃으며 이야기를 하고 있었다. 부인과 자식들이 아버지를 마중 나온 게 분명했다. 그들은 그녀가 그들 곁으로 가자 입을 다물고 곁눈질을 했다. 그녀는 그들 곁을 떠나 빠른 걸음으로 승강장 끝으로 갔다. 화물 열차가 레일을 따라 들어오고 있었고 승강장이 진동했다. 그녀는 마치 자신이 다시 열차에 타고 있는 듯 느꼈다.

그때 갑자기 그녀가 브론스키를 처음 만났던 날 기차에 깔려 죽은 사람이 생각났고, 그녀는 자신이 어떻게 해야 하는지를 깨달았다. 그녀는 가볍고 빠른 걸음으로 선로로 내려서서 철길 앞에 섰다. 화물 열차가 천천히 그녀 앞에서 굴러가고 있었다.

그녀는 열차 아래쪽과 바퀴 축과 굴대들을 바라보았다. 그리고 앞바퀴와 뒷바퀴의 가운데쯤을 눈으로 가늠해보았다.

'그래, 바로 저기야. 저 한가운데야. 그러면 그를 벌주는 거고, 나는 모든 것으로부터, 나로부터 벗어나는 거야.'

그녀는 첫 번째 열차의 중간이 자기 가까이 왔을 때 몸을 던지려했다. 하지만 손에 들고 있던 붉은 가방을 떼어내려다 기회를 놓치고 말았다. 화물 열차 첫 째 칸이 지나가버렸고 다음 칸을 기다려야 했다. 마치 수영하기 위해 물에 뛰어들 준비를 하는 것 같은 기분을 느끼면서 그녀는 성호를 그었다. 일상적으로 늘 하던 그 몸짓에 유년기와 처녀 때 기억이 연이어 그녀의 마음속에 떠올랐고 그녀를 덮고 있던 어둠이 일시에 찢겨나갔다. 일순간에 과거의 삶들이 그 해맑고 즐거운 모습으로 그녀 앞에 펼쳐진 것이다.

하지만 그녀는 열차의 두 번째 칸에서 결코 눈을 떼지 않고 있었다. 앞바퀴와 뒷바퀴의 중간지점이 바로 그녀 앞에 왔을 때 그녀는 재빨리 빨간 가방을 던져버리고 머리를 어깨 사이로 밀어 넣은 채 바퀴 사이로 뛰어들었다. 그러고는 아주 가벼운 동작으로 마치 일어서려는 것처럼 무릎을 꿇고 앉았다. 그녀는 자신이 한 짓에 공포를 느끼며 생각했다.

'나는 어디 있는 거지? 내가 뭘 한 거지? 왜?'

그녀는 일어나서 벗어나고 싶었다. 하지만 거대한 그 무엇이 그녀의 머리를 때렸고 그녀를 끌고 갔다.

'주여, 저의 모든 것을 용서해주소서!'

그녀는 저항이 불가능함을 느끼며 기도했다.

농부 한 명이 뭔가 중얼거리며 철로 위에서 일을 하고 있었다. 그리고 그녀가 그 희미한 빛에 그토록 수많은 비참과 사기,

고통과 악으로 가득 찬 책을 읽던 바로 그 불빛이 그 어느 때보다 밝게 타올라, 전에는 어둠에 불과했던 것들을 환히 비추어주었다. 이어서 그 불빛이 서서히 약해지더니 영원히 꺼지고 말았다.

# 에필로그

## 제1장

거의 두 달이 지나 푹푹 찌는 한여름이 되었다. 그사이 레빈의 형 코즈니셰프는 지난 육 년간의 집필의 결실인 『유럽과 러시아의 정부 형태와 원칙들에 대한 조사 연구』라는 책을 출간했다. 코즈니셰프는 책이 나오면 혁명까지는 아니더라도 사회에 어느 정도 큰 반향을 불러일으키리라고 믿고 있었다.

하지만 한 달, 두 달이 가도 아무 반응이 없었다. 단지 〈북방의 딱정벌레〉라는 가벼운 문예지에서 그 내용을 폄하하는 짧은 글이 실렸을 뿐이었다. 마침내 석 달째가 되었을 때 그 책에 관한 본격 비평문이 어느 잡지에 실렸다. 하지만 필자는 교묘하게 책의 문장들을 악의적으로 인용하면서 그 책을 아예 읽을 수도, 이해할 수도 없는 책으로 만들어버렸다. 도대체 왜 그런

글을 썼는지 의아해하던 코즈니셰프는 언젠가 그 젊은이를 만났을 때 그의 무식함이 그대로 드러나 있는 그의 글에 대해 단어를 고쳐주고 다듬어준 적이 있음을 생각해냈다. 자신은 도움을 준다고 생각하고 한 일에 대해 모욕감을 느끼고 앙심을 품었던 모양이었다. 코즈니셰프는 그 이후로 이른바 평론이라는 것이 어떤 의미를 갖는지 알게 되었다. 여러 가지로 실망한 코즈니셰프는 동생 레빈의 집에 가서 한 2주일 정도 쉬겠다고 마음먹고 길을 떠났다.

코즈니셰프가 기차를 타려고 쿠르스크 역에 도착했을 때, 역은 의용군들로 붐비고 있었다. 터키와 세르비아 간에 전쟁 중이었고 세르비아를 지원하려고 자원한 사람들이었다. 코즈니셰프는 역에서 오블론스키와 브론스키의 어머니를 만났다. 오블론스키는 그토록 원하던 위원회 위원 자리를 얻었다. 오블론스키는 코즈니셰프에게 시골에 도착하면 아내에게 안부를 전해달라고 말했다. 아내 돌리가 제부 레빈의 집에 머물러 있었던 것이다.

공작 부인은 의용군으로 전쟁터로 떠나는 아들 브론스키를 배웅하기 위해 이곳 쿠르스크 역까지 함께 왔다고 했다. 브론스키는 제 한 몸 뿐 아니라, 자기 비용으로 일개 중대 병력을 함께 이끌고 자원했다. 코즈니셰프는 공작 부인의 입을 통해 브론스키의 근황을 들을 수 있었다.

"글쎄, 그 애는 한 달 반 동안 아무도 만나지 않고, 음식도 내가 억지로 권해야 조금 입에 넣었을 뿐이에요. 한순간도 그 애를 혼자 둘 수 없었답니다. 혹시 자살을 할까봐 걱정이 돼서요. 벌써 한 번 자살을 시도한 적이 있었거든요. 아, 그 여자가 그런 끔찍한 짓을 저지른 날, 우리 애는 그 소식을 듣고 정말 정신이 나갔답니다. 보기에도 무서울 정도였어요. 그 애는 한달음에 역으로 달려갔어요. 나중에 초주검이 된 그 애를 사람들이 데리고 왔어요. 의사는 '완전한 탈진 상태'라고 말하더군요. 그 애는 그 뒤 거의 광란 상태에 빠졌었어요. 도대체 그 놈의 정념이 뭔지! 그 여자는 자기 자신뿐 아니라 두 명의 훌륭한 사람, 그러니까 자기 남편과 우리 아들을 파멸시켰잖아요."

"그 여자의 남편은 어떻게 됐습니까?"

"그 사람이 그 여자의 딸을 맡아서 키우고 있어요. 우리 아들이 처음에는 동의했지만 나중에는 괴로워했어요. 자기 딸을 남에게 키우게 하는 거라면서요."

코즈니셰프는 말이 나온 김에 요즘은 브론스키가 좀 나아졌냐고 물었다. 그러자 공작 부인이 말했다.

"하느님이 도우셨어요. 세르비아가 터키와 치르는 전쟁을 말하는 거예요. 난 늙어서 뭐가 옳고 그른지는 잘 모르지만 이 전쟁은 우리 아들에게는 분명 하느님의 섭리예요. 부탁인데 아들을 만나서 이야기를 좀 나눠주실 수 있겠어요? 당신이 이야기를 잘 해주면 그 애가 좀 위안이 될 거예요."

코즈니셰프는 그러기로 약속하고 공작 부인과 헤어져 열차에 올랐다.

브론스키는 기차가 어느 도시 역에서 멈춰 서 있는 사이 승강장에서 마치 우리에 갇힌 짐승처럼 서성이고 있었다. 코즈니셰프가 그의 곁으로 다가갔다. 둘은 승강장을 거닐며 이야기를 나누었다.

"당신이 의용군으로 가려고 결정했다는 말을 듣고 무척 기뻤습니다. 당신 같은 분이 사원하면 사원자에 대한 여론도 아주 좋아질 것입니다."

"한 남자로서 내가 쓸모가 있다면, 내게 삶이 아무런 가치가 없기 때문입니다. 그리고 적을 물리치건 내가 쓰러지건 적진에 뛰어들 힘이 충분하기도 합니다. 내 목숨을 그 무언가를 위해

바칠 수 있다니 정말 잘 됐습니다. 쓸모없을 뿐 아니라 혐오스럽기만 한 내 목숨을 말입니다."

"당신은 분명 회복될 것입니다. 형제들을 압제에서 구출해내는 일은 목숨을 걸만한 가치가 있는 일입니다. 하느님께서 당신에게 마음의 평화를 주시길."

코즈니셰프가 그에게 손을 내밀었다. 그러자 브론스키가 그의 손을 꽉 잡으며 말했다.

"저는 무기로서는 아직 쓸모가 있을지 모르겠습니다. 하지만 인간으로서는 이미 다 끝난 몸입니다."

승차 벨이 울렸고 두 사람은 다시 열차에 올라 각자의 객실로 돌아갔다.

## 제2장

코즈니셰프가 레빈의 집에 가서 그의 가족들을 만나보니 키티는 밝고 건강했으며 아기도 아주 건강하게 자라고 있었다. 레빈도 겉보기에는 성실하게 가장으로서의, 농장 주인으로서의 역할을 성실히 수행하고 있었으며 행복해 보였다.

하지만 레빈을 괴롭히는 중대한 문제가 한 가지 있었다. 바로 삶과 죽음의 문제였다. 그는 무신론자였다. 키티는, 그렇게 자기 자신보다 남들을 먼저 생각하고 배려하는 이타(利他)적인 사람이 어떻게 무신론자일 수 있는지 늘 궁금해하곤 했다. 그런 무신론자인 그가 실은 삶과 죽음의 문제에 대해 심각한 질문을 던지고 있었던 것이다.

사랑하는 형의 죽음을 가까이 지켜보면서 레빈은 처음으로,

스무 살부터 서른넷이 된 지금까지 그를 사로잡고 있던 이른바 새로운 신념으로, 삶과 죽음의 문제를 들여다보았다. 그러자 그는 갑자기 죽음 못지않게 삶이 두려워졌다. 도대체 삶이 어디로부터 오는 것인지, 삶의 목적이 무엇인지, 아니, 삶 자체가 대체 무엇인지 그가 아는 것은 아무것도 없었던 것이다.

그동안 그에게 유년기의 믿음을 대신하고 있던 것은 유기체, 유기체의 파괴, 물질의 영속성, 에너지 보존의 법칙, 발전 같은 단어들이었다. 그런 단어들과 관념들은 지적(知的)인 목적을 이루기 위해서는 훌륭했지만 '삶' 자체에는 아무런 소용이 없었다. 그가 지니고 있던 신념을 통해 삶과 죽음을 바라보면서 그는 자신이 완벽하게 무지하다는 것을 알고 두려움을 느꼈다. 그는 마치 자신이 따뜻한 옷을 벗고 얇은 모슬린 옷을 입은 채 생전 처음으로 영하의 날씨와 마주한 사람이라고 생각했다. 그는 자신이 헐벗고 있으며 비참하게 죽어가리라는 것을 이성이 아니라 자신의 존재 전체로 느꼈다.

겉으로는 전과 다름없는 삶을 영위하고 있었지만, 레빈은 이 무지에 대한 공포심에서 단 한 시도 벗어난 적이 없었다. 그 외에 그는 그가 이른바 신념이라고 부른 것들이 단순한 무지일 뿐 아니라 진정으로 자신에게 필요한 인식을 얻는 것을 불가능하게 만드는 일종의 '사고의 방향'이라는 것을 어렴풋이 짐작하고 있었다.

결혼 초기에는 새로운 기쁨과 의무들에 사로잡혀서 그런 생각을 할 겨를이 없었다. 하지만 아내의 출산 후 모스크바에서 아무 할 일 없이 무료하게 지내는 동안 그 문제가 점점 더 자주, 더 끈질기게 레빈을 괴롭혔으며 집요하게 해답을 요구했다.

그가 스스로에게 던지고 있던 질문은 다음 한 가지로 간단하게 요약될 수 있었다.

'만일 삶의 문제에 대해 기독교 신앙이 우리에게 주는 답을 내가 받아들일 수 없다면 나는 그 대신 어떤 답을 받아들여야 하는가?'

그것은 마치 장난감 가게나 공구 가게에 가서 음식을 찾는 것과 같았다.

레빈은 자기가 읽는 책에서, 사람들과의 대화에서 자기가 던지고 있는 질문의 답을 찾으려 애썼다. 하지만 레빈은 놀랐다. 자신처럼, 이전에 갖고 있던 믿음을 지식에 대한 신념으로 대체한 많은 사람들이 아무런 고민도 없이 태연하게 만족하고 있었던 것이다. 그러자 또 다른 질문들이 머릿속에 떠올라 레빈을 괴롭혔다.

'이 사람들이 혹 태연한 척하고 있는 건 아닐까? 그것이 아니라면 내가 고민하고 있는 문제에 대해 과학이 던져주고 있는 답들을 나와는 다른 방식으로 보다 명료하게 이해하고 있는 것은 아닐까?'

그런데 아내의 출산 때 자신이 보기에도 너무 이상한 일이 그에게 벌어졌다. 신자가 아닌 그가 기도를 한 것이며, 기도를 하는 동안은 믿음을 지닌 신자가 된 것이다. 하지만 그 순간은 지나갔고, 그 순간의 마음 상태를 삶 속에서 다시 느낄 수 없었다.

레빈은 그 순간 진리를 알았던 것이며, 지금은 잘못 알고 있다고 인정할 수 없었다. 조용히 그 진리에 대해 생각을 하려할 때마다 그것이 산산조각 나버렸던 것이다. 하지만 그렇다고 그때 자신이 실수한 것이라고, 당시 진리라고 느낀 것이 거짓이라고 인정할 수도 없었다. 그러기에는 당시의 자신의 정신상태가 너무나 소중했다. 그때 자신이 나약해졌기에 그렇게 된 것이라고 인정하는 것은 바로 그 소중한 순간을 더럽히는 짓이었다. 그는 그렇게 자기 자신과 고통스러운 불화를 겪고 있었으며 그 상태에서 빠져나오려고 온 정신의 힘을 다 기울였다.

그는 계속 읽고 계속 생각했다. 하지만 책을 읽으면 읽을수록, 생각을 하면 할수록 자신이 찾고자 하는 답으로부터 점점 더 멀어지는 것 같았다. 그는 유물론에는 답이 없다고 생각하고 플라톤, 스피노자, 칸트, 셸링, 헤겔, 쇼펜하우어 등의 철학자들의 책을 읽었다. 그들의 철학은 유물론을 반박하는 논거를 이끌어내는 데는 아주 유익했다. 그가 영혼, 의지, 자유, 본질 등에 관한 명료한 정의들을 뒤따라 가다보면 그는 그 단어들의 올가미에 빠져 그 무언가 이해되는 것 같았다.

하지만 사고에 대한, 삶에 대한 인위적인 논리 자체를 잊어버리고, 그 사고의 흐름을 따라가면서 자신이 무슨 만족감을 느꼈는지 자문해보는 순간, 그 인위적인 구조물들은 마치 카드로 만든 성처럼 일시에 무너져 내렸다. 그리고 그 모든 것들이 우리의 삶에서 이성보다 더 중요한 그 무엇과는 아무 상관이 없는 단어들의 조합으로만 여겨졌다.

그는 형 코즈니셰프의 권고로 신학 책들도 읽었다. 그는 처음에는 교회가 온전히 사랑으로 결합되어 있다는 내용을 읽고 놀랐으며 매료되기도 했다. 하지만 가톨릭 교회사를 쓴 사람과 정교회 신자가 쓴 책을 읽고 그 믿음은 허망하게 무너져 내렸다. 둘 다 자신의 입장이 완전무결하다고 주장하면서 상대방을 공격하고 있었던 것이다.

그는 자신이 누구인지, 왜 여기 존재하는지 알 수 없다면 살아갈 필요도 없다고 생각했고, 그것을 알 도리가 없는 이상 살아갈 수 없다고 생각하기도 했다. 그리고 혹시 죽음에 그 답이 있는 것이 아닐까 생각하기도 했다. 삶이, 이 세상이, 무의미한 거짓과 악으로 이루어져 있다면, 그 악을 피하고 악에 의존하지 않는 유일한 방법은 바로 죽음이었다.

아내로부터 사랑받고 있는 남편이며, 행복한 아버지이고, 더 없이 건강한 남자인 레빈이 몇 차례 자살의 문턱에서 서성거렸다. 그는 스스로 목을 맬까봐 두려워서 밧줄을 감추었으며 권총으로 자살할 것이 두려워서 총을 지니지 않고 다녔다.

하지만 레빈은 자살하지 않은 채 삶을 지속해나갔다. 형 코즈니셰프가 이곳에 도착했을 때는 레빈의 그 번민이 절정에 달해 있을 때였다.

## 제3장

1년 중 가장 바쁠 때였다. 이 두세 주 동안 남녀노소를 불문하고 거의 모든 사람이 하루 2~3시간밖에 잠을 자지 못한 채 밀과 귀리 추수, 목초지 정리, 쉬었던 땅 갈아엎기, 타작, 겨울 작물 심기 등의 일에 밤낮으로 매달렸다. 러시아 전역에서 벌어지는 일이었으며 레빈의 농장도 예외가 아니었다.

농번기에 농민들 전체에 퍼져 있는 흥분은 당연히 레빈에게도 전해졌다. 그는 하루 종일 이리저리 뛰어다니며 관리인, 농부들과 이야기를 나누었고, 집에 와서는 돌리를 비롯해 돌리의 아이들, 장인과 이야기를 나누었다. 하지만 그렇게 바쁜 와중에도 이 모든 일이 '도대체 나는 누구인가? 나는 지금 어디에 있는가? 내가 지금 왜 여기 있는가?'라는 자신의 절실한 질문을 떨쳐버릴 수는 없었다. 그리고 그들 사이에 무슨 연관이 있는지 곰곰이 생각했다. '죽으면 모든 것이 끝일 텐데 왜 저렇게들 열심히 일을 하는 것일까? 왜 저렇게 열심히 사는 걸까?'라는 질문을 수도 없이 던졌다.

농부들과 식사 시간이 될 때까지 함께 일을 한 레빈은 잠시 짬을 내어, 여인숙 주인 키릴로프에게 임대해준 땅에 대해 일꾼 표트르와 이야기를 나누었다.

레빈이 표트르에게 물었다.

"플라톤이 내년에 그 땅을 임대할까?"

"그에게는 임대료가 비싸요. 플라톤이 수지를 맞추기 어려울 겁니다."

"하지만 키릴로프는 그 땅에서 수입을 내잖아."

"나리, 그 사람이 어떻게 수지를 못 맞출 수 있겠습니까? 일꾼들을 쥐어짜는데요. 그러곤 자기 몫을 어김없이 챙기는데요. 그 사람은 기독교인들을 동정하지도 않아요. 하지만 포카니치 영감(표트르는 플라톤을 그런 식으로 높여 불렀다)은 절대로 그렇지 않아요. 그 영감이 일꾼들 가죽을 벗겨요? 돈을 빌려주고 그 빚을 탕감해주기도 하는데요."

"아니, 왜 빚을 탕감해주는 거지?"

"나리, 세상에는 서로 다른 사람들이 있어요. 키릴로프처럼 오로지 자신의 배만 불리기 위해 사는 사람이 있지요. 하지만 포카치니 영감은 올바른 분이지요. 그 양반은 영혼을 위해 살아요. 그분은 하느님을 잊지 않고 있지요."

"하느님을 잊지 않는다니! 자신의 영혼을 위해 산다니!"

레빈이 거의 외치다시피 했다.

"그거야 진리에 따르고, 하느님의 뜻에 따르는 거지요. 사람들은 다 제각각이에요. 아, 나리만 해도 그 누구에게든 좋게 해 주려고 하시잖아요."

"그래, 그래, 잘 가게."

레빈은 그 말을 한 뒤 지팡이를 들고 집으로 향했다. 흥분해서 숨이 막힐 지경이었다.

플라톤이 자신의 영혼을 위해서, 진리에 따라, 하느님의 뜻에 따라 산다는 표트르의 말을 듣는 순간 뭐라고 정의내릴 수는 없지만 너무 중요한 생각들이 레빈의 영혼 속에 갇혀 있다가 갑자기 터져 나온 것 같았다. 그 생각들은 단 하나의 목적을 향하고 있었으며 그의 정신 속에서 휘몰아쳤고, 그 광휘에 눈이 부실 지경이었다.

레빈은 이전에 한 번도 경험해보지 못한 새로운 영혼의 상태에서 성큼성큼 발걸음을 옮겼다. 농부의 말들이 그에게 마치 섬광과도 같은 효과를 냈으며 그동안 한시도 그를 떠나지 않던 단편적이고 흩어져 있던 생각들을 단 하나의 '전체'로 묶어주었다.

'자신을 위해 살지 말고 하느님을 위해 산다? 우리가 정의 내릴 수 없는 하느님을 위해 산다? 도대체 그런 터무니없는 말이 어디 있는가? 얼마나 어리석고 불명확하며 명료하지 않은 말인가? 하지만 나는 그를 이해했고, 그 말의 뜻을 그와 똑같이 이해했다. 나는 내가 살아오면서 이해했던 그 무엇보다 완전히, 확실하게 이해했다. 나는 살아오면서 그것을 의심한 적이 없는 것이며, 또한 의심할 수도 없었던 것이다. 그리고 나뿐 아니라 모든 사람이, 이 세상 전부가, 이것 외에는 그 어느 것도 완전히 이해할 수 없으며 이것 외에는 의심 없이 전적으로 동의할 수 없다. 몇백 년 전에 살았던, 지금도 살아가고 있는 수많은 사람들, 농부들, 마음이 가난한 사람들, 이 문제로 고민한 현자들이 모두 똑같이 이 '분명하지 않은 말'을 했다. 우리는 모두 우리가 무엇을 위해 살아야 하고 무엇이 좋은가에 대해 의견이 일치하는 것이다. 나는 그들과 함께 굳건한 '앎'을 공유하게 된 것이다. 그리고 그 '앎'은 이성으로 설명할 수 없다. 그 '앎'은 이성을 초월하며 거기에는 그 어떤 인과(因果)도 개입될 수 없다. 만약 선(善)에 원인이 있다면 그건 이미 선이 아니다. 선의 결과 그 어떤 보상을 받게 된다면 그 역시 선이 아니다.'

레빈에게 일어난 이 기적은 현자건 바보건, 아이건 노인이건, 농부건 지주건, 무식한 사람이건 지식인이건, 거지건 황제건 그 누구에게나 일어날 수 있다. 레빈은 그것을 깨달았다. 그는 집으로 돌아가는 도중 풀밭에 누워 하늘을 바라보았다. 그의 귀에 신비스런 목소리가 들리는 것 같았다.

'이런 것이 정녕 신앙일까?'

레빈은 자신에게 이런 행복이 왔음을 믿는 게 두려울 정도였다.

"오, 하느님, 감사합니다!"

레빈은 터져 나오는 울음을 삼키며, 눈에 가득한 눈물을 두 손으로 닦으며, 기쁨에 젖어 외쳤다.

# 제4장

이제부터 레빈은 그 누구와 대화를 하건, 그 어떤 생각에 잠기건, 그 논리와 사고의 고리 전체를 따라가지 않았다. 그럴 필요가 없었다. 그는 그 사고들과 연결된 감정들로 단번에 물러설 수 있게 되었으며 그의 영혼 속의 그 감정이 전보다 더욱 강해지고 단단해지는 것을 알 수 있었다. 이전처럼 자신을 안심시키는 논리를 찾기 위해 애쓸 필요도 없었고 감정을 찾기 위해 모든 사고의 고리들을 되살려볼 필요도 없었다. 반대로, 이제는 기쁨과 평온함이 전보다 더 생생해졌고, 사고는 그 감정을 따라잡을 수 없었다.

이제 레빈은 전과 달리 아들을 사랑할 수 있게 되었다. 그리고 키티가 아이를 목욕시킬 때 옆에서 즐거운 마음으로 도와주었다. 그러자 키티가 그에게 말했다.

"당신이 이제 아이를 사랑하게 되어서 기뻐요. 당신이 그랬잖아요. 아이를 보고도 아무런 느낌이 들지 않는다고."

"아니, 내가 정말 그렇게 말했소? 정말 아무런 느낌도 들지 않는다고? 실은 그저 실망했다는 뜻이었는데."

"네? 아이에게 실망했다니요?"

"아이에게 실망한 게 아니오. 나 자신의 감정에 실망했다는 뜻이오. 나는 더 큰 걸 기대했던 거지. 나는 놀라울 정도로 새로운 환희가 내 안에서 밀려올 줄 알았소. 그런데 혐오감과 연민이……. 하지만 그건 기쁨이 아니라 두려움, 연민을 통해서였다오. 폭풍우 속에서 두려움을 겪은 뒤에 오늘 나는 내가 이 아이를 얼마나 사랑하고 있는지 이해하게 된 거라오."

아이 방에서 나온 레빈은 테라스에 멈춰 서서 하늘을 바라보았다. 날은 완전히 어두워져 있었고 멀리서 번개가 번쩍였다. 번개가 칠 때마다 은하수와 별들이 자취를 감추었다. 하지만 번갯불이 사라지면 은하수와 별들은 여전히 같은 자리에서 빛나고 있었다. 레빈은 하늘을 바라보며 나무에서 떨어지는 물방울 소리에 귀를 기울이고 있었다. 그때 가까운 곳에서 키티의 목소리가 들렸다.

"당신 아직 당신 방으로 안 들어갔어요? 뭐, 걱정되는 일이라도 있어요?"

순간 다시 번개가 번쩍였고 키티는 평온하고 행복에 젖은 레빈의 모습을 볼 수 있었으며 레빈은 자신을 향해 미소 짓고 있는 아내의 얼굴을 볼 수 있었다.

'그래, 아내는 나를 이해하고 있어. 내가 무슨 생각을 하는지 알고 있어. 그녀에게 말해야 할까? 그래, 말해야겠어.'

하지만 그는 곧 생각을 바꿨다.

'아니야, 말하지 않는 게 나아. 이건 나만의 비밀이야. 내게는 목숨처럼 중요한 비밀이고 그건 말로 표현할 수 없는 거야.'

그는 계속 생각했다.

'이 새로운 감정들은 내가 꿈꿔왔던 것처럼, 나를 바꾸지도 않았고 갑자기 나를 행복하게 하거나 나를 환하게 밝히지도 않았어. 그건 내 아이 앞에서 내가 느꼈던 감정과 마찬가지야. 그 둘 모두에 깜짝 놀랄만한 건 없어. 신앙이건 신앙이 아니건 난 그게 어떤 건지 잘 모르겠어. 이 감정이 나의 고뇌를 통해 나도 모르는 사이에 내게 찾아와 내 영혼 속에 굳게 뿌리를 박은 거야.

나는 여전히 마부 이반에게 화를 낼 것이고, 헛된 논쟁들을 벌이면서 내 의견을 분별없이 늘어놓을 거야. 내 영혼의 가장 숭고한 부분과 다른 사람들—심지어 아내까지 포함해서—사이에는 여전히 벽이 존재할 거야. 나는 공연히 두려워서 아내를 비난하고는 후회할 거야. 나는 이성적으로는 내가 왜 기도하는지 알지 못하면서도 계속 기도할 거야. 하지만 이제 내 삶, 내 삶 전체는 내게 어떤 일이 일어나건, 매 순간이 더 이상 이전처럼 무의미하지는 않을 거야. 내게는 이제 내 삶 속에 선(善)을 불어넣을 힘이 생겼고, 내 삶은 바로 그 선(善)이라는 너무나 분명한 의미를 띠게 될 거야.'

## 『안나 카레니나』를 찾아서

무인도에 갇히게 된다면 가져갈 세 권의 책은 무엇이냐고 묻는 『무인도의 이상적 도서관』이란 책이 있다. 오르한 파무크를 비롯한 최고 작가들이 『안나 카레니나』를 꼽았다. 소설가 김영하가 어느 텔레비전 프로그램에서 무인도에 딱 책 한 권을 들고 가게 된다면 어떤 책을 고르겠느냐는 물음에 톨스토이의 『안나 카레니나』를 꼽은 적도 있다. 우선 분량이 만만치 않으니 무인도에서 시간 보내는 데 제격이며 여러 번 반복해서 읽어도 재미가 있고 스토리도 단순하다는 것이 그 이유였다. 하지만 그는 자신이 이 책을 꼽은 진짜 이유는 그 섬세한 심리묘사에 있다고 말했다. 아마도 텔레비전 프로에서 『안나 카레니나』라는 작품이 지니고 있는 매력을 길게 설명하기 어려우니 '섬세한 심리묘사'라는 압축적인 표현을 사용했을 것이다. 실제로 『안나 카레니나』에 등장하는 수많은 인물들의 심리묘사에 초점을 맞추어 이 책을 읽고 나면 사람들 마음을 읽는 공력이 상당히 높아질 수 있다. 번지르르 겉에 덧대고 있는 위선을 읽어내게 될지도 모르고, 진짜 질투라는 게 저런 것이로구나, 감탄할 수도 있으며 사랑에 빠진 남녀의 심리에 공감하며 대리 연애를 경험할 수도 있다. 게다가 남자인 작가가 여자의 마음을 어떻게 그렇게 잘 읽어낼 수 있었는지!

그뿐이 아니다. 부부 간의 순결, 가족, 결혼에 대해, 인간의 정념과 육욕에 대해 많은 생각을 하며 이 책을 읽을 수도 있고 땅과 밀착된 시골에서의 삶과 도시의 삶을 대비시키며 읽을 수도 있으며 당대 러시아인들의 삶에 초점을 맞추어 읽을 수도 있다.

하지만 뭐니 뭐니 해도 여러분은 아마 여주인공 안나 카레니나의 사랑과 삶에 초점을 맞추어 이 책을 읽었을지 모른다. 실제로 이 소설을 바탕으로 제작된 영화는 모두, 이 책의 제목이기도 한 '안나 카레니나'의 사랑을 중심으로 이야기가 펼쳐진다. 그레타 가르보(1927, 1935), 비비안 리(1948), 소피 마르소(1997), 키이라 나이틀리(2012) 등 이 작품의 여주인공 역을 맡았던 배우들은 저마다 이 영화의 초점을 '안나 카레니나'에 맞추기 위해 선택된 배우들이다. 기회가 닿는다면 이 책을 읽은 후 영화들을 보면서, 과연 누가 이 책에 나오는 '안나 카레니나'에 가장 어울리는지 비교해보는 것도 재미가 있을 법하다. 또한 안나 카레니나의 '사랑만을 위한 사랑'을 아베 프레보의 『마농 레스코』에서의 '철부지 사랑', 괴테의 『젊은 베르테르의 슬픔』과 발작의 『골짜기의 백합』에서의 '순결하지만 비극적인 사랑', 라신의 『페드르』와 에밀리 브론테의 『폭풍의 언덕』에서와 같은 '미친 사랑', 제인 오스틴의 『오만과 편견』에서의 '건전하고 행복한 사랑', 스탕달의 『적과 흑』에서의 '계산된 사랑', 뒤마 피스의 『라 트라비아타』와 에밀 졸라의 『테레즈 라캥』에서의 '위험한 사랑' 등과 비교해보는 것도 재미를 더해줄 수 있다.

하지만 우리는 이 책을 조금 더 거창한 차원에서 살펴보기로 하자. 바로 '삶과 죽음'의 차원에서. 『안나 카레니나』는 연애 소설이기도 하지만 죽음에 관한 소설, 더 정확히 말한다면 죽음에 대한 성찰의 소설이기도 한 때문이다.

살아 있는 동물들은 본능적으로 죽음을 두려워한다. 인간도 동물이기에 예외가 아니다. 하지만 인간이 다른 동물과 다른 점이 딱 하나 있다. 동물들은 본능적으로 죽음을 두려워하지만, 정작 죽음이 코앞에 닥치면 아주 덤덤하게 그 죽음을 받아들인다. '동물의 왕국' 같은 다큐멘터리 프로를 보면 금세 확인할 수 있다. 하지만 인간은 죽음 앞에 안달을 한다. 아무리 장수(長壽)를 하더라도, 아무리 자연스러운 죽음을 맞이하게 되더라도 죽음 앞에서 초연한 사람은 아주 드물다. 그런 사람을 우리는 해탈했다고도 하고, 삶과 죽음을 초월했다고도 한다. 그렇게 보면 인간과 달리 여타 동물들은 자연스럽게 해탈의 경지에 도달해 있는 셈인지도 모른다.

인간이 죽음 앞에서 안달한다는 것을 조금 점잖게 표현하면 죽음을 의식한다는 뜻이다. 그런 의미에서 인간은 죽음을 의식하는 유일한 동물이다. 다른 동물은 죽음을 본능으로 맞이하지만 인간만이 그 죽음을 의식한다. 인간만이 죽음을 없애려고도 하고, 죽음을 길들이려고도 하고, 죽음을 영원한 안식으로 갈망하기도 하며 죽음 이후의 소생을 꿈꾸기도 한다. 또한 인간만이 죽음 이후의 세계를 그리기도 하고, 죽음이 아예 없는 세계를 꿈꾸기도 한다. 조금 점잖게 표현하면 인간만이 영원불멸의 세계를 꿈꾼다고 말할 수 있다.

그 꿈꾸는 방식이야 사람 따라, 문화 따라 다르겠지만 어쨌든 그 꿈이 바로 상상력의 원천이고 종교의 원천이다. 그렇다면 자기가 죽을지도 모른다는 생각마저 잊은 채 이 유한한 현실만이 전부라고 생각하면서, 혹은 이 현실이 영원할 것처럼 착각하면서 사는 것은 인간인 우리가 동물적인 삶을 살고 있는 것인지도 모른다. 인간이 인간다우려면 필히 죽음을 의식해야 한다.

그러고 보니 이 비운의 사랑 이야기는 도처에 죽음으로 장식되어 있다. 안나와 브론스키가 만나는 순간 기차역에서 철도 경비원이 기차에 치여 죽는 사건이 벌어지고, 안나도 기차에 뛰어들어 자살한다. 안나의 연인 브론스키도 두 번에 걸쳐 자살 시도를 하고 레빈의 형 니콜라이의 죽음은 레빈에게 큰 영향을 미치는 중대한 사건으로 자리 잡고 있다. 하지만 그들 그 누구보다 정면으로 죽음을 의식하는 것은 바로 레빈이다.

내가 보기에 『안나 카레니나』의 두 주인공은 안나 카레니나와 레빈이다. 하지만 그 둘 중 딱 한 명만 꼽으라면 나는 주저 없이 레빈을 택하겠다. 톨스토이의 전기를 연구한 사람들이 레빈이 바로 작가의 분신이라고 말하는 것을 보면, 레빈에게 자신의 모습, 인생관을 투영했을 테니 그가 작품에서 중요한 역할을 하게 되는 것은 어찌 보면 당연하다.

이 소설에서 가장 건실하고 평범하다고 볼 수 있는 인물인 레빈이 죽음에 대해 처음으로 깊은 성찰에 잠기는 것은 바로 형 니콜라이의 죽음 앞에서이다. 그때 그가 발견한 것은 죽음에 대해 철저히 무지한 자신의 모습이다.

> 그는 자신이 현명하다는 생각을 해본 적은 없었다. 하지만 적어도 아내보다는 죽음에 대해 더 많이 생각했고, 아내보다 똑똑하다는 것은 사실이었다. 그리고 위대한 지성들의 죽음에 관한 저술들도 많이 읽은 것이 사실이었다. 그런데 정작 죽음이 무엇인지 자신은 아내의 100분의 1도 모르고 있는 것 같았다. 아내는 삶이 무엇인지, 죽음이 무엇인지 알고 있는 것 같았다. 아내가 죽어가는 사람 앞에서 조금도 두려움을 느끼지 않고 즉각적으로 무엇을 해야 할지 알고 있다는 것이 바로 그 증거였다. 레빈은 죽음이 이런 거니, 저런 거니 말은 할 수 있을지 몰라도 그에 대해 아는 것은 없었다. 그는 다만 죽음을 두려워할 뿐 그 앞에서 무엇을 할 수 있을지 도통 갈피를 잡을 수 없었다. (『안나 카레니나 Ⅱ』 107~108쪽)

자신이 죽음에 대해 무지하다는 것을 깨닫는 것, 그것은 그의 시선이 이미 현실 너머, 평범한 삶의 조건 너머의 그 무언가를 향하기 시작했다는 증거다. 그는 아들의 출산을 초조하게 기다리고 지켜보며 비슷한 경험을 한다.

> 그가 분명히 의식하고 있던 것은 지금 일어나고 있는 일이 마치 일 년 전 니콜라이 형의 임종 때와 비슷하다는 것뿐이었다. 그러나 그때는 슬픔이었고 지금은 기쁨이었다. 하지만 그 슬픔과 기쁨 모두 평범한 삶의 조건 너머에 존재한다는 점에서는 마찬가지였다. 그것들은 마치 평범한 생활들 내에 뚫려져 있는 구멍, 그것을 통해 뭔가 숭고한 것이 흘낏 모습을 드러내는 그런 구멍 같은 것이었다. 그 숭고한 그 무언가를 관조하면서 우리의 영혼은 전에는 감히 상상조차 할 수 없었던 높이로까지 한껏 고양되는 것이며 우리의 이성은 그 영혼을 따라갈 수 없어 한참 뒤쳐져 있게 되는 것이다. (『안나 카레니나 Ⅱ』 228~229쪽)

새 생명의 탄생을 그와 정반대되는 죽음과 연결시키는 기가 막힌 묘사이다. 그 덕분에 죽음은 탄생과 대립하지 않게 된다. 탄생과 죽음이 하나가 되는 것이다. 그러니 레빈이 갓 태어난 아들을 보고 즐거움이나 기쁨 대신 불안과 두려움을 느끼는 것은 당연하다. 그는 갓 태어난 아들 앞에서 '고통 앞에 나약한 한 생명체가 새로 생겼다'는 의식에 젖는다. 그는 새로 태어난 생명체 앞에서 벌써 죽음의 그림자를 본 것이다. 그는 탄생에서조차 죽음을 본다. 새 생명체, 그것도 아들 앞에서 기쁨과 사랑을 느끼기 전에 연민부터 느끼는 것, 이것이 바로 톨스토이 문학의 가장 큰 특징 중의 하나이며, 러시아적인 특성이다. 바로 그 연민이 사랑 이상으로 사람들을 맺어주는 연결고리요, 끈이 된다.

하지만 그 연민만으로는 부족하다. 레빈은 아직 자신의 연민의 정체를 모르기에 고통에 젖는다. 그는 새롭게 세상을 보는 눈, 새롭게 세상을 사는 이치를 터득하지 못한 채 자신이 무지하고 무기력하다는 깃민을 뼈지리게 느낄 뿐이다. 그가 왜 그렇게 무지해졌을까? 그가 유년시절의 믿음을 버리고 지성, 혹은 신념으로 세상을 보았기 때문이다. 그 신념은 지적인 호기심은 채워줄 수 있을지 몰라도 죽음의 문제 앞에서는 완벽하게 무기력하고 무지하다. 그가 지금 고통스러운 것은 자신이 아직 그 신념으로 세상을 보고 있기 때문이다.

사랑하는 형의 죽음을 가까이 지켜보면서 레빈은 처음으로, 스무 살부터 서른넷이 된 지금까지 그를 사로잡고 있던 이른바 새로운 신념으로, 삶과 죽음의 문제를 들여다보았다. 그러자 그는 갑자기 죽음 못지않게 삶이 두려워졌다. 도대체 삶이 어디로부터 오는 것인지, 삶의 목적이 무엇인지, 아니, 삶 자체가 대체 무엇인지 그가 아는 것은 아무것도 없었던 것이다. 그동안 그에게 유년기의 믿음을 대신하고 있던 것은 유기체, 유기체의 파괴, 물질의 영속성, 에너지 보존의 법칙, 발전 같은 단어들이었다. 그런 단어들과 관념들은 지적(知的)인 목적을 이루기 위해서는 훌륭했지만 '삶' 자체에는 아무런 소용이 없었다. 그가 지니고 있던 신념을 통해 삶과 죽음을 바라보면서 그는 자신이 완벽하게 무지하다는 것을 알고 두려움을 느꼈다. 그는 마치 자신이 따뜻한 옷을 벗고 얇은 모슬린 옷을 입은 채 생전 처음으로 영하의 날씨와 마주한 사람이라고 생각했다. 그는 자신이 헐벗고 있으며 비참하게 죽어가리라는 것을 이성이 아니라 자신의 존재 전체로 느꼈다.

> 겉으로는 전과 다름없는 삶을 영위하고 있었지만, 레빈은 이 무지에 대한 공포심에서 단 한 시도 벗어난 적이 없었다. (『안나 카레니나 Ⅱ』 285~286쪽)

위의 인용문에서 아주 중요한 대목이 나온다. '도대체 삶이 어디로부터 오는 것인지, 삶의 목적이 무엇인지, 아니, 삶 자체가 대체 무엇인지 그가 아는 것은 아무것도 없었던 것이다'라는 대목이다. 죽음에 대해 무지하다는 것은 바로 자신이 지금 영위하고 있는 삶에 대해 무지하다는 뜻이 되는 것이다. 그것을 자각하는 순간 그는 '죽음'에 대한 공포가 아니라 '무지'에 대한 공포에 사로잡힌다. 그 공포가 어느 정도인가 하면 '아내로부터 사랑받고 있는 남편이며, 행복한 아버지이고, 더없이 건강한 남자인 레빈이 몇 차례 자살의 문턱에서 서성거릴 정도였다. 이유는 간단하다. '자신이 누구인지, 왜 여기 존재하는지 알 수 없다면 살아갈 필요도 없다고 생각했고 그것을 알 도리가 없는 이상 살아갈 수 없다고 생각'했기 때문이다. 삶이, 이 세상이, 무의미한 거짓과 악으로 이루어져 있다면, 그 악을 피하고 악에 의존하지 않는 유일한 방법은 바로 죽음이라고 생각한 것이다.

그런데 그가 그 무지의 공포에서 벗어난다. 농부의 입을 통해 간단한 말을 듣고 나서다. 플라톤이라는 사람이 수익을 맞추지 못해 자신의 땅을 임대하지 못할 것이라는 이야기를 농부가 하자 레빈은 그 이유를 농부에게 묻는다. 그러자 농부는 그 사람이 농부들에게 베풀기만 하기 때문이라고 대답한 후 덧붙인다.

> "나리, 세상에는 서로 다른 사람들이 있어요. 키릴로프처럼 오로지 자신의 배만 불리기 위해 사는 사람이 있지요. 하지만 포카치니 영감(플라톤)은 올바른 분이지요. 그 양반은 영혼을 위해 살아요. 그분은 하느님을 잊지 않고 있지요. (……) 진리에 따르고, 하느님의 뜻에 따르는 거지요." (『안나 카레니나 Ⅱ』 293쪽)

그 말을 듣고 레빈은 흥분해서 숨이 막힐 지경이 된다. 그리고 뭔가 정의내릴 수 없지만 너무 중요한 생각들이 레빈의 영혼 속에 갇혀 있다가 갑자기 터져 나온 것처럼 느끼며, 그 생각들의 광휘에 눈이 부실 지경이 된다. 그는 생각한다.

'자신을 위해 살지 말고 하느님을 위해 산다? 우리가 정의 내릴 수 없는 하느님을 위해 산다? 도대체 그런 터무니없는 말이 어디 있는가? 얼마나 어리석고 불명확하며 명료하지 않은 말인가? 하지만 나는 그를 이해했고, 그 말의 뜻을 그와 똑같이 이해했다. 나는 내가 살아오면서 이해했던 그 무엇보다 완전히, 확실하게 이해했다. 나는 살아오면서 그것을 의심한 적이 없는 것이며, 또한 의심할 수도 없었던 것이다. 그리고 나뿐 아니라 모든 사람이, 이 세상 전부가, 이것 외에는 그 어느 것도 완전히 이해할 수 없으며 이것 외에는 의심 없이 전적으로 동의할 수 없다. 몇백 년 전에 살았던, 지금도 살아가고 있는 수많은 사람들, 농부들, 마음이 가난한 사람들, 이 문제로 고민한 현자들이 모두 똑같이 이 '분명하지 않은 말'을 했다. 우리는 모두 우리가 무엇을 위해 살아야 하고 무엇이 좋은가에 대해 의견이 일치하는 것이다. 나는 그들과 함께 굳건한 '앎'을 공유하게 된 것이다. 그리고 그 '앎'은 이성으로 설명할 수 없다. 그 '앎'은 이성을 초월하며 거기에는 그 어떤 인과(因果)도 개입될 수 없다. 만약 선(善)에 원인이 있다면 그건 이미 선이 아니다, 선의 결과 그 어떤 보

상을 받게 된다면 그 역시 선이 아니다.' (『안나 카레니나 Ⅱ』 294~295쪽)

그는 무지에서 깨어나 '앎'을 획득한 것이다. 그러나 그 '앎'은 머리로, 이성으로 획득한 것이 아니다. 그야말로 홀연 기적처럼 그의 전 존재가 체득하고 받아들인 것이다. 머리로 획득한 지식은 그 지식을 획득한 사람만의 소유물이다. 하지만 그 기적은 '현자건 바보건, 아이건 노인이건, 농부건 지주건, 무식한 사람이건 지식인이건, 거지건 황제건 그 누구에게나 일어날 수 있다.' 그것은 이 세상 전부가 받아들이고 있는, 옛날이나 지금이나 세상이 아무리 변하더라도 변하지 않는, 하지만 '분명하지 않은' 공통의 진리이다. 신비스러운 초월의 경험이다. 그것은 변하지 않는 인류 공통의 진리이지만 그걸 체득하는 기적은 순전히 한 개인의 내면에서 일어난다. 그 기적은 남과 공유할 수 없다. 그래서 그는 그 이야기를 키티에게 하고 싶은 유혹을 물리친다. 그건 말로 표현할 수 없는 것인 때문이다.

그는 그 앎을 획득한 뒤에 비로소 아들을 진정으로 사랑하게 된다. 아들을 얻었다는 기쁨으로 아들을 사랑하게 된 것이 아니라 두려움, 연민을 통해서, 폭풍우가 휘몰아치는 가운데 그 두려움을 겪고 비로소 아이를 얼마나 사랑하는지 이해하게 된 것이다. 그리고 그 두려움, 연민은 죽음에 대한 인식과 같은 말이다. 그렇게 이 소설에서 죽음에 대한 인식은 인간을 향한 사랑을 낳는 모태가 된다.

그 '앎'을, '깨달음'을 얻은 뒤에 레빈의 삶이 달라졌을까? 아니다. 경천동지할 정도의 변화는커녕 자그마한 변화도 일어나지 않는다. 작품의 마지막 대목을 보자.

> 그는 계속 생각했다.
> '이 새로운 감정들은 내가 꿈꿔왔던 것처럼, 나를 바꾸지도 않았고 갑자기 나를 행복하게 하거나 나를 환하게 밝히지도 않았어. 그건 내 아이 앞에서 내가 느꼈던 감정과 마찬가지야. 그 둘 모두에 깜짝 놀랄만한 건 없어. 신앙이건 신앙이 아니건—난 그게 어떤 건지 잘 모르겠어—이 감정이 나의 고뇌를 통해 나도 모르는 사이에 내게 찾아와 내 영혼 속에 굳게 뿌리를 박은 거야.
> 나는 여전히 마부 이반에게 화를 낼 것이고, 헛된 논쟁들을 벌이면서 내 의견을 분별없이 늘어놓을 거야. 내 영혼

의 가장 숭고한 부분과 다른 사람들—심지어 아내까지 포함해서—사이에는 여전히 벽이 존재할 거야. 나는 공연히 두려워서 아내를 비난하고는 후회할 거야. 나는 이성적으로는 내가 왜 기도하는지 알지 못하면서도 계속 기도할 거야. 하지만 이제 내 삶, 내 삶 전체는 내게 어떤 일이 일어나건, 매 순간이 더 이상 이전처럼 무의미하지는 않을 거야. 내게는 이제 내 삶 속에 선(善)을 불어넣을 힘이 생겼고, 내 삶은 바로 그 선(善)이라는 너무나 분명한 의미를 띠게 될 거야.' (『안나 카레니나 Ⅱ』 298~299쪽)

분명히 겉보기에 달라진 것은 아무것도 없다. 신혼 초부터 사랑하는 아내와 싸웠듯이 여전히 싸움을 할 것이고, 갑자기 인자한 미소를 띤 성자 모습으로 탈바꿈하지도 않을 것이다. 하지만 정말로 중요한 변화가 있다. 의미 있는 삶을 살게 된 것이다. '이런 식으로 사는 게 의미 있는 거야'라는 의식적 자각과 행동으로 삶이 의미 있게 된 것이 아니라, 전과 똑같은 평범한 일상들을 살아가면서 삶이 의미 있게 된 것이다. 그 삶 속에 착할 선(善) 자가 아로새겨진 덕분이다.

레빈의 삶은 그 깨달음으로 마무리된 게 아니다. 그의 삶은 계속 진행된다. 죽음에 대한 인식으로 의미를 깨닫게 된 삶에 결말은 없다. 삶은 늘 죽음과 함께 하고 죽음은 늘 삶과 함께 하니까. 그러니 살아가는 매 순간, 매 순간이 결말이라면 결말이다. 아니, 결말이라기보다는 그게 바로 해답이다. 왜? 매 순간 순간의 삶이 의미가 있고 소중하니까.

어떤가? 우리의 삶에 그렇게 의미를 주기 위해 『안나 카레니나』에 다시 한번 푹 빠져보지 않겠는가? 우리는 너무 외적인 화려함에 매료되어 있는 것은 아닌지 자신을 들여다보지 않겠는가? 그리고 겉으로는 가장 평범해 보이는 인물, 아무런 변화도 없어 보이는 인물인 레빈처럼 안에서 치열하게 싸워보지 않겠는가? 어떤 상황에서도 흔들리지 않을 나만의 항심(恒心)을 획득하기 위해!

그리고 이 소설을 읽으며 묻지 않겠는가? 내가 왜 살고 있는 거지? 내 삶이 무슨 의미가 있는 거지? 우리는 어디서 왔지? 죽음 이후에는 어떤 게 있지? 그렇게 죽음 이전과 이후를 생각하고 성찰하면 우리의 삶을 시들하게 여기게 되는 것이 아니라, 우리의 삶을 더 소중하게 여기게 되리라.

그리하여 레빈처럼 그 소중한 삶을 지탱해줄 가치가 너무 간단한 단어라고 해서 실망하지 마라. 착할 선(善). 얼마나 순진하고 쉬운 단어인가? 하지만 생각해보라. 가끔 결심하고 착한 행동을 할 수는 있어도 그것이 내 지향점이 된다는 것, 지고지순의 목표가 된다는 것, 아니 내 생각과 삶 전체를 물들이게 된다는 것은 얼마나 어려운가?

하긴 이런 게 다 필요 없는 이야기인지도 모른다. 『안나 카레니나』를 읽고 그에 푹 빠진 것으로 충분한지도 모른다. 『안나 카레니나』를 삶 자체라고 평한 문학가가 있다. 그러니 삶에 대해 이러쿵저러쿵 한다고 삶에 대해 더 잘 알게 되는 게 아닌 것과 마찬가지로, 중요한 것은 삶을 살아내는 것이라는 것과 마찬가지로, 『안나 카레니나』에 대해 이러쿵저러쿵 떠드는 것보다는, 이 작품이 무슨 의미가 있는지 아는 것보다는 『안나 카레니나』를 온전히 살아내는 게 중요하니까.

『안나 카레니나』는 톨스토이가 1873년에 집필을 시작해서 1873년부터 1877년까지 『사자(使者)』라는 잡지에 연재했던 소설이다. 그리고 1878년에 단행본으로 출간되었다. 애당초 그가 이 소설을 구상했을 때는 『두 결혼, 두 커플』이었다. 이미 『전쟁과 평화』라는 대작으로 거장의 지위를 차지하고 있던 톨스토이였지만 그는 『안나 카레니나』를 자신이 쓴 최초의 소설이라고 공공연히 말했다. 『전쟁과 평화』를 기존의 소설 범주에 넣고 싶지 않아서였다.

『안나 카레니나』는 잡지 연재 때부터 사람들의 지대한 관심을 끌었다. 잡지가 나오기도 전에 다음 회의 내용을 묻기 위해 하녀를 톨스토이에게 보낸 귀족들도 있을 정도였다니 그 인기를 알 만하다.

『안나 카레니나』는 출간이 되자마자 프랑스어, 영어로 번역되었고 유럽 전체를 흥분시켰다. 그리고 까다로운 프랑스의 평론가들도 전 세계 최고의 소설이라고 찬사를 던졌다. 지금까지 수많은 거장들의 수많은 거작들이 세계문학사를 아로새기고 있지만 이 작품처럼 뭇 사람들의 관심을 끌었던 소설도 드물고 찬사 일색이었던 소설도 드물다. 심지어 '『안나 카레니나』는 예술이 아니다. 삶을 보여주는 것도 아니다. 이 작품은 삶 자체다. 심장이 고동치는 인간의 삶, 전율하는 삶, 외적인 삶이 아니라 내면의 삶, 신비스런 영혼의 삶이다'라고 평한 사람도 있다.

『안나 카레니나』는 지금까지 열 차례 가까이 전 세계에서 연극 무대에 올랐으며 영화만도 열네 차례나 제작, 상영되었다. 그 외에도 수없이 텔레비전 드라마, 오페라, 발레로 각색되어 소개되었으며 언제나 변함없는 인기를 누리는 작품이었다.

톨스토이는 1828년 9월 9일 러시아의 야스나야 폴랴나에서 명문 백작의 넷째 아들로 태어났다. 그는 여덟 살 때 어머니를 열다섯 살 때 아버지를 여의고 카잔에 살고 있던 친척집에서 자란다. 카잔 대학에서 법학을 전공하던 그는 1847년 '건강과 가정 문제'를 구실로 대학을 중퇴한다. 실은 대학 교육에 환멸을 느낀 때문이다.

이후 모스크바와 페테르부르크에서 방탕한 생활을 하던 그는 1852년 군에 입대한다. 군 생활 중 그는 첫 소설인 『유년시대』(1852)를 발표해 네크라소프로부터 격찬을 받는다. 이어서 군 복무 중에 『소년시대』(1854)와 『세바스토폴 이야기』(1855~1856)를 집필하면서 작가로서의 입지를 굳혔고, 1856년 제대한다.

1862년 그는 그의 든든한 후원자였던 궁정 의사의 딸 소피야와 결혼하고, 이듬해 『전쟁과 평화』 집필을 시작해 1869년에 발표한다. 1877년에는 장편 소설 『안나 카레니나』를 잡지에 연재하기 시작해 이듬해 발표하고, 1899년에는 장편 소설 『부활』을 발표해 큰 반향을 일으킨다. 이후 그는 건강이 좋지 않은 상황에서도 『신부(神父) 세르게이』(1898), 희곡 「산송장」(1900), 단편 「항아리 알료샤」(1905) 등의 문학 작품과 「종교와 도덕」(1894),

「셰익스피어론(論)」(1903), 「러시아에서 혁명의 의의」(1917) 등의 논문을 왕성하게 집필하고 발표했다.

그는 1910년 11월 20일, 여행 중에 걸린 감기가 폐렴으로 번지면서 건강이 악화되어 생을 마감한다.

앞서 인용한 작가들 외에도 수많은 동시대와 후대 작가들이 톨스토이를 칭송했다. 그의 시골집을 자주 방문했던 안톤 체홉은 "작가 톨스토이가 있는 한 작가가 된다는 것은 쉽고도 즐거운 일이다. 당신이 아무것도 이루지 못하더라도 별로 끔찍한 일이 아니다. 톨스토이가 모든 작가들을 대신해 그 무언가를 이루어놓았기 때문이다"라고 했으며 19세기 영국의 작가인 매슈 아널드는 "톨스토이의 소설은 예술 작품이 아니라 삶의 하나다"라고 했다. 또한 버지니아 울프는 "톨스토이는 가장 위대한 예술가이다"라고 극찬했으며 토마스 만은 "그의 작품만큼 자연과 닮은 것은 없다"라고 했다. 그 때문에 톨스토이 앞에는 작가라는 호칭 대신 대문호(文豪)라는 호칭이 더 자연스럽게 따라다닌다.

# 안나 카레니나 II

생각하는 힘: 진형준 교수의 세계문학컬렉션 54

펴낸날 **초판 1쇄 2020년 12월 24일**

지은이 **레프 톨스토이**
옮긴이 **진형준**
펴낸이 **심만수**
펴낸곳 **(주)살림출판사**
출판등록 **1989년 11월 1일 제9-210호**

주소 **경기도 파주시 광인사길 30**
전화 **031-955-1350** 팩스 **031-624-1356**
홈페이지 **http://www.sallimbooks.com**
이메일 **book@sallimbooks.com**

ISBN 978-89-522-4255-6 04800
978-89-522-3984-6 04800 (세트)



책임편집 **최정원**